工业和信息化普通高等教育"十二五"规划教材立项项目

21世纪高等院校网络工程规划教材

21st Century University Planned Textbooks of Network Engineering

U0148755

综合布线技术
教程

Generic Cabling

陈桂芳 主编

王建珍 副主编

李瑛 郝宁 编著

人民邮电出版社

北　京

图书在版编目（CIP）数据

综合布线技术教程 / 陈桂芳主编 ；李瑛，郝宁编著
-- 北京 ：人民邮电出版社，2011.3
21世纪高等院校网络工程规划教材
ISBN 978-7-115-24121-4

Ⅰ. ①综… Ⅱ. ①陈… ②李… ③郝… Ⅲ. ①计算机
网络－布线－技术－高等学校－教材 Ⅳ. ①TP393.03

中国版本图书馆CIP数据核字(2010)第236079号

内 容 提 要

本书是根据《综合布线系统工程设计规范》（GB 50311-2007）、《综合布线系统工程验收规范》（GB 50312-2007）和《EIA/TIA/568 国际综合布线标准》，并结合笔者近几年教学实践经验进行编写的。全面、系统地介绍了综合布线系统的基础理论和基本技术。全书分 4 部分共 9 章及 3 个附录。

第 1 部分为综合布线系统的基础理论，由综合布线系统概述、传输介质、工作常用器材和布线路由材料及附属设备共 4 章组成。第 2 部分由综合布线系统的设计，综合布线工程的施工组成。第 3 部分为综合布线系统的测试与验收。第 4 部分给出了一个校园网的设计与施工设计实例，对具体项目的实施具有指导和借鉴意义。

本书可作为高等学校计算机网络工程专业及相关专业的教材，国家信息化计算机认证培训教材，也可供从事信息技术的工程技术人员学习参考。

21 世纪高等院校网络工程规划教材

综合布线技术教程

◆ 主　　编　陈桂芳

副 主 编　王建珍

编　　著　李瑛　郝宁

责任编辑　刘博

◆ 人民邮电出版社出版发行　　北京市崇文区夕照寺街 14 号
邮编　100061　　电子函件　315@ptpress.com.cn
网址　http://www.ptpress.com.cn
北京艺辉印刷有限公司印刷

◆ 开本：787×1092　1/16
印张：14.25　　　　　　　　2011 年 3 月第 1 版
字数：354 千字　　　　　　　2011 年 3 月北京第 1 次印刷

ISBN 978-7-115-24121-4

定价：27.00 元

读者服务热线：(010)67170985　印装质量热线：(010)67129223
反盗版热线：(010)67171154

前　言

综合布线是一门多学科交叉的新兴研究领域，伴随着通信技术和计算机技术的发展而发展，是智能建筑的信息传输通道和中枢神经系统，更是现代社会信息化的必然产物。

综合布线是一项实践性很强的技术，综合布线课程是计算机网络工程相关专业的重要基础课和必修课。为了引导综合布线教学，作者总结多年综合布线教学与实践经验，采用任务驱动式教学模式，依据综合布线技术发展的脉络编写本教材，对综合布线的标准、综合布线项目、综合布线系统构成、工程设计、施工技术、系统测试与工程验收等方面的知识进行详细的讲解，力求反映出综合布线系统领域的已用技术、最新技术以及发展趋势。全书分 4 部分，共 9 章，结构安排如下。

第 1 部分（第 1 章~第 4 章）为综合布线系统的基础理论。从总体上了解综合布线系统的特点及其发展，认识综合布线系统的国家和国际标准、布线所用介质（线缆）和路由材料及附属设备，为理解本书内容打好基础。

第 2 部分（第 5 章和第 6 章）为综合布线系统工程设计方法和施工技术。对综合布线系统的设计进行了全面的分析并给出设计要点，对综合布线工程的施工技术也进行了较为详尽的说明。

第 3 部分（第 7 章和第 8 章）是综合布线系统的测试与验收部分。详细讨论了测试与验收的依据（国家和国际标准）、测试项目、测试仪器、线缆测试及故障诊断、综合布线工程的物理验收和文档验收项目等。

第 4 部分（第 9 章）给出一个校园网的综合布线设计与施工案例，通过案例对综合布线各个部分的设计与施工进行详细说明，具有较强的实用性和应用性，对具体项目的实施具有指导意义。

与同类教材相比，本教材具有定位准确、结构完整、易学易用的特色。采用案例式教学展示布线工程设计、布线施工技术、系统测试技术与工程验收过程，知识结构系统完整，层次清晰，符合学生的认知结构，易学易用。

本书由陈桂芳教授担任主编，并编写第 1 章和附录 A、附录 B 和附录 C；王建珍教授担任副主编，并编写第 3 章；李瑛完成编写第 2 章的第 1 节、第 7 章、第 8 章和第 9 章；郝宁完成编写第 2 章的第 2、3、4 节和第 4 章、第 5 章、第 6 章。全书由陈桂芳教授统稿。

在本书的编写过程中，作者参考和引用了相关文献资料，在此谨向文献著作者表示深深的谢意。

由于综合布线系统的发展速度很快，加之作者水平有限，书中错误和不妥之处，请读者批评指正。

作　者
2010.11

目　录

第 1 章　综合布线系统概述

综合布线系统是用于传输语音、数据、视频影像和其他多媒体信息的标准结构，是建筑物或建筑群内的传输网络神经系统，它将语音通信设备、数据传输设备、视频影像传输设备、交换设备和其他信息管理系统连接起来。综合布线系统采用结构化、模块化的布线方式，将建筑物中的计算机、电话、楼宇对讲、监控、消防等系统整合成一个整体。实现了统一材料、统一设计、统一布线、统一安装、集中管理和维护。

人们需要网络，因为人们需要信息；人们离不开网络，因为人们离不开信息交流。在数字化的信息社会中，一个现代化的建筑物内，除了具有电话、传真、空调、消防、监控、有线电视、电源、照明线路之外，计算机网络通信线路更不可少。无论是在办公室、家里、商场或银行，代表数字化网络通信的缆线到处蔓延，为了使延伸的网络通信缆线不至于造成泛滥而无法控制，广大从业人员开始注意到综合布线的重要性。

综合布线系统是数字化、信息化的必然产物。特别是在当今社会高楼如林的建设高潮时期，人们越来越多地意识到综合布线的重要性。因此，针对综合布线系统发展的需要以及针对计算机网络相关专业、信息技术相关专业的学生，就综合布线系统的基础知识、系统构成、工程设计、施工技术、系统测试和验收等方面进行介绍，为这些学生以及欲从事该行业的人员打下良好的基础。

1.1　综合布线系统基本概念

综合布线系统是将若干个网络（电信网络、有线电视网络、计算机网络、广播系统、门禁系统、监控系统等）综合在一起进行建设的系统。它以一套配线系统综合通信网络、信息网络及控制网络，可以使各个网络相互间的信号实现互连互通。综合布线系统的主体是建筑群或建筑物内的信息传输介质，以使语音、数据通信设备、交换设备和其他信息管理系统彼此相连，并使这些设备与外部通信网络相连接。

1.1.1　综合布线系统的历史

电信网络、计算机网络、监控网络、视频传输网络和广播网络的迅速扩展直接导致了人们在 20 世纪 80 年代中后期对于综合布线系统的深入研究。在初期，人们使用同轴电缆连接网络，由于数据传输速度太慢，使得人们不得不改变以往的观念，设计使用双绞电缆来组建网络，最终 IEEE 802 委员会的专家组采纳了基于非屏蔽双绞线（UTP）的 10Base-T 构造出星型拓扑结构的网络布线结构。由于电话系统、计算机网络、有线电视、监控系统的布线都在采用自己的结构，各个系统之间都是独立的环境，使得整个建筑物在各种线缆的缠绕之中。于是导致后来的线路维护和改造特别困难。这就驱使人们思考：有没有一种更加先进的布线技术，让这些凌乱的线缆统一安装，使其日后的维护变得更加方便？

正是在这样的背景之下，一种融计算机技术、通信技术、控制技术、监控技术和建筑艺术于一体的"智能建筑系统"推向了市场。它抛弃了传统的、专属的、各自为政的布线技术，推出了一种规范的、统一的、结构化的、易于管理的、开放式的、便于扩充的、高效稳定的、维护费用低廉的、关注环境保护的综合布线方案。

1. 综合布线系统的建立

在 20 世纪 80 年代中期，大规模和超大规模集成电路的迅速发展带动了信息技术的大发展。特别是在美国，各个建筑物内都增添了计算机、程控数字交换机等先进的办公设备以及高速通信线路等基础设施。另外，大楼内的空调、通风、给排水、消防、保安监控、供电、交通管理等都由计算机统一控制，实现了自动化综合管理，为用户提供了语音通信、文字处理、电子文件以及情报资料的信息服务。在这样的环境下，多家相关专业的公司进入到布线领域，但由于其产品的兼容性较差，完全融合在一起还不能完成，但为日后综合布线的发展以及制定统一的标准奠定了基础。

1984 年出现的首座智能建筑，采用的是传统的专属布线，其不足之处随后暴露无遗，1985 年初，计算机行业协会提出对建筑物布线系统标准化的倡议，美国电子行业协会（EIA）和美国电信行业协会（TIA）开始制定标准化的工作。美国电话电报公司（AT&T）Bell 实验室专家们经过多年的研究，于 20 世纪 80 年代末在美国率先推出了结构化综合布线系统（Structured Cabling System，SCS）。这些事件标志着综合布线系统的建立。

2. 综合布线系统的标准化

SCS 的出现，使得综合布线系统进入了标准化时期。

1991 年 7 月，ANSI/TIA/EIA 568《商业建筑通信布线标准》问世。

1993 年，我国原邮电部和建设部颁布《城市住宅区和办公楼电话通信设施设计标准》。

1995 年，我国工程建设标准化协会颁布《建筑与建筑群综合布线系统设计规范》。同时，国际标准化组织（ISO）推出了 ISO/IEC11801：1995（E）国际布线标准；于 2000 年，ANSI/TIA/EIA 颁布了 ANSI/TIA/EIA 568-B《商业建筑物电信布线标准》。

2007 年 4 月，我国建设部发布了《综合布线系统工程设计规范》（GB50311-2007）、《综合布线系统工程验收规范》（编号为 GB50312-2007）作为国家标准，使得我国的综合布线系统工程标准更加规范。

1.1.2 综合布线系统的概念

综合布线系统是跨学科、跨行业的系统工程。它融建筑工程、电子技术、通信技术、计算机技术、控制技术于一体，内容广泛，含义丰富。随着信息技术的发展，综合布线系统的内涵会进一步丰富，以满足智能化建筑日益增长的要求。

1. 传统专属布线

布线是指能够支持信息电子设备相互连接的各种线缆、跳线、接插件软线和连接器件组成的系统。传统专属布线是指不同系统的布线相对独立，不同的设备使用不同的传输介质构成各自的网络系统，如电话系统采用单股双绞线、电视系统采用同轴电缆、计算机系统采用双绞线、监控系统使用视频电缆和音频电缆、消防系统采用的是电源线和视频线混合等。由于不同的系统使用的传输介质的插座、模块及配线架结构都不同，专属于各自的系统。

传统的专属布线方式由于没有统一的设计规范，由于各个项目之间没有实质性的联系，在总体的工程上没有统一考虑。工程建设与否主要由单位领导或工作需求随意地设置项目，使得使用和管理都十分的不方便，各个项目之间达不到资源共享的目的；同时由于是设计方案不同、施工时间各异，致使形成的布线系统存在很大差别，难以互相通用。特别是当工作场所需要重新规划、设备需要更换、移动或增加时，只好重新布设线缆，使得布线工作费时费力、耗资和效率低下。每一个项目都独立施工，布线随意性很大，中心设备可以和终端设备直接相连，各个终端设备之间也可以随意连接等，使得线缆穿插、交织在一起，导致环境十分不美观；更有甚者，会导致各个系统间信号相互干扰，通信质量下降；还有导致信息泄露的情况发生。专属布线系统的这种缺陷不利于布线系统的综合利用和管理，限制了应用系统的发展变化和网络规模的扩充和升级。

2. 综合布线系统

综合布线系统自 20 世纪 90 年代引入我国并建立标准以来，为适应网络的发展变化，布线系统已经历了数次更新换代。现在使用的系统是超 5 类线、6 类线布线系统。从目前应用来看，综合布线系统已经成为炙手可热的新技术。

（1）结构化布线

结构化布线是将整个网络系统进行分割，把设备分类为中心设备（中心机房）、二级设备（设备间）、三级设备（管理间）以及终端设备（工作区）。中心设备只允许连接二级设备，二级设备连接中心设备和三级设备，三级设备连接二级设备和终端设备，不允许跨级设备之间的连接。这样就分别建立了终端设备所在的工作区概念，工作区的终端设备与管理间的三级设备之间连接的水平配线子系统，管理间的三级设备与设备间的二级设备之间连接的垂直子系统以及设备间的二级设备与中心设备之间连接的建筑群子系统的概念。这种分级的布线通常称为结构化布线系统。这种布线使得每一部分线路职能清晰、功能完备。

（2）综合布线

所谓综合布线，是指将建筑物或建筑群内的各个系统综合起来，线路布置标准化、简单化、综合化，是一套标准的集成化分布式布线系统，它将建筑物内的电话语音系统、数据通信系统、监控报警系统、消防系统、门禁系统、有线电视系统、计算机网络系统、家庭影院娱乐系统等集成在一起，线缆走线统一规划、统一管理和综合布线，并为每一种系统提供标准的信息插座，以连接不同的类型的终端设备。

（3）综合布线系统

综合布线系统随着科学技术的不断进步，其含义也在不断的变革之中。原邮电部在 1997年对综合布线系统给出的定义是："通信电缆、光缆、各种软电缆及有关连接器件构成的通用布线系统，它能支持多种应用系统。即使用户尚未确定具体的应用系统，也可进行布线系统的设计和安装。综合布线系统中不包括应用的各种设备。"

所谓综合布线系统是指建筑物内或建筑群中的信息传输系统。它将相同或相似的缆线以及连接器件，按照一定的关系和通用秩序组合，使建筑物或建筑群内部的语音、数据通信设备、交换设备以及建筑物自动化管理等系统彼此相连，集成为一个具有可扩充的柔性整体，并可以与外部的通信网络相连接，构成一套标准规范的信息传输系统。目前它是以计算机网络、通信自动化为主的综合布线系统。

综合布线系统是一种有线传输媒体系统，为开放式星状拓扑结构，能支持语音、数据、图像、多媒体业务等信息的传输。它由建筑群子系统、设备间子系统、垂直子系统、管理子系统、水平子系统和工作区子系统6个子系统构成。一个智能化建筑的综合布线系统就是将各种不同的组成部分构成一个有机的整体，各种线缆都力争走在一起，形成统一的线缆路由。而不像专属布线那样自成体系，互不相干。

综合布线系统在建筑物中的配置水平和类型体现了建筑物的智能化程度。一个良好的综合布线方案应具备兼容性、开放性、经济性、可靠性、先进性等特点，并对其服务的设备具有一定的独立性（与设备无关原则）。综合布线系统由许多部件组成，主要包括传输介质（双绞电缆、光缆、视音频同轴电缆、大对数电缆）、配线架、理线器、连接器、插座、插头、适配器、光电转换设备、系统电器保护设施等，并由这些部件来构成系统。

综合布线系统是建筑物的公用通信配套设施，为满足多家电信业务经营者提供业务的需求而发展起来的一种特别设计的布线方式。它为智能化建筑群中的信息设施提供了众多厂家的产品兼容、模块化扩展、更新与系统灵活重组的可能性。既为用户创造了现代信息传输环境，强化了控制与管理，又为用户节约了费用，保护了用户投资，改善了建筑物的整体环境。这样一种科学的、规范的、集成化的、能提高管理和维护效率并节约成本的综合布线技术，将有着广泛的应用发展前景。所有的建筑部门都会采用这样一种先进的布线系统。

1.1.3 综合布线系统的组成

综合布线系统的兴起与发展，是社会信息化和经济国际化的需要，是办公自动化进一步发展的结果，是建筑技术与信息技术相结合的产物，是计算机网络工程的基础。

综合布线系统不仅可以支持语音应用、数据传输、影像影视，而且能支持综合型语音和多媒体业务，并对其服务的设备具有一定的独立性。因此，通常一个完整的综合布线系统采用模块化和分层星状拓扑结构设计，由工作区、水平子系统、管理间、垂直子系统、设备间、建筑群子系统6个部分构成。综合布线系统总体结构如图1.1所示。

1. 工作区子系统

工作区子系统是一个需要设置终端设备（TE）的独立区域。工作区由连接终端设备所需要的连接条线和水平配线子系统缩短界的信息插座模块及适配器组成。连接跳线将水平电缆和工作区内的计算机与通信设备连接在一起，是终端设备到信息插座之间的传输介质。工作区可能还会包括一些专门的硬件，从而可以通过在工作区所安排的通信电缆进行信号的接收和发送。一般情况下，每个工作区设置一部电话或计算机终端设备，或按用户要求没置。工作区的布线由插座开始，服务器及工作站可通过双绞电缆直接与信息插座相连，如图 1.2 所示。

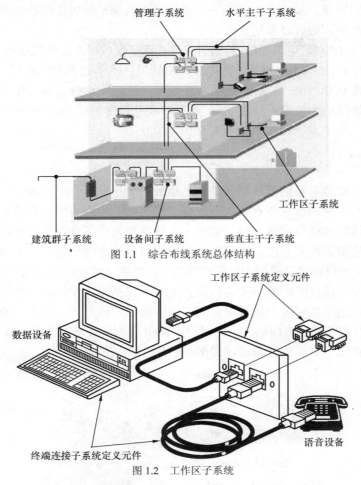

图 1.1　综合布线系统总体结构

图 1.2　工作区子系统

工作区的设置由用户单位根据需要来设定，一个房间可以设定一个工作区，也可以根据工作性质设置多个工作区。工作区内的跳线布置是非永久性的，整个布线被设计成易于更改和替换的方式。使用组合式插头来端接工作站时，组合式工作区软线需在两端使用同样的连接器（RJ45 或 RJ11），这会使得电缆两端的配线稳定。

2. 水平配线子系统

水平子系统由工作区的信息插座模块至管理间配线子系统的配线架所连接的水平电缆或光缆组成。水平子系统将一个楼层的所有工作区连接到管理间，使垂直子系统线路延伸到用户工作区，一般为星状拓扑结构。它负责从管理间子系统即配线架出发，利用双绞电缆将管理间子系统连接到工作区子系统的信息插座，如图 1.3 所示。

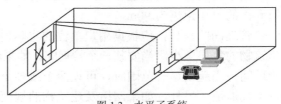

图 1.3　水平子系统

水平配线子系统是整个综合布线系统的一个必备部分，一般情况下，配线子系统总是在一个楼层上，仅与信息插座、管理间连接。在目前的综合布线系统中，水平配线子系统一般使用 4 对非屏蔽双绞电缆（UTP），目的在于避免由于使用多种线缆类型而造成灵活性降低和管理上的困难。如在有电磁场干扰或信息需要保密时可用屏蔽双绞电缆。当某些应用需要的带宽较高时，也可以采用光缆。

在使用 5e 类 UTP 双绞电缆布线时，所有安装在水平配线子系统中配线电缆的长度为 90m。这个距离是管理间中 HC（水平跳接）的电缆终端到信息插座/连接器的电缆终端的距离。

水平布线长度包括 10m 的后备接插软线或跳接跳线，这些后备线用在管理间和工作区中。工作区中的软线最大长度不超过 5m。水平布线总长度包括 90m 的配线电缆和 10m 的接插软线，因此，水平子系统布线长度最大总长为 100m。

3. 管理间子系统

管理间是一个比较重要的管理场所。它是指放置交换设备、电缆和光缆终端配线设备并进行线缆交接的专用空间。它将本楼层中所有工作区来的电缆集中并端接到配线架上。然后再使用跳线将配线架与交换设备连接，完成一次从管理间设备到各个工作区的星状连接。

根据具体的建筑物配置情况，管理间的位置应尽量靠近建筑物的中心或者接受服务的工作区中心。因为这个位置可以限制水平电缆的长度，将距离管理间的最大长度限制在 90m 以内；同时，也可以提供良好的网络覆盖，符合所有人包括建筑设计师的愿望。工业布线标准也要求管理间应该建立在需要它进行服务的工作区的同一楼层上。如果一幢楼的面积较大，不能满足水平配线系统双绞电缆最大长度限制在 90m 以内的要求时，那么必须进行统一考虑，在一个楼层中设置两个或多个管理间，如图 1.4 所示。

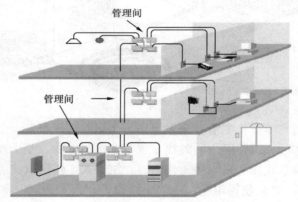

图 1.4　管理间

在选择管理间的位置时，尽量避开电子机械室或配电室，因为这些位置最容易对通信设备和电缆带来电磁兼容性影响，因此必须综合考虑这些因素，将管理间的位置进行调整。为了以最小的设备空间覆盖最大的布线距离，在安排管理间位置时，应注意考虑：配线水平电缆允许的电缆距离为 90m。

管理间的数目，应根据用户单位的实际情况，从所服务的楼层范围来考虑。按照标准，建筑物的每层至少应当安装一个管理间。如果配线电缆长度都在 90m 范围以内，宜设置一个管理间；当超出这一范围时，可设两个或多个管理间，并相应地在管理间内或紧邻处设置垂直干线通道。另外，如果网络及建筑物的规模较小，或者跨度较大而信息点不多，可以考虑整个建筑物共用一个管理间，而不必机械地为每一个层楼设置一个。但要注意，确保布线不超过水平电缆最长 90m 距离的限制。

管理间的大小和构造可根据 TIA/EIA 568-B 标准所定义的规范而确定。TIA/EIA 568-B 标准基于需接受服务的使用面积来定义管理间的尺寸大小，其尺寸规范一般描述为：为单独工作区中每 $10m^2$ 的使用地面面积所提供的通信布线。一般，管理间的面积不应小于 $5m^2$，如覆盖的信息插座超过 200 个时，应适当增加面积。另外，除特殊需要外，管理间未必都设置在房间内，可以设置在走廊内或比较容易管理的位置，只要将设备置于安全的机柜内即可。

在一些特定的场合（如生产单位），大部分通信网络设备都配有双电源，通常这些电源共同承担网络集线器或主机的负载。如果其中一个电源发生故障，则由剩下的一个电源为设备供电。若要彻底保护，则最好增配 UPS（不间断电源）。

4. 垂直干线子系统

垂直干线子系统是整个建筑物综合布线系统的关键链路。它的主要功能是将设备间与各楼层的管理间子系统连接起来，提供建筑物内垂直干线电缆的路由。具体说是实现高层交换设备和各管理间交换设备以及程控交换机之间的连接。

干线子系统也称骨干子系统，它提供建筑物的主干电缆，负责连接各个楼层内的管理间到设备间，一般选用光缆或大对数非屏蔽双绞线。

干线子系统是综合布线系统中最持久的子系统。干线子系统要为建筑物服务 15-20 年，在这期间，需要能够支持建筑物目前和将来的需要。这可能包括通信系统和电缆布线的一个或多个设计阶段。在不安装新电缆的情况下，干线子系统必须能够支持建筑物中通信系统的变化。

通常情况下，综合布线系统包含主配线架、分配线架。主配线架通常放在设备间，分配线架放在楼层的管理间。连接主配线架和分配线架的线缆称为垂直干线。

工业布线标准要求干线子系统中的所有线缆都要安装成分层星状拓扑结构。从理论和实际应用出发，综合布线系统最常用的网络拓扑结构也是树（星）状拓扑，它是由一个中心主节点（主配线架）及其向外延伸到的各从节点（分配线架）组成的。干线子系统所采用的星状拓扑结构通常是将各个楼层的管理间连接到设备间的结构，如图 1.5 所示。

垂直干线子系统实际选用的传输介质类型由多种因素决定，主要因素是：①必须支持的电信业务；②通信系统所需的使用寿命；③建筑物或建筑群的大小；④当前和将来用户数的多少。

由于干线子系统要支持的业务面很宽，在布线标准中，可以选用的线缆也有多种，主要有：①4对超 5 类双绞电缆（UTP 或 FTP）；②100Ω大对数双绞电缆（UTP 或 FTP）；③150Ω（STP-A）双绞电缆；④62.5/125μm 多模光纤；⑤8.3-10/125μm 单模光纤。

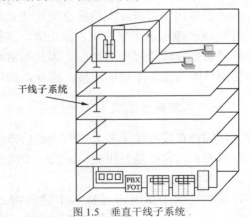

图 1.5　垂直干线子系统

垂直干线子系统的最大布线距离由所选用的传输介质类型决定。各种类型传输介质的最大传输距离在 TIA/EIA 568-B.1 标准中做了明确规定。一般，在干线子系统中，建筑群配线架 CD 到建筑物配线架 BD 间的距离应小于 2000 米；建筑物配线架 BD 到楼层配线架 FD 的距离应小于 500m，此时，可采用多模光纤；若采用单模光纤作为干线电缆，建筑群配线架 CD 到楼层配线架 FD 之间的最大距离可为 3000m。

若采用超 5 类双绞电缆作为干线电缆，对传输速率超过 100Mbit/s 的高速应用系统，布线距离应小于 90m，当超出该距离时，需选用单模或多模光纤。在建筑群配线架和建筑物配线架上，接插线和跳线的长度一般不超过 20m；否则应从允许的干线电缆最大长度中扣除。

通常，为了采用双绞电缆作为垂直主干传输链路，可将设备间的主配线架放在建筑物的中间位置，使得从设备间到各层管理间的路由距离不超过 100m，如果安装长度超过了规定的距离，则要将其划分成几个区域，每个区域由满足要求的垂直干线子系统布线来支持。

5. 设备间子系统

设备间是综合布线系统中为各类信息设备（如计算机网络互连设备、程控交换机等）提供信息管理、信息传输服务的建筑物中心。

设备间是在每一幢建筑物的适当地点进行网络管理和信息交换的场地。对于综合布线系统工程设计，设备间主要安装建筑物配线设备。将本楼内各个管理间来的垂直线缆集中在一起并端接在主配线架上，同时用跳线将其接入到网络设备（交换机）中；另一些作用是把公共系统中的各种不同设备互连起来，其中包括电信部门的光缆、电缆、交换机等。为使建筑物内系统的节点可任意扩充、分组，需采用配线架等布线设备。它还包括设备间和邻近单元如建筑物的入口区中的导线，所有的高频电缆也汇总于此。一般情况下，设备间应该包含如下部分：①大型通信和数据设备；②电缆终端设备；③建筑物之间和内部的电缆通道；④通信设备所需的电保护设备等。

设备间（Equipment Room，ER）是一种特殊类型的管理间，但又与管理间有一些差异，设备间一般为整栋建筑物或者整个建筑群提供服务；而管理间只为一栋大型建筑的某层中的一部分提供服务。设备间必须支持所有的电缆和电缆通道，保证电缆和电缆通道在建筑物内部或者建筑物之间的连通性。

设备间应该坐落在一个安全的地方，而且应处于建筑物的中心地带。选择处于中心位置的房间作为设备间可以减少通往管理间和接入设备的干线电缆长度。选择的位置应便于布放建筑物的所有线路。选择的场所应足够大，能够满足建筑物所有面积以及用户数的要求；设备间应位于具有电气基础设施的地方，并且要远离电磁干扰源。

设备间应该能够支持独立建筑或建筑群环境下的所有主要通信设备，包括程控用户交换机 PBX、服务器、交换机、路由器、其他支持局域网和广域网连接的设备；设备间还应具有外部通信线缆端接点的功能，因此通常设备间也是放置通信接地板的最佳位置，接地板用于接地导线与接地干线的连接。因此，如何选取设备间的位置至关重要。

6. 建筑群子系统

综合布线系统大多采用有线通信方式，一般通过建筑群子系统连入公用通信网，从全程全网来看，它也是公用通信网的一个组成部分，使用性质和技术性能基本一致，其技术要求也基本相同。

建筑群子系统由连接多个建筑物之间的主干电缆和光缆、建筑群配线设备（Campus Distributor，CD）及设备线缆和跳线组成。它将各个建筑物的设备间集中在一起，形成用户单位的信息中心。

从系统划分来说，建筑群子系统是综合布线系统一个可能的组成部分；当综合布线系统覆盖多个建筑物时，建筑群子系统才是一个必不可少的子系统，即只有当系统从一个建筑物延伸至另一个建筑物时，才需要考虑建筑群子系统。建筑群子系统用来连接分散的建筑物，这样就需要支持提供建筑群之间通信所需要的硬件,其中包括 STP 电缆、光缆以及防止电缆上的脉冲电压进入建筑物的电气保护装置等。

在建筑群子系统中,一般有架空线缆、直埋线缆、地下管道线缆 3 种室外电缆敷设方式,或者这 3 种方式的任意组合,具体情况应根据现场环境予以决定。一般情况下,建筑群子系统宜采用地下管道敷设方式。管道内敷设的铜缆或光缆应遵循管道和引入口的各项设计规定。此外,安装时至少应预留 1～2 个备用管孔,以供扩充之用。若采用直埋沟内敷设线缆时,如果在同一个沟内埋入其他的图像、监控电缆,则应设立明显的共用标志。

7. 管理子系统

管理子系统是综合布线系统区别与传统专属布线系统的一个重要方面,也是综合布线系统灵活性、可管理性的集中体现,主要体现如何将线缆标示、配线架的端口标示、交连跳线标识以及在布线中从设计、施工到测试、验收所形成的各类文档的管理等。

所谓管理是针对设备间、管理间、进线间和工作区的配线设备、线缆等设施,按一定的模式进行标识和记录的规定。内容包括管理方式、标识、色标、连接等。这些内容的实施,将给今后维护和管理带来很大的方便,有利于提高管理水平和工作效率。特别是较为复杂的综合布线系统,如采用计算机进行管理,其效果将十分明显。目前,市场上已有商用的管理软件可供选用。

管理子系统的主要功能是使整个布线系统与其连接的设备、器件构成一个有机的应用系统。综合布线管理人员可以在配线区域,通过调整管理子系统的交连方式,重新安排线路路由,使传输线路延伸到建筑物内部各个工作区。所以说,只要在配线连接器件区域调整交连方式,就可以管理整个应用系统终端设备,从而实现综合布线系统的灵活性、开放性和扩展性。管理子系统有 3 种应用,即配线/干线连接、干线子系统互相连接、入楼设备的连接。

每个管理间及设备间都有管理子系统。管理子系统是对综合布线系统实施灵活管理、维护的关键部分。管理间为连接其他子系统提供管理手段,是连接干线子系统和水平配线子系统的设施,如图 1.6 所示。

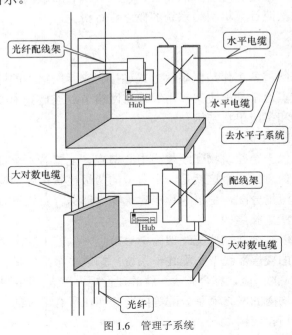

图 1.6　管理子系统

对通信线路的管理通常采用交接和互连两种方式。交接指交叉连接（Cross-Connect），是指在配线设备和信息通信设备之间采用接插软线或跳线上的连接器件相连的一种连接方式。互连（Interconnect）是指不用接插软线或跳线，使用连接器件把一端的电缆、光缆与另一端的电缆、光缆直接相连的一种连接方式。这两种连接方式都允许将通信线路定位或重定位到建筑物的不同部分，可弹性地作各种跳线，以便能更容易地管理通信线路。

1.1.4 综合布线系统的拓扑结构

网络的拓扑结构是指组成网络节点的物理分布。可以把综合布线系统中的基本单元定义为节点，把两个相邻节点之间的连接线称为链路。从拓扑学观点看，综合布线系统可以说是由一组节点和链路组成的。节点和链路的几何图形就是综合布线拓扑结构。选择正确的拓扑结构非常重要，因为它影响网络设备的选型、布线方式、升级方法和网络管理等各个方面。

由于各种通信网络固有技术特性的限制（如流量特性、传输距离等）、建筑物形态的多样性、工程范围的大小等因素，使得在设计综合布线系统方案时，需要从通信网络系统的技术要求出发，构建有效的布线拓扑结构。

综合布线系统的拓扑结构由各种网络单元组成，并按技术性能要求和经济合理原则进行组合和配置。

综合布线系统通常是分布在一个单位有限地理范围内的网络传输系统，虽然所涉及的地理范围只有几公里，但构成的网络拓扑结构却有很多种。对于计算机网络而言，网络拓扑结构有星状和树状等结构；对于有线电视网络来说，采用树状结构；对于数字广播网络来讲，常采用总线型结构。所以，不同的网络系统，其网络结构不一样。这就需要在进行综合布线的过程中，将不同的网络系统进行有效的整合，统一到综合布线的具体实施之中。由于本专业是计算机网络，所以按照计算机网络系统的概念进行讨论。

1. 星状拓扑结构

星状拓扑结构的网络将各工作站以星状方式连接起来，网络中的每一个节点设备都以中心节点为中心。中心节点通常是配线架，用线缆将网络节点连接到中心节点上。星状拓扑结构还可细分为基本星状和多级星状结构。

（1）基本星状拓扑结构

基本星状拓扑结构以一个建筑物配线架为中心节点，配置若干个楼层配线架，每个楼层配线架 FD 连接若干个信息插座。这就是一个典型的两级星状拓扑结构。这种结构形式有比较好的对等均衡的网络流量分配，是单幢智能建筑物内部综合布线系统的基本形式。

（2）多级星（树）状拓扑结构

多级星状拓扑结构以某个建筑群配线架为中心节点，以若干建筑物配线架为中间层中心节点，相应地有再下层的楼层配线架和配线子系统，构成多级星状拓扑结构。这种结构形式常用于由多幢建筑物组成的小区，综合布线系统的建设规模较大，网络拓扑结构也较为复杂。设计时应适当考虑对等均衡的网络流量分配等问题，现在所有单位的综合布线系统只要不是一幢楼，都会采用这种拓扑结构。

2．树状拓扑结构

树状拓扑结构是星状拓扑结构的一种演化，是天然的分级结构，又被称为分级的星状网络结构。来自任何节点的发送也都在传输介质上广播，并能被所有其他节点接收。通常把总线型和树状拓扑结构的传输介质称之为多点式或广播式媒体。树状拓扑结构的特点是网络成本低，结构比较简单。

1.2　综合布线系统的优点

综合布线不仅仅是为了环境美观，更重要的是保证通信网络的稳定性、高效性和日后的方便维护性。在网络的使用过程中，特别是各个系统混杂在一起的情况下，一旦某个系统出现了故障，如何有效的将故障隔离并及时地排除故障，是摆在网络管理者面前的一个十分重要的问题。较多的传统专属布线系统会或多或少的存在此类的问题，一旦系统的线路发生故障，无法从凌乱的布线环境中找出故障点，也就无法快速的将故障隔离或分离出来，从而排除故障。这样的现象在早期的计算机网络的建设中屡见不鲜。主要是缺乏早期的统一规划，当网络进行扩充时，网络的新布线与先前的布线交织在一起，最终成为一个无法管理、无法进行扩展、无法进行维护的网络。而综合布线系统则是在先前的教训中，不断总结经验，形成了一套标准化的、规范化的布线方案，消除了传统专属布线的弊端，使综合布线系统成为人们乐于接受的一个网络建设的整体方案。

我国国家标准《火灾自动报警系统设计规范》（GB50116—1998）、《火灾自动报警系统施工及验收规范》（GB 50166—2007）明确规定：火灾报警和消防专用的传输信号控制线路必需单独设置和自行组网，不得与建筑自动化系统的各个低压信号线路合用，也不能与通信系统混合组网。这就明确规定，消防报警系统应遵循自己的综合布线规范和要求。于是智能大厦、智能小区、智能建筑物的综合布线应该分为两个部分，其一是消防报警系统的综合布线系统；其二是通用的多媒体信号（语音、视频图像、监控保安、公共广播等）的综合布线系统。在实际的应用环境中，由于语音通信和计算机网络系统的终端设备和缆线的路由基本一致，其电气特性和使用要求基本一致，可以使用同一性质的传输介质和部件。所以，目前综合布线系统的综合范围是以这两个系统为主，而其他系统的介入，是根据具体的实际情况和工程以及用户的需要予以确定，比如有线电视系统、监控保安系统、公共广播系统的介入等。

综合布线系统的目的就是一次布线，长久使用，同时在使用的过程中确保通信网络在运营时的高效率和维护的低成本。因此在综合布线系统的规划、设计、施工、调试的过程中应该考虑技术的先进性与实用性相结合、灵活性与稳定性相结合的原则。其主要优点体现在以下几个方面。

1．结构清晰，便于管理维护

传统的专属布线系统是对各种不同设施分别进行设计和施工，相互独立。导致建筑物内部线路如蜘蛛网般凌乱。在拉线时又免不了在墙上挖洞，在室外挖沟，造成一种"填填挖挖挖挖填，修修补补补补修"的难堪局面，而且还造成难以管理、布线成本高、功能不足和不适应发展的需要等缺点。综合布线系统就是针对这些缺点而采取的标准化、规范化的统一设计、统一材料、统一布线、统一安装施工，做到结构清晰，便于集中管理与维护。

2．技术先进，适应发展需要

综合布线系统采用先进的技术标准，使用超 5 类线、6 类线、光纤进行混合布线方式，通信速率很高，为将来的发展留有充足的余量，可满足未来发展的需要。

3．灵活性强，适应不同需求

综合布线系统使用起来非常灵活，一个标准的插座，既可接入电话，又可以连接计算机终端设备，实现语音、数据互换，同时也能适应各种不同结构的局域网。

4．兼容性强，便于系统扩充

综合布线系统的兼容性是指不同厂家生产的各类设备、器件可以综合在一起工作，均可相互兼容；同时采用冗余式布线和树形结构的布线方式，既提高了设备的工作能力，又便于系统的扩充。

5．统一施工，节约投资成本

综合布线系统可以统一规划、统一设计、统一施工、线路统一走向，可减少占用的空间、减少用料和施工费用，节约投资成本。

1.3　综合布线系统的相关标准

综合布线系统的工程是依靠严格执行布线规程、标准，来保证综合布线系统工程的先进性、实用性、灵活性、开放性和可维护性。

1.3.1　制定综合布线系统标准的组织机构

综合布线系统这一概念从提出到现在已经普及应用，其中的许多技术已经成熟，这主要得益于许多国际间标准化组织的积极参与。它们是国际标准化组织（ISO）、美国国家标准学会（ANSI）、通信行业协会、电子行业协会（TIA/EIA）、国际电工委员会（IEC）、美国电气电子工程师协会（IEEE）、国际电信联盟（ITU）、欧洲标准化委员会（CENELEC）、中国国家标准化管理委员会（SAC）等组织。

1.3.2　综合布线系统标准

目前综合布线系统标准一般为：
（1）中国国家标准《GB 50311-2007 综合布线系统工程设计规范》，参见附录 A。
（2）美国 EIA/TIA 为综合布线系统制定的一系列标准：
① EIA/TIA -568 民用建筑线缆标准。
② EIA/TIA -569 民用建筑通信通道和空间标准。

③ EIA/TIA -607 民用建筑中有关通信接地标准。

④ EIA/TIA -606 民用建筑通信管理标准。

1.3.3　综合布线系统的要点

无论是国家标准还是 EIA/TIA 制定的标准，其标准要点都包含以下几个方面的内容。

1. 目的

（1）规范一个通用语音和数据传输的缆线布线标准，以支持多设备、多用户环境；

（2）为服务于商业通信设备和布线产品的设计提供方向；

（3）能够对商业建筑中综合布线系统进行规划和安装，使之能够满足用户的多种通信需求；

（4）为各种类型的缆线、连接器件以及综合布线系统的工程设计和安装建立性能和技术标准。

2. 范围

指出适用范围，一般标准针对的是"商业办公"通信系统，同时要指出使用寿命。综合布线系统的使用寿命一般要求在 15 年以上。

3. 内容

标准的内容主要说明所用传输介质、拓扑结构、布线距离、用户接口、缆线规格、连接器件性能、安装工艺等。

2007 年 4 月 6 日，中华人民共和国建设部发布的《综合布线系统工程设计规范》（GB50311-2007）、《综合布线系统工程验收规范》（GB50312-2007），是在国家 2000 版标准的基础上总结经验修订完善的，并增加了强制性条款，使之更加符合目前行业的发展需要。新布线标准注入了相当多的新内容，与原来标准相比更加实用，更具可操作性，特别是设计内容，约 80%都是新内容；验收标准的内容也完善了许多，但总框架并没有改变。GB50311-2007、GB50312-2007 与 GB/T50311-2000、GB/T50312-2000 和国际标准主要的差异有以下几点。

（1）保持 3 类和 5 类布线的基本链路的测试规范，支持已经安装的布线系统的评估。

（2）对于 5e 类、6 类和 7 类线的测试参数、曲线与门限值与 ISO-11801-2002 的要求相呼应，但不采用插入损耗大于 4dB 时，对 NEXT、PSNEXT 和 ACR 不做评估的特例。

（3）《综合布线系统工程设计规范》（GB50311-2007）规定，当温度提升 5℃时，永久链路的最大长度需要减小 1～2m。

（4）对于光缆，需要对每一条光缆的两个方向都测试衰减和长度测试。

（5）在 GB50312-2007 的附录 7.0.2 中，参照 TIA/TSB 155 提出了对光纤链路的等级 1（必须）和等级 2（可选）认证测试的建议；在等级 2 中，要求对每条光纤做出 OTDR 曲线，以此来加强对光缆的质量控制。

（6）对于测试仪，明确要求产品应有国际和国内检测机构的认证书和计量证书。

总之，GB50311-2007、GB50312-2007 标准体现的主要思想是：①与国际标准接轨，以国际标准的技术要求为主，避免了厂商对标准应用的一些误导；②内容符合国家的法规政策，满足电信业务竞争的机制要求；③许多数据、条款更贴近工程实际应用，可操作性强，且留有发展余地。

1.3.4　综合布线系统设计等级

对于建筑物的综合布线系统，其布线等级分别是基本型综合布线系统、增强型综合布线系统和综合型综合布线系统 3 种。

1.　基本型综合布线系统

基本型综合布线系统是一个经济的、有效的布线方案。它的配置如下。
（1）每一个工作区为 $8\sim10m^2$；
（2）每个工作区设置一个信息插座；
（3）每个工作区设置一个语音插座；
（4）每个工作区设置一条双绞线电缆作为水平布线子系统。

2.　增强型综合布线系统

增强型综合布线系统是在基本型综合布线系统的基础上，增加了一些功能，其配置如下。
（1）工作区支持 $10\sim15m^2$；
（2）每个工作区设置两个信息插座；
（3）每个工作区设置两个语音插座；
（4）每个工作区设置两条双绞线作为水平布线子系统。

3.　综合型综合布线系统

综合型综合布线系统是将双绞线和光纤纳入建筑物内，其基本配置为：
（1）每个工作区支持 $10\sim30m^2$；
（2）每个工作区设置两个以上的信息插座；
（3）每个工作区设置多个语音插座；
（4）水平布线子系统采用两条以上的双绞线和光纤。

1.4　综合布线系统的发展

在创新中求发展，在发展中求进步，在进步中再创新。综合布线系统这一概念从建立到被人们接受的今天，只是经历了大约 30 年的时间，但其发展同其他信息技术一样迅猛。随着网络在社会各个领域的不断扩张应用，综合布线系统已成为信息技术行业不可或缺的新成员。由于计算机网络的不断发展，以及国家对宽带智能小区的建设，导致通信网络充斥整个空间，因而综合布线系统的需求逐年增长。尤其是随着数字社会、数字小区、数字家居概念的建立，网络技术的高速发展，综布线的发展目标、标准和技术理念，产品的研发都会随之而改变。

1.4.1 综合布线标准不断完善

综合布线产品从最初的 3 类到现在的 5 类、5e 类，都是在相关的标准指导和规范下进行的，随着新产品新技术的飞速发展，布线标准也在随之不断的更新完善。国际标准化委员会（ISO/IEC）和北美的工业技术标准化委员会（ANSI/TIA/EIA）都一直在努力制订新的标准，使之达到系列化，以满足综合布线系统的技术要求。布线标准的不断完善将会使布线系列产品更加规范化、标准化，相继推出的有增强型 6 类和 7 类综合布线标准。

1. 增强型 6 类综合布线标准和 7 类布线标准

2002 年 6 月，在美国通信工业协会（TIA）TR-42 委员会，正式通过了 6 类布线标准，是 ANSI/TIA/EIA 568-B.2 的增编。作为 ANSI/TIA/EIA 568-B 标准的附录，被正式命名为 ANSI/TIA/EIA 568-B.2.1。该标准同时也被国际标准化组织（ISO）批准，标准号为 IS011801-2002。新的 6 类标准在两个方面对以前的草案进行了完善，TIA 指定 6 类系统组成的成分必须向下兼容（包括 3 类、5 类、5e 类布线产品），同时必须满足混合使用的要求。6 类布线标准对 100Ω平衡双绞电缆、连接器件、跳线、信道和永久链路作了具体要求。

7 类标准是一套在 100Ω双绞电缆上支持最高 600MHz 宽带传输的布线标准。从 7 类标准开始，布线历史上出现了"RJ 型"和"非 RJ 型"接口的划分。由于"RJ 型"接口目前达不到 600MHz 的传输带宽，7 类标准还没有最终论断，国际上正在积极研讨 7 类标准草案。

注意：RJ 是 Registered Jack 的缩写。在美国联邦通信委员会标准和规章（FCC）中 RJ 描述公用电信网络的接口，常用的有 RJ-11 和 RJ-45。计算机网络的 RJ-45 是标准 8 位模块化接口的俗称。在以往的 4 类、5 类、5e 类，包括刚刚出台的 6 类布线系统中，采用的都是 RJ 型接口。

2. 国家布线标准不断完善

依据国际标准和我国的综合布线市场具体需求的情况，中华人民共和国建设部于 2007 年 4 月 6 日发布了综合布线系统工程的最新国家标准。它们是《综合布线系统工程设计规范》（编号为 GB50311-2007）、《综合布线系统工程验收规范》（编号为 GB50312-2007），自 2007 年 10 月 1 日起实施。其中，设计规范中的第 70.9 条为强制性条文，必须严格执行。验收规范中的第 5.25 条为强制性条文，必须严格执行。原《建筑与建筑群综合布线系统工程设计规范》（GB/T50311-2000）和《建筑与建筑群综合布线系统工程验收规范》（GB/T50312-2000）同时废止。新标准增加的强制性条款要求在综合布线系统的设计和验收时必须严格执行，为系统设计和工程施工提供了保障。

1.4.2 综合布线系统的新技术变革

发展是硬道理，发展是推进技术进步的生命力，高新技术的进步推动新产品的开发与应用。随着信息技术高速发展，综合布线技术也发生着日新月异的改变。综合布线的技术变革主要体现在以下几个方面。

1．6 类、7 类双绞电缆将成为综合布线电缆的主导产品

综合布线的铜缆双绞电缆伴随计算机网络从以太网 10Mbit/s、快速以太网 100Mbit/s 阶段以及现在的吉比特以太网，经历了 3 类、4 类、5 类、5e 类的演变过程。5e 类双绞电缆是为了满足快速以太网 100Mbit/s 的需求而推出的。6 类、7 类双绞电缆则是为了满足吉比特以太网 1000Mbit/s 的需求而产生的。由于人们对通信量的需求在不断的提高，原来的 5 类双绞电缆已经不能满足吉比特以太网的要求，于是新的产品被开发出来。6 类双绞线缆用作吉比特以太网时，若只使用 4 对线中的 2 对线，其性能要比 5e 类双绞线缆使用 4 对线要好。按照 IEEE 802.3an 标准提出的解决方案，6e 类和 7 类铜缆布线系统支持传输 10Gbit/s 的信息量也已成为可能。既然 6e 类可以达到该指标，那么 7 类的布线产品应达到支持 1Gbit/s 的带宽。由于 7 类产品为屏蔽布线，更有利于降低缆线之间的串扰影响。对于 6e 类和 7 类的电缆及接插件的结构、材质以及制造工艺上的变革，使得系统的传输距离可以达到 55～100 米。目前 6 类线的造价为 5e 类的 1.3～1.4 倍，从计算机网络设备的减少来看，综合投资不是太高，况且 6 类双绞电缆与 5e 类双绞电缆属于同一物理结构，大量生产 6 类双绞电缆会进一步降低造价。因此可预计未来几年，6 类、7 类双绞电缆将成为综合布线铜缆的主导产品。

2．根据建筑物的用途不同采用新技术

根据建筑物的不同用途，如出租型办公楼、会展中心、会议室、超市和场馆等，针对此类项目，如按传统的设计技术去确定工作区加以信息点的配置，其结果必然会使信息点的位置偏离实际的使用场地而造成人力和器材的浪费。为此，有关厂家开发出了多用户信息插座和集合点配线箱产品。多用户信息插座是将多个 RJ-45 插座集中安装于一个盒体，将某一个区域的多个信息点集中设置在某一个位置，然后根据用户确定的位置，再通过设备电缆延伸到工作区用户络端。而集合点配线箱是在水平电缆的路由中设置的，也就是将水平干线电缆和配线设备分为房屋建设期和用户使用装修期两个阶段实施，这样可以适应用户的多次变换。这种新产品的使用为用户提供了很大的便利。

3．光纤是未来布线的首选传输介质

由于光纤具有速率高、带宽宽、传输距离远和抗干扰能力强的特性，因此光纤在局域网桌面的应用越来越多。光纤的应用不仅能满足通信网络对于信息传输的高速增长或传输距离的要求，还适用于一些特定的场合。特别是综合布线环境中存在严重的干扰源（电场与磁场）时，当采用屏蔽布线仍然达不到 EMC 指标要求时，光纤无疑是抗干扰性较好的传输介质。再如在一些管线较为密集的部位布放缆线，电缆与电力线之间或其他弱电系统缆线之间的间距达不到相应的标准要求时，内、外网络传输电缆间距达不到保密标准的规定等情况时，光纤也是首选传输介质。

从千兆位以太网标准 IEEE 802.3ab 和 IEEE802.3z 提出的 5 类布线及单模光纤和多模光纤的应用到万兆位以太网标准 IEEE 802.3ae 的制定与出台，为光纤带来了新的应用前景。尤其是对 50μm 多模光纤（OM3）来说，充分体现了无论在短波长或长波长的光源时均能达到 300m 传输距离的优势。当然，在建筑群和智能小区范围内，采用单模光纤作为传输介质则更为合适，因为单模光纤在通信网络应用中会有更大的发展空间。光纤在万兆位以太网的应用能将通信网络扩展到城域网的范围，为用户提供一种新的业务拓展能力。

同时，在未来的综合布线环境中，全光网络逐步替代铜缆网络将是一个大的发展趋势，这种替代首先会在一些重要政府单位和重大工程项目、智能小区等应用。所谓全光网络，原理上就是在网络中直到端用户节点之间的信号信道始终保持光信号形式，即端到端的全光路，中间没有光电转换器。

4. 综合业务应用技术

综合布线系统除完成基本的配线功能之外，还应能用于支持信息处理与交换，特别是适用于大客户用户群和家居配线的场合，以扩展它的功能。

在配线箱中设置电、光的连接模块及管理跳线，同时又预留电话交换设备、以太网交换机、接入网设备、有线电视放大器、各种功能模块和适配器等设施的安装空间，让用户可以根据自身的需要加以选择，可随意配置。上述设施除了完成各终端设备的内部通信以外，还可通过端接设备实现宽带和综合业务的接入；也可将部分业务的信息经过端口和公共通信网络实现信息的集成和远程监控，为用户提供全方位的解决方案，并避免用户自建通信网络的不便。

5. 智能化网络管理技术

综合布线系统的另一个重要内容就是对整体系统的标识与管理。ANSI/TIA/EIA 606、GB50311-2007 和 GB 50312-2007 标准已经对标签内容的表示方式和材料选用做出了明确规定。但在日后的管理与维护中工作量还是地较大的。加之目前综合布线系统工程的维护管理大部分采用应用软件加以实施，但对于一些规模较大的工程则无法实现实时、有效的管理。如果将硬件与软件结合，那么采用以太网平台进行管理无疑会给用户带来更大的方便。人们设想将配线模块与网络设备端之间的连接状态经过特殊的跳线与电子开关，实时地监测端口的忙闲状态，并将使用情况与端口的地址信息送至网络平台所连接的管理服务器进行综合管理。当然也可将信息传输至建筑物的中央集成系统，实现集中监控。这样可大大提高网络管理与维护的效率。

6. 整体大厦集成布线系统 TBIC 应用

西蒙公司根据市场的需要，带着利用综合布线系统对语音和数据系统的综合支持，能否使用相同或类似的综合布线思想来解决楼房自动控制系统的综合布线，使各楼房控制系统都像电话、计算机一样，成为即插即用的系统这样一个问题，于 1999 年初推出了整体大厦集成布线系统（Total Building Integration Cabling，TBIC）。该系统基本上解决了这个问题。它扩展了综合布线系统的应用范围，以双绞电缆、光缆和同轴电缆为主要传输介质，支持语音、数据以及所有楼宇自控系统弱电信号的传输。TBIC 系统支持所有的系统集成方案，使大厦成为一个真正的即插即用大厦，如图 1.7 所示。

语音	数据	空调	照明	安全	消防	其他系统
TBIC 系统层						
大厦土建结构						

图 1.7　西蒙 TBIC 系统对大厦的服务

为已存在或在建的建筑物铺设一条完全开放的、兼容的、综合的信息高速公路，其目的是为整个建筑物提供一个集成布线平台，使建筑物中的所有设备真正成为即插即用（Plug&Play）将是综合布线系统的发展目标。在这种建筑物内的各子系统，如空调自控系统、照明控制系统、保安监控系统、消防安全系统等，都被纳入网络布线系统进行综合考虑。

展望未来，综合布线系统的各种应用技术将进一步促使综合布线系统从"无源向有源，单一向综合"发展。综合布线系统在线缆技术的研究方面也已经开辟了新的研究领域，新的线缆、新的连接设备将会在综合布线技术方面不断取得突破。

1.4.3 综合布线系统的发展方向

综合布线系统能为建筑物提供电信服务、通信网络服务、安全报警服务、监控管理服务，是建筑物实现通信自动化、办公自动化和建筑物管理自动化的基础，也是构造智能化建筑物的基本要素之一。特别是计算机网络的传输速率在过去的 30 多年里增加了 100 余倍，从最初的 10Mbit/s 达到了 l000Mbit/s。这对整个系统的传输介质提出了更高的要求，从而也促进了综合布线系统的快速发展。

纵观先前近 30 年的发展，我们可以预测，综合布线系统要解决的矛盾是现有技术怎样适应未来的需要。由于综合布线系统工程已经成为建筑设计施工的重要组成部分，它的发展一方面要保证综合布线系统工程现在的应用，同时要考虑面向未来的需求。

因此，一个综合布线系统的设计流派倡导"开放性布线原则"和"预先的布线系统（Premise Distributed System，PDS）"技术。这些技术在一定程度上能延续现在通信网络的使用寿命。通信网络应具有很好的伸缩性和适应能力，面对未来新的通信网络技术，这种前瞻性设计将起重要作用。布线技术也是一样，用户不可能指望现在的缆线系统会使用到 20 年以后，因而一个重要的综合布线系统设计流派主张比"够用"略超前一些即可，但是其先进的、独立设计的线槽系统应当是便于更新的，适用于从双绞电缆到光缆的所有缆线系统，甚至可以适用于现在还没有研制出或根本没有听说过的传输介质。

综上所述，各有所见。未来的综合布线系统应该呈现以下几种特性。

1. 开放性

为了延长布线系统和通信网络的使用寿命，在综合布线系统中要充分考虑到未来整个布线系统和应用系统的升级，为今后的技术发展留有扩展空间，使其具有良好的适应能力。综合布线系统的接口应全部采用相关的标准接口，其电气特性也应全部符合标准规定，部分改变应用系统设备不会影响布线结构。

2. 集成性

集成性是指布线系统的功能和设备集成化，使其像计算机和电话一样任意插拔，成为即插即用的系统。

3. 智能性

智能性是针对智能建筑和智能小区布线提出的。目前，对智能小区而言，布线系统既有标准可循，又被市场需求推动，而且房地产商也越来越看重建楼时对综合布线的考虑，用不到总投资 1%的成本可以赢得几倍甚至十几倍的利润。

4．灵活性

综合布线在相当长的一段时间内还是要围绕有线传输介质展开。因此，布线系统的体系结构应相对固定，一般的线路也应通用，可以根据用户需要，有限地移动设备位置。随着无线局域网和移动通信技术的迅速发展，综合布线系统将进一步呈现不受缆线约束限制的灵活性，适用于无线网络的互连。

5．兼容性

兼容性主要表现为综合布线系统产品的通用性，应用产品的相对独立性，产品的更新不影响其上层的应用系统，上层应用系统的改变也不会从根本上改变现有的综合布线系统。

综合布线系统的主要发展目标应该着眼于：使建筑物具有高度的安全性、生活环境的舒适性、通信方式的便利性、信息服务的综合性和家庭管理的智能性。

思考与练习题

1．简述"综合布线系统"的概念。

2．综合布线系统可以划分为哪些子系统？每个子系统的范围和作用是怎样的？

3．综合布线系统主要有哪些功能特点？

4．综合布线系统与传统专属布线系统比较，其主要优点是什么？

5．为什么说综合布线有很高的性能价格比和良好的初期投资特性？

6．ANSI/TIA/EIA 568-B 与 ISO/IEC11801 标准的区别是什么？

7．ANSI/TIA/EIA 568-B 标准是有关什么方面的标准？

8．如何获取相关的国际标准和国家标准文件？试在 Internet 上检索相关的综合布线系统标准。

9．请在网站上查阅综合布线的发展过程。

10．简述工作区子系统的组成。

11．什么是水平配线子系统？

12．什么是管理间子系统？

13．简述垂直干线子系统的组成？

14．综合布线系统的设计等级有几种？有哪几种？

15．综合布线系统的设计要点是什么？

第2章 传 输 介 质

传输介质是指网络连接设备之间的中间连接线路或器件，即信号传输的媒体。传输媒体是将通信网络系统中的信号无干扰、无损伤地从数据源一端传输到需要该信号的用户设备一端。为了使信号在接收设备端准确无误地解码，在信息源正常的情况下，必须保证信号在传输介质中传输的可靠性。目前，不同的通信网络系统所使用的传输介质各异，主要有导向传输介质和非导向传输介质两类。

导向传输介质通常为信号提供一种信号导向，通常使用某种类型的线缆。它是由两根或两根以上的导体集中装配在一起组成。线缆是一个组合体，它由绝缘体、导体、加固元件和护套构成。导体用来引导信号的传输，加固元件主要提供线缆的抗拉作用，护套是将导体和加固元件固定在一起。一般情况下，线缆可以分为同轴电缆、铜质非屏蔽双绞电缆（UTP）、屏蔽双绞电缆（STP）或是由光纤组成的光缆。

非导向传输介质是指传播无线电波、红外线等的大气层，用于对无线信号的传输。微波通信和卫星通信都是在大气中传输无线电波的。

对综合布线系统而言，主要介绍几种常用导向传输介质。

2.1 双 绞 电 缆

双绞（Twisted Pair，TP）电缆也称为双绞线、双扭电缆，它由两两相绞的线对组成。是最常用的导向传输介质之一。

2.1.1 双绞电缆的构成

普通双绞电缆是由 4 对双绞线组成，每一对线是由具有绝缘层的铜导线按一定密度螺旋状互相绞缠在一起构成的线对。所谓线对（Pair）是指一个平衡传输线路的两个导体，一般指一个双绞线对。把四对或多对双绞线对放在一个绝缘套管中组成了普通意义上的双绞电缆和大对数双绞电缆。双绞电缆中的各线对之间按一定密度逆时针相应地绞合在一起，绞距为 3.8114cm，外面包裹绝缘材料，普通双绞电缆的基本结构如图 2.1 所示。

双绞电缆的电导线是铜导体。铜导体采用美国

图 2.1 普通双绞电缆的基本结构

线规尺寸系统（American Wire Gauge AWG）标准，如表 2.1 所列。

表 2.1 双绞电缆导体线规

线 缆 规 格	线 径	
AWG	毫米（mm）	英寸（in）
19	0.9	0.0359
22	0.64	0.0253
24	0.511	0.0201
26	0.4	0.0159

在双绞电缆内，不同线对具有不同的扭绞长度，相邻双绞线对的扭绞长度差约为 1.27cm。依据电磁理论，线对互相扭绞主要就是利用铜导线中电流产生的电磁场互相抵消邻近线对之间的串扰，提高传输信道的抗干扰性。双绞线对的扭绞密度和扭绞方向以及绝缘材料，直接影响双绞电缆的性能指标，如特征阻抗、衰减和近端串扰等。

常见的双绞电缆绝缘外皮里面包裹着 4 对共 8 根线，每两根为一对相互扭绞。也有超过 4 线对的大对数电缆，大对数电缆通常用于干线子系统布线。在布线标准中，双绞电缆有时也称为平衡电缆。平衡电缆（Balanced Cable）是指由一个或多个金属导体线对组成的对称电缆。图 2.2 所示是 4 线对双绞电缆和 25 线对大对数电缆的外形图。

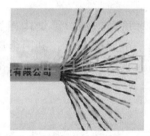

图 2.2　4 线对双绞电缆和 25 线对大对数电缆的外形图

为了提高双绞电缆的抗电磁干扰能力，需要在双绞线对的外面再加上个用金属丝编制成的屏蔽层，构成屏蔽双绞电缆（Shielded Twisted　Pair, STP）。因此，双绞电缆按其结构是否有金属屏蔽层，有非屏蔽双绞电缆（Unshielded Twisted Pair，UTP）和屏蔽双绞电缆（STP）两种结构形式。

1. 非屏蔽双绞电缆

非屏蔽双绞电缆在目前综合布线系统中使用最多。它可以用于语音、低速数据、高速数据和呼叫系统，以及建筑自动化系统。该电缆的线规一般为 22AWG 或 24AWG，24AWG 是最常用的规格。非屏蔽双绞电缆由多线对外包缠一层聚乙烯化合物的氯化物（PVC）绝缘塑料护套构成。6 类 4 线对非屏蔽双绞电缆如图 2.3 所示。这种双绞电缆的产品特征是单股裸铜线聚乙烯（PE）绝缘，2 根绝缘导线扭绞成对，聚乙烯或聚卤低烟无卤护套。非屏蔽双绞电缆的特征阻抗为 100Ω。

UTP 电缆的优点主要有：线对外只有护套，没有屏蔽层，电缆的直径小，节省所占用的空间；质量小、易弯曲，较具灵活性，容易安装；串扰影响小；具有阻燃性；价格低等。由于它没有屏蔽层，所以抗外界电磁干扰的性能较差，同时在信息传输时易向外辐射，安全性较差，在军事和金融等重要部门的综合布线系统工程中不宜采用。如果用于采用数据加密技术的场合，则不用多虑。

2. 屏蔽双绞电缆

屏蔽是保证电磁兼容性的一种有效方法。主要目的是屏蔽外部信号对网络信号的干扰，同时也防止网络信号对外界的干扰以及网络信息的泄漏。实现屏蔽的一般方法是在连接线缆或器件的外层包上金属屏蔽层，以滤除不必要的电磁波。屏蔽双绞电缆就是在普通双绞电缆的基础上增加了金属屏蔽层，从而对电磁干扰有较强的抵抗能力。在屏蔽双绞电缆的护套里面，增加一根贯穿整个电缆长度的漏电线，该漏电线与电缆屏蔽层相连，从而起到屏蔽的作用。

屏蔽电缆可分为电缆金属箔屏蔽（F/UTP）、线对金属箔屏蔽（U/FTP）、电缆金属编织丝网加金属箔屏蔽（SF/UTP）、电缆金属箔编织网屏蔽加上线对金属箔屏蔽（S/FTP）几种结构。这是按照《用户建筑群的通用布缆》（ISO／IEC 11801-2002）中推荐的方法进行统一命名的。

屏蔽电缆的屏蔽效果，金属箔对高频、金属编织丝网对低频的电磁屏蔽效果最佳。若采用双重屏蔽（SF/UTP 和 S/FTP）则屏蔽效果更为理想，可同时抵御线对之间和来自外部的电磁辐射干扰，减少线对之间及线对对外部的电磁辐射干扰或网络信息的泄漏。因此，屏蔽布线工程有多种形式的电缆可以选择，为保证良好屏蔽，电缆的屏蔽层与屏蔽连接器件之间必须做好完全的连接。

屏蔽双绞电缆与非屏蔽双绞电缆结构相类似，电缆芯是铜双绞线对，护套层是绝缘塑橡皮，在护套层内增加了金属屏蔽层。利用金属对电磁波的反射、吸收和集肤效应原理有效地防止外部电磁干扰进入电缆，同时也阻止内部信号辐射出去干扰其他设备的工作。FTP 屏蔽双绞电缆结构如图 2.4 所示。

图 2.3　非屏蔽双绞电缆（UTP）结构　　　　图 2.4　屏蔽双绞电缆（FTP）示意图

SFTP 电缆由绞合的线对和在多对双绞线对外纵包铝箔后，再在铝箔外增加一层铜编织网而构成。SFTP 提供了比 FTP 更好的电磁屏蔽特性。

从图 2.3 和图 2.4 中可以看出，非屏蔽双绞电缆和屏蔽双绞电缆都有一根用来撕开电缆保护套的拉绳。屏蔽双绞电缆在铝箔屏蔽层和内层聚酯之间还有一根排流线，即漏电线，把它连接到接地装置上，可泄放金属屏蔽层的电荷，解除线对之间的干扰。

屏蔽双绞电缆外面包有较厚的屏蔽层，所以它具有抗干扰能力强、保密性好、不易被窃听等优点。屏蔽双绞电缆价格相对较高，安装时也比非屏蔽双绞电缆困难一些。在安装时，屏蔽双绞电缆的屏蔽层应两端接地（在频率低于 1MHz 时，一点接地即可；当频率高于 1MHz 时，最好在多个位置接地），以释放屏蔽层的电荷。如果接地不良（接地电阻过大、接地电位不均衡等），就会产生电势差，成为影响屏蔽系统性能的最大障碍和隐患。由于屏蔽双绞电缆的重量比非屏蔽电缆要重、体积要大、价格也较贵以及不易施工等原因，除非特殊场合，一般不采用屏蔽双绞电缆。

3. 双绞电缆的分类

双绞电缆作为最常用的综合布线系统传输介质，有许多品种类型，可以从不同的角度进行分类。

按用途可分为建筑物用干线电缆、垂直电缆、水平电缆以及工作区线缆等。

按导体结构可分为实心导体、绞合导体、铜皮导体电缆。

按绝缘材料可分为聚烯烃、聚氯乙烯、含氟聚合物及低烟无卤热塑性材料绝缘电缆。

按绝缘型式可分为实心绝缘和泡沫实心绝缘电缆。

按有无总屏蔽可分为无总屏蔽电缆和带总屏蔽电缆。

按规定的最高传输频率可分为 16MHz（3 类）、20MHz（4 类）、100MHz（5 类）或 200MHz（6 类）电缆等。

按特征阻抗可分为 100Ω 和 150Ω 电缆。

在实际中，我国双绞线的分类如图 2.5 所示。

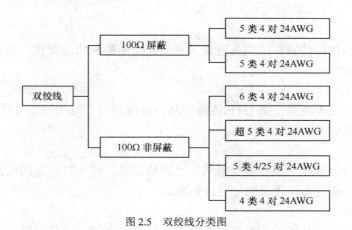

图 2.5　双绞线分类图

（1）按电气传输特性分类

对屏蔽和非屏蔽两大类双绞电缆，按其电气传输特性可分为 100Ω屏蔽/非屏蔽电缆，每种电缆的型号又有多种。

① 100Ω屏蔽电缆。5 类 4 对 24AWG 屏蔽电缆、5 类 4 对 26AWG 屏蔽电缆。

② 100Ω非屏蔽电缆。这种类型的品种较多，国际电工委员会和国际电信委员会已经建立了双绞电缆的国际标准，并根据应用领域分为 7 个类别。每种类别的线缆生产厂家都会在其绝缘外皮上标注其种类，例如 Cat5 或者 Categories-5 等指 5 类双绞电缆。

各类双绞电缆简介如下。

6 类双绞电缆：这是一个新级别的双绞电缆，TIA/EIA 的 6 类标准于 2002 年 6 月 7 日正式颁布，6 类的带宽由 5 类、5e 类的 100MHz 提高到 200MHz，为高速数据传输预留了广阔的带宽资源。

5e 类双绞电缆：4 对 24AWG 非屏蔽双绞电缆；5e 类（Cat5e）是厂家为了保证通信质量

单方面提高的 Cat5 标准，目前并没有被 TIA/EIA 认可。5e 类对现有的 UTP 5 类双绞电缆的部分性能进行了改善，不少性能参数，如近端串扰（NEXT）、衰减串扰比（ACR）等都有所提高，但带宽仍为 100MHz。

　　5 类双绞电缆：4/25 对 24AWG 非屏蔽双绞电缆增加了绕绞密度，外套一种高质量的绝缘材料，传输频率为 100MHz，用于语音传输和最高传输速率为 100Mbit/s 的数据传输，主要适用于 100Base-T 和 10Base-T 网络。

　　4 类双绞电缆：一般传输频率为 20MHz，已很少使用。

　　（2）按线缆结构形式和应用场合分类

　　对屏蔽双绞电缆和非屏蔽双绞电缆，按线缆结构形式和应用场合又可分为垂直主干电缆、自承式电缆、加固自承式电缆、架空电缆、直埋电缆等品种。

2.1.2　双绞电缆的性能

1.　双绞电缆性能

　　双绞电缆的性能指标主要有：衰减、近端串扰、直流电阻、特征阻抗、衰减串扰比 ARC 值、电缆特性等。

　　（1）衰减

　　衰减是信号沿链路传输时的损失度量。衰减随频率的变化而变化，故在测量该指标时应在全部频率点上测量。

　　（2）近端串扰

　　近端串扰损耗用于测量一条 UTP 链路中从一对线到另一对线的信号耦合。它表示在进度按所测量到的串扰值率的变化而变化。

　　（3）直流电阻

　　直流环路电阻会消耗一部分信号能量并转换成热量，每一对线之间的差异并不大。如果差异过大，就应该检查其是否接触不良或短路。

　　（4）特性阻抗

　　特性阻抗包括电阻及相关频率范围内的电感抗和电容抗，它与一对电线之间的距离及绝缘的电气性能有关。

　　（5）衰减串扰比

　　串扰与衰减量的比例关系称为衰减串扰比（ACR）。在某些频率范围内，衰减串扰比是反映电缆性能的另一个重要指标。较大的 ACR 值表示抗干扰的能力更强。

　　（6）电缆特性

　　通信信道的特性是由电缆（SNR）特性来描述的。它是在考虑到干扰信号的情况下，对数据信号的一个度量。如果 SNR 值太低，将导致数据信号的接收器不能分辨数据信号和噪音信号，会导致数据错误。

2.　双绞电缆的性能比较

　　双绞电缆的类型不同，其性能、价格也有差异。对非屏蔽双绞电缆和屏蔽双绞电缆价格、安装成本、抗干扰能力、保密性作了一个综合比较，如表 2.2 所示。而对非屏蔽双绞电缆和屏蔽双绞电缆的衰减和近端串扰在不同频率下的性能进行了比较，如表 2.3 所示。

表 2.2   双绞电缆性能的综合比较

项目 电缆类型	UTP	STP	
		FTP/SFTP	SSTP
价 格	低	较高	高
安装成本	低	较高	高
抗干扰能力	弱	较强	强
保 密 性	一般	较好	好
信号衰减	较大	较小	小
适用场合	室内	室内或室外	室外

表 2.3   非屏蔽双绞电缆与屏蔽双绞电缆衰减和近端串扰比较

频率(MHz)	衰减		近端串扰	
	5 类 UTP	150 欧姆 STP	5 类 UTP	150Ω STP
16	8.2	4.4	44	50.4
25	10.4	6.2	32	47.5
100	22.0	12.3	-	38.5
300	-	21.4	-	31.3

    选择 UTP 和 FTP 电缆的关键取决于外部 EMC 的干扰影响。对于室内的布线或干扰场磁较低时，一般不考虑防护措施。若在室外布线，通常考虑使用屏蔽双绞电缆。根据双绞电缆性能测试表明：在 30MHz 频段内，UTP 与 FTP 的传输效果和抗 EMC 能力相近，超过时，则 FTP 较之 UTP 的隔离度明显要高出 20～30dB。屏蔽电缆的效果要好得多。

2.1.3 常用双绞电缆

    目前，在实际布线工程中，电话语音数据、视频传输的干线子系统、配线子系统布线主要采用 5 类、5e 类及 6 类产品。由于在双绞电缆中，非屏蔽双绞电缆（UTP）的使用率最高，如果没有特殊说明，一般是指 UTP。

    1. 5 类双绞电缆

    典型的 5 类 4 对非屏蔽双绞电缆是美国线缆规格为 24AWG 的实芯裸铜导体，以高质量的氟化乙烯做绝缘材料，其传输频率达 100MHz。

    5 类双绞电缆可用于语音传输和最高传输速率为 100Mbit/s 的数据传输，主要适用于 100Base-T 和 10Base-T 网络。5 类双绞电缆目前仍是通信网络布线的主流传输介质之一。

    2. 5e 类双绞电缆

    5e 类双绞电缆（24AWG 号线规），线对间紧密绞距（每 12mm 或更短就有一个扭绞）。因此，与 5 类双绞电缆相比，5e 类双绞电缆的衰减和串扰更小，可提供更坚实的通信网络基础，满足大多数应用需求，使用其中的两对线，就能满足 100Base-T 网络的需求。若使用所有的 4 对线，则能支持千兆位以太网 1000Base-T，给网络的安装和测试带来了便利，成为目前网络应用中较好的解决方案。

3. 6 类双绞电缆

6 类双绞电缆是一种标准的 4 线对线缆，用 1 对线实现 500Mbit/s，而其频率可达到 250MHz，1Hz（周期）上产生 2bit（正好是一个周期的高电平和低电平）便足够使用了，因此编码方式比较简单。

6 类双绞电缆与 5e 类的另一个不同之处是拥有更紧密的线缆绕绞，同时线对间采用了圆形或片形或十字星形、十字骨架分隔器，如图 2.6 所示。十字星形填充的双绞电缆构造是在电缆中间有一个十字交叉中心，把 4 个线对分成分别的信号区，这样可以提高电缆的近端串扰（NEXT）性能。

图 2.6　6 类双绞线

目前，6 类双绞电缆已经成为中高端市场的主要代表。作为进一步的发展研究，目前正在草拟制定的以 10Gbit/s 以太网为目标的新一代综合布线标准 Cat.6a（超 6 类系统），信道带宽将达到 500MHz。

2.1.4　双绞电缆的标识

使用双绞电缆组建网络时，需要了解双绞电缆中每一对线的颜色，以及外部护套上印刷的各种标志的含义。了解这些标志对于正确选择、安装不同类型的双绞电缆，在施工或监理、测试和验收工作以及网络的维护中迅速定位网络故障会大有帮助。

1. 双绞电缆的颜色标识（即线序排列）

在 4 线对的双绞电缆中，每个线对都用表 2.4 所示的不同颜色进行标识。

表 2.4 　　　　　　　　　　　　　　**4 线对双绞电缆的色彩编码**

线对	1	2	3	4
颜色编码	蓝白，蓝	橙白，橙	绿白，绿	棕白，棕

双绞电缆的两端需要安装 RJ-45 水晶头，以便接入网卡或交换机等网络设备的插座内。双绞电缆在与水晶头结合时，特别注意的是引脚序号。当水晶头的金属片面对我们时，从左到右的引脚序号是 1～8，这组序号在与双绞电缆装配时特别重要。

EIA/TIA 的布线标准中规定了两种双绞电缆的线序，即 568A 和 568B。

568A 标准：1-绿白，2-绿，3-橙白，4-蓝，5-蓝白，6-橙，7-棕白，8-棕。

568B 标准：1-橙白，2-橙，3-绿白，4-蓝，5-蓝白，6-绿，7-棕白，8-棕。

对于大对数电缆，一般以 25 对为最多见。通常将 25 对线分成 5 个组，每组的颜色不同，分别是白色、红色、黑色、黄色和紫色；而在每一组中设定有蓝色、橙色、绿色、棕色和蓝灰色。

通过对线对进行编码，使得每个电缆的线对易于跟踪，避免线对的混乱。

2. 双绞电缆型式代码的表示

双绞电缆作为数字通信用对称电缆产品，包括型式和规格两个方面的标记。双绞电缆型式代码的标记如图 2.7 所示，其中产品的型式代号规定如表 2.5 所示。数字通信用对称双绞电缆产品代号为 HS。

■□ ◆◇ ●○ ⍁－▬

图 2.7 双绞电缆型式代码的标记

其中■一般为 HS，表示是数字通信电缆；□表示用途代号；◆表示导体代号；◇表示绝缘代号；●表示绝缘型式代号；○表示护套代号；⍁表示总屏蔽代号；▬表示派生代号（频率/阻抗）。

表 2.5   双绞电缆型式代码

划分方法	类 别	代 码	划分方法	类 别	代 号
用途	主干电缆	HSG	绝缘材料	聚烯烃	Y
	水平电缆	HS		聚氯乙烯	V
	工作区电缆	HSQ		含氟聚合物	W
	设备	HSB		低烟无卤热塑材料	Z
导体结构	实心导体		护套材料	聚氯乙烯	V
	绞合导体	R		含氟聚合物	W
	铜皮导体电缆	TR		低烟无卤热塑材料	Z
绝缘型式	实心绝缘		总屏蔽	有	P
	泡沫实心绝缘	P		无	
最高传输频率	16MHz（3 类）	3	特征阻抗	100Ω	
	20MHz（4 类）	4		150Ω	150
	100MHz（5 类）	5			

3. 双绞电缆规格代码的表示

非屏蔽双绞电缆规格代码的表示方法如图 2.8（a）所示，屏蔽双绞电缆规格代码的表示方法如图 2.8（b）所示。其中，□为标称线对数；△为线对导体数；○为导体标称直径；P 为线对屏蔽。

□×△×○   □×（△×○）P

（a）非屏蔽双绞电缆规格代码   （b）屏蔽双绞电缆规格代码

图 2.8 双绞电缆规格代码

例如，4 对 0.4mm 线径实心聚丙乙烯护套 100Ω 非屏蔽 5 类数字对称电缆标记为：HSBYV5 4×2×0.4。

2.2 同 轴 电 缆

2.2.1 同轴电缆概述

同轴电缆（Coaxial Cable）是一根由内、外两个铜质导体组成的通信电缆，内铜导体外面是绝缘层，绝缘层的外面有一层导电金属层，最外面还有一层保护用的外部套管。同轴电缆与其他电缆不同之处是只有一个中心导体，内导体可以是单股或多股导线构成。同轴电缆的结构如图 2.9 所示。金属层可以是密集型的，也可以是网状的，金属层用来屏蔽电磁干扰，防止辐射。由于同轴电缆只有一个中心导体，通常被认为是非平衡传输介质。

图 2.9　同轴电缆的结构示意图

同轴电缆中的电磁场封闭在内外导体之间，其辐射较小，同时不易受到外界干扰，经常用于传输多路电视和电话信号。

2.2.2 同轴电缆的类型

同轴电缆按其特征阻抗的不同，分为 50Ω 的基带同轴电缆和 75Ω 的宽带同轴电缆两类。

（1）基带同轴电缆：特征阻抗为 50Ω，如 RG-8（细缆）、RG-58（粗缆），利用这种同轴电缆来传输基带信号，其距离可达 1km，传输速率为 10Mbit／s。基带同轴电缆用于早期的计算机网络 10Base-2 中。利用 BNC 接头将电缆与网卡相连接。目前这两种电缆已不再用于计算机网络，逐渐被双绞电缆和光纤所替代。

（2）宽带同轴电缆：特征阻抗为 75Ω，如 RG-59、RG-62，这种电缆主要用于视频和有线电视（CATV）的数据传输，传输的是频分复用宽带信号。宽带同轴电缆用于传输模拟信号时，其信号频率可高达 300～400MHz，传输距离可达 100km。当用于连接计算机网络时，可构造 10Base-5 结构，传输数字信号时达 10Mbit/s，传输距离达到 500m。

2.2.3 同轴电缆的特性

衡量同轴电缆的主要电气参数有特征阻抗、衰减、传播速度和直流回路电阻。

同轴电缆主要用于对带宽容量需求较大的通信系统。由于早期的 UTP 电缆没有足够的带宽，同时光缆和光电子器件的价格过于昂贵，所以早期的数据通信系统和局域网一般采用同轴电缆。现在数据通信系统和局域网都使用 UTP 电缆和光缆作为传输介质。有线电视和视频网络成为同轴电缆的主要应用领域，它们都需要能够支持高频信号的长距离传输。

同轴电缆的低频串扰及抗外界干扰特性都不如对称电缆。当频率升高时，由于外导体的屏蔽作用加强，同轴管所受的外界干扰及同轴管间的串扰将随频率的升高而降低，因而它特别适合于高频传输。当频率在 60kHz 以上时，同轴电缆中电波的传输速度可按近光速，且受频率变化影响不大，所以时延失真很小。同轴电缆的下限频率定为 60kHz，上限频率可达数十兆赫兹。

同轴电缆因外部设有密闭的金属（铅、铝、钢）及塑料护套，以保护缆芯免遭外界机械、电磁、化学或人为侵害和损伤。同轴电缆具有寿命长、容量大、传输稳定、外界干扰小、维护方便等优点。其缺点是，使用同轴电缆的布线方式都是使用总线拓扑结构，即在一根电缆上同时接入多套计算机，这种结构适宜于机器密集的环境。但当与电缆连接的任一个接触点发生故障时，会串联影响到整条电缆上的计算机。同时，故障的诊断、排查都比较繁琐。所以，早期构建的总线拓扑结构计算机网络多数采用同轴电缆作为传输介质。现在这种同轴电缆只是应用于有线电视网络中，在计算机网络中已不再使用。

2.3　光纤和光缆

光纤（Optical Fiber，OF）是光导纤维的简称，它由石英玻璃制成，横截面积很小的双层同心圆柱体，也称为纤芯。它质地脆，易断裂，必须在外面加上一层防护层。光缆（Optical Cable）是由单芯或多芯光纤构成的线缆。由于光纤传输的是光信号，不受电磁干扰的影响，传输容量大。因而成为目前综合布线系统中的主要传输介质之一。

2.3.1　光纤的结构

光纤是由中心的纤芯和外围的包层同轴组成的圆柱形细丝。一根标准的光纤包括光导纤维、缓冲层、加强层和外护套几个部分。其中每个部分都有其特定的功能，以保证数据能够可靠传输。光纤封装在塑料护套内，使得光纤能够弯曲而不至于断裂，如图 2.10 所示。

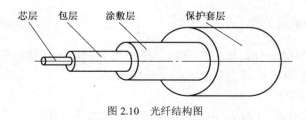

芯层　包层　涂敷层　　保护套层

图 2.10　光纤结构图

光纤裸纤一般包括 3 个主要部分：中心高折射率玻璃纤芯，称为芯径；纤芯的折射率比包层高，损耗比包层低，光能量主要在纤芯中传输。纤芯外是低折射率的硅玻璃包层，为光的传输提供反射面和光隔离，并起一定的机械保护作用。外面是保护性的树脂覆层。这 3 部分通常在生产时一起完成。将光纤按组合在一起，配上加强件和外护套组合在一起就形成了不同的光缆，如图 2.11 所示。

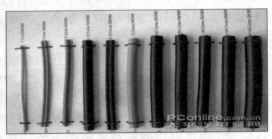

图 2.11　光缆

根据光的折射、反射和全反射原理可知，光在不同物质中的传播速度是不同的。当光从一种物质射向另一种物质时，就会在两种物质的交界面处产生折射和反射；而且，折射光的角度会随入射光角度的变化而变化。当入射光的角度达到或超过某一角度时，折射光会消失，入射光全部被反射回来，这就是光的全反射。光脉冲在内部核心进行传播，并在内部核心与表层的交界处不断进行光的全反射，从而使光脉冲信号沿着"之"字形向前传播。

2.3.2　光纤的类型

光纤主要用于高质量数据传输及网络干线连接。光纤的种类很多，分类方法也各种各样。可按照制作材料、工作波长、折射率分布和传输模式等对它们进行分类。

按照制造光纤所用的材料分类，有石英系列光纤、多组分玻璃光纤、塑料包层石英芯光纤、全塑料光纤和氟化物光纤等。

按光纤的工作波长分类，有短波长光纤、长波长光纤和超长波长光纤。光纤布线中使用光波的以下几个波段：800～900nm 短波波段；1250～1350nm 和 1500～1600nm 长波波段。在这些波段中，光纤传输性能表现最佳，尤其是运行于波段的中心波长之中。所以，多模光纤运行波长为 850nm 或 1300nm，而单模光纤运行波长则为 1310nm 或 1550nm。

下面主要讨论按折射率分布和传输模式的分类方式。

1.　按折射率分布情况分类

若按横截面上的折射率分布情况，可将光纤分为突变型（或阶跃型）、渐变型（或梯度型）以及三角形等。三角形是渐变型光纤的一种特例。

（1）突变型光纤（SIF）

突变型光纤（Step Index Fiber，SIF）的纤芯折射率高于包层折射率，纤芯的折射率和包层的折射率都是常数。在纤芯和包层的交界面处折射率呈阶梯形变化。使得输入的光能在纤芯至包层的交界面上不断产生全反射而前进。它对不同传输模式的光折射率不同，不同模式的光经过传输到达终点的时间不同，从而产生时延差，使光脉冲展宽，使不同模式间色散高。所以此类光纤只适用于短途低速通信。

（2）渐变型光纤（GIF）

渐变型光纤（Graded Index Fiber，GIF）的包层折射率分布与阶跃光纤一样，是均匀的。在渐变型光纤中，纤芯折射率中心最大，沿着芯半径方向逐渐减小，渐变型光纤中心芯径到玻璃包层的折射率是逐渐变小的，这样可使高次模光按正弦形式传播。

渐变型光纤能减少模间色散，提高光纤带宽，增加传输距离，但成本较高。现在的多模光纤多为渐变型光纤。

2. 按光在光纤中的传输模式分类

按光纤中信号的传输模式，可分为多模光纤（Multi Mode Fiber，MMF）和单模光纤（Single Mode Fiber，SMF）两类。

所谓"模式"其实就是光线的入射角。简单地说，在光纤的受光角内，以某一角度射入光纤端面，并能在光纤的纤芯至包层交界面上产生全反射的传播光线，就可称之为光的一个传输模式。当光纤的纤芯直径较大时，在光纤的受光角内，可允许光波以多个特定的角度射入光纤端面，并在光纤中传播，此时，就称光纤中有多个模式。这种能传输多个模式的光纤就称为多模光纤。显然，以不同入射角入射在光纤端面上的光线在光纤中会形成不同的传输模式。入射角大就称为"高次模"（High Order Modes）；入射角小就称为"低次模"（Low Order Mode）。沿光纤轴传输的称作基模。

多模光纤相对单模光纤直径要大得多，纤芯的外径是 50μm 或 62.5μm，可传输多种模式的光。这样可使得光线从多种角度入射，因此称为多模。多模光纤使用 850nm 和 1300nm 的波长。多模光纤的成本比单模光纤要低。由于多模光纤的模间色散较大，限制了传输数字信号的频率，而且这种情况随距离的增加会更加严重。例如 600MB／km 的光纤在 2km 时只有 300MB 的带宽。因此，多模光纤传输的距离就比较近，一般只有几千米。

显然，单模光纤只能传输一个模式，即纤芯中仅传输基模式的光波，由于纤芯直径很小，制作工艺难度大，其折射率分布属于突变型。单模光纤的带宽很宽，适用于大容量远距离通信。

2.3.3 光纤的特性

光纤本身很脆，极容易断裂，为了增加光纤的机械强度，通常的方法是光纤被高温拉制出来后，要立即用软塑料进行一次涂覆，然后对成品光纤再用硬塑料进行二次涂覆，做成很结实的光缆。

1. 光纤结构

光纤中传输的光信号只能单向传送，如果要进行双向通信，光缆中要至少包括两根独立的芯线，分别用于发送和接收。在一条光缆中可以包裹 2、4、8、12、18、24 甚至上千根光纤。光缆中除了光纤以外，同时还要加上缓冲保护层和加强件保护，并在最外围加上光缆护套。通常室外使用的松套管多模光缆的构成如图 2.12 所示。

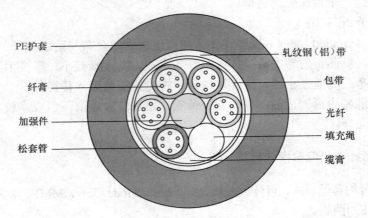

图 2.12　松套管室外多填光缆结构图

光缆一般由缆芯和护套两部分组成，为了增强光缆的抗拉性和防腐性，有时在护套外面还加有铠装。

（1）缆芯

缆芯通常由涂覆光纤、缓冲器和加强件等部分组成。涂覆光纤是光缆的核心，决定着光缆的传输特性。

缓冲管通常灌注电缆油，然后将光纤置入其中。一支缓冲器可放一根或多根光纤；缓冲器有紧套管缓冲和松套管缓冲两种类型。紧套管缓冲是在涂覆层外加一层塑料缓冲材料。它为光缆提供了极好的抗震抗压性能，同时尺寸也较小，但它无法保护光纤免受外界温度变化带来的破坏。在温度过高或过低时，塑料缓冲层会扩张或收缩，而导致光纤的断裂。紧套管缓冲光缆主要用于室内布线。松套管缓冲是用塑料套管作为缓冲保护层，该套管内有一根或多根已经涂有涂覆层的光纤，管内加注电缆油，光纤在套管内可以自由活动，这样可以避免缓冲层收缩或扩张而引起的破坏，受温度变化的影响较小。但这种结构不能防止因挤压和碰撞引起的破坏。松套管缓冲光缆主要用于室外布线。

为了增加光缆的机械强度，在光缆中通常设置一个或几个加强件，其中有与缓冲管直径相同的填充绳、缆膏和加强件，它们的功能是为了在牵引时，使光缆有一定的抗拉强度，释放光纤承受的机械压力。加强件通常处在缆芯中心，有时配置在护套中。加强件通常用钢丝或非金属材料，如芳纶纤维（Kevlar）或纤维玻璃棒做成。

所有缓冲管、填充绳和加强件被包带组合在一起，构成光缆的基本结构，为了使光缆具有特殊的防护功能，通常在包带外再使用轧纹钢带或铝带进行包装，形成所谓的铠装光缆。

（2）护套

光缆的最外层通常使用 PE 材料进行包装，形成光缆的护套（Sheath），它是非金属元件，其作用是将光缆的部件加固在一起，保护光纤和其他的光缆部件免受损害。因此，要求护套应具有良好的抗侧压力、密封防潮和耐腐蚀等性能。

护套的材料取决于光缆的使用环境和敷设方式，室内、室外型光缆所使用的护套材料也不相同。通常的护套由聚乙烯或聚氯乙烯（PE 或 PVC）和铝带或钢带构成。

2. 光纤及光缆的标识

光缆中每根光纤都可以用颜色进行识别，通常通过纤芯颜色或光纤排列顺序进行标识；也可以按产品规范中的规定进行标识，其色序标识方法与铜缆有些类似。如采用全色谱标识的 12 芯光缆，这 12 根光纤的颜色排列如表 2.6 所示。

表 2.6   **光纤颜色排列顺序**

序号	1	2	3	4	5	6	7	8	9	10	11	12
色谱	蓝	橙	绿	棕	灰	白	红	黑	黄	紫	粉红	青绿

光纤型号中常见代号如表 2.7 所示。

表 2.7   **通信用光缆型号中的常见标注符号**

分类代号		加强件类型		结构类型		光缆护套		光缆外护套	
代号	含义	代号	含义	代号	含义	代号	含义	代号	含义
GY	室外光缆		金属	T	填充式	Y	聚乙烯	23	绕包钢带铠装聚乙烯
GR	软光缆	F	非金属		非填充式	V	聚氯乙烯	22	绕包钢带铠装聚氯乙烯
GJ	室内光缆	G	金属重型	Z	自承重	U	聚氨乙烯	53	纵包钢带铠装聚氯乙烯
GS	设备光缆	H	非金属重	B	扁平式	A	铝塑综合	52	绕包钢带铠装聚乙烯
GH	海底光缆					S	钢塑综合	33	细圆钢丝铠装聚乙烯

3. 光缆选用

选用光缆时要根据网络形成的需求来确定光纤芯数和光纤种类，同时根据使用环境来选择具有合适护套的光缆。选用光缆时需注意以下几点。

（1）选择光纤类型、纤芯数

光缆中光纤类型的选择与网络的传输速率、容量和距离密切相关。在确定选用纤芯数量时，不仅要满足当前需要，也要提前估算未来网络的需求。

传输距离在 2km 以内时，可选用多模光纤；超过 2km 时，可用中继或单模光纤。

（2）选择光缆结构

正确选择光缆的结构，即在满足性能要求下，光缆结构越简单越好；所选择的光缆要便于施工安装。楼宇间光缆采用直埋或用管道敷设时，宜选用铠装光缆；架空敷设时，可选用带多根加强筋的黑色塑料外护套的光缆。建筑物内干线子系统布线时，可选用层绞式光缆。

4. 光缆的优缺点

（1）光缆的优点

光缆的主要优点表现在噪声抑制好、信号衰减小、带宽高、保密性好、适用范围广等方面。

① 噪声抑制性好，不受电磁场和电磁辐射的影响。因为光纤传输使用光波而不是电磁波，因而噪声不再是影响因素。同时光缆不使用电源，在加油站等易燃、易爆场所使用，其安全性很高。

② 信号衰减小。光纤传输的距离比其他导向传输介质要长得多，信号不经过再生就可以传输许多公里。无中继段长从几十到一百多公里，而铜线只有几百米。

③ 带宽高。相对于双绞电缆和同轴电缆，光缆可以支持极高的带宽。光纤的通频带很宽，理论值可达 3×10^{15}Hz。目前，数据传输速率和波特率并不受光缆本身限制，而是受现有信号产生和接收技术水平的限制。

④ 保密性好。由于光缆传输的是光束，其本身不向外辐射信号，从而有效地防止了信息的泄漏，保密性特好。

⑤ 使用寿命长。光缆在制造时就考虑到一些特殊的使用场合，因此其适用温度变化的范围较宽，耐化学腐蚀，可直接埋在地下或用管道施工等，适用范围很广。

（2）光缆的缺点

光缆的缺点主要是费用高，安装与维护难，以及脆弱性。

① 费用高。由于纤芯材料的任何不纯净或是不完善都可能导致信号丢失，必须万分精确地进行制造。同样，激光光源开销也很大，因此光缆费用较高。

② 安装/维护难。在敷设光缆时，要求工作人员必须细心，如果光纤断折将导致光线散射和信号丢失。对光纤的所有接头都必须打磨并精确地熔接；所有连接的接头必须完全对齐并匹配，并且有完善的封装；因此安装与维护光缆需要专门的熔接设备和具有一定技术的专业人员。

③ 脆弱性。玻璃纤维比铜导线更容易断裂，因而光缆不适合在移动较频繁的环境中使用。

2.3.4　常用典型光缆简介

随着通信光缆技术的发展，光缆材料、制造技术、应用场合也在随之不断变化。针对核心网传输距离长、路由复杂多变的特点，先后开发出了一些结构复杂的直埋、管道和架空室外光缆。

1. 直埋型光缆

这种光缆外部有钢带或钢丝的铠装，光缆的缆芯主要有松套管层绞式铠装光缆和中心束管式铠装光缆两类。可直接埋设在地下 0.8～1.2m，要求有抵抗外界机械损伤和防止土壤腐蚀的性能。要根据不同的使用环境和条件选用不同的护层结构，如在有虫、鼠害的地区，光缆的护层必须能防虫、鼠的咬啮。

2. 管道型光缆

管道光缆一般敷设在城市市区内。当管道敷设条件比较好时，对光缆护层没有特殊要求，无需铠装。

3. 架空型光缆

架空光缆是利用已经有的架空明线杆路，架挂在电杆上使用的光缆。由于架空光缆不仅易受台风、洪水、冰凌等自然灾害的危害，还容易受到外力影响以及本身机械强度减弱等影响，所以架空光缆的故障率高于直埋和管道光缆。

在综合布线系统中使用的光缆，还有一些是针对建筑群、办公环境专门设计的光缆，它们适用于这些环境的管道、直埋或架空安装。

4. 水底型光缆

这种光缆是敷设于水底穿越河流、湖泊和滩岸等处的光缆，其敷设环境比管道敷设、直埋光缆的条件要差很多。水底光缆必须采用钢丝或钢带铠装结构，护层的结构要根据河流的水文地质情况综合考虑。如在石质土壤、冲刷性强的季节性河床，光缆易遭受磨损，不仅需要粗钢丝做铠装，甚至要用双层铠装。

2.4 端 接 跳 线

端接跳线简称跳线（Jumper）。跳线是指用于将配线架（模块）与设备进行连接的线缆。跳线主要有铜跳线（包括屏蔽/非屏蔽双绞电缆）和光纤跳线（包括多模/单模光纤跳线）两种。

1. 铜跳线

综合布线所用的铜跳线由标准的跳线电缆和连接器件制成，跳线电缆有芯，连接器件为两个 8 位的模块插头。跳线根据使用场合不同可有多种型号，模块化跳线两头均为 RJ-45 水晶头，采用 ANSI/TIA/EIA 568-A 或 ANSI/TIA/EIA 568-B 型结构，并有灵活的插拔设计，防止松脱和卡死；110 跳线的两端均为 110 型接头，有 1 对、2 对、3 对、4 对 4 种。跳线的长度根据用户的需要可长可短，通常为 0.3～15 米。

目前，生产厂家生产出各类颜色的 5e 类标准跳线，如图 2.13 所示。其彩色护套既可方便地辨别系统以免拔错跳线，又能在拥挤的接线架上保护插头。

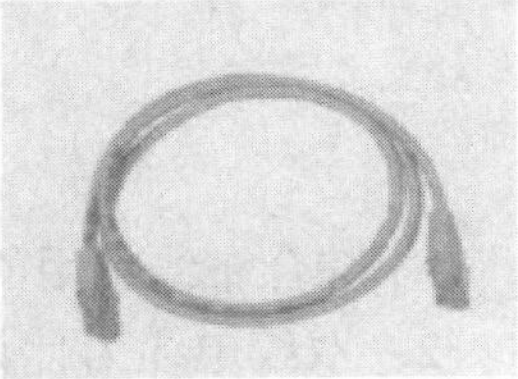

对于跳线来说，一个重要问题是其弯曲时的性能。一般用户用普通双绞电缆自制的跳线可称为硬跳线。由于普通的双绞电缆

图 2.13 5e 类跳线

一般为实线芯，线缆比较硬，不利于弯曲，同时实线芯线缆在弯曲时会有很明显的同波损耗出现，导致线缆性能下降；而软跳线则没有这些问题。软跳线是布线生产厂家加工生产的原装跳线，软跳线的每一芯线都是多股细铜线，制造工艺较好，便于理线，不容易折断，用起来方便。软跳线虽然价格高一些，但可以确保系统的整体性能。

2. 光纤跳线和尾纤

光纤跳线和尾纤是光通信网络中应用最为广泛的基础元件之一。光纤两端的接头可以是同一种接头，也可以是它们中两者的混合。光纤两端都端接光纤连接器插头的称为跳线，只有一端端接光纤连接器插头的称为尾纤，如图 2.14 所示。光纤跳线和尾纤都是实现光纤通信设备及系统活动连接的无源器件，也是光纤、光缆配线的重要组成部分。它们与光纤配线架、交接箱、终端盒配合使用，可以实现光纤设备与光纤跳接、光纤直接连接、光纤和信息插座之间的连接，从而实现整个光纤通信网络高效灵活的管理与维护。其中尾纤主要用于与光纤进行熔接，为光纤连接相关的设备提供接头。尾纤的连接端子有 ST、SC、FC3 种型式。FC 型的连接端子采用螺扣旋接，ST 型采用方形直插式连接，SC 型采用圆形卡扣旋接。

图 2.14　跳线和尾纤

光纤跳线一般采用 62.5/125μm 光纤，由含有一根或两根纤芯、带缓冲层、渐变折射率的光纤在两端端接 ST、SC、LC、MT-RJ 等连接器而构成。混合光纤软线的一端接 ST 型连接器插头，另一端接 SC 型双锥形连接器插头。此外，还有用于对非 ST 头兼容设备进行互连的光纤软线。光纤跳线芯纤的椭圆度和偏心率要严格加以控制。光纤跳线可采用单工光纤及双工光纤两种结构，它们都放在一根阻燃的 PVC 复式护套内。

光纤跳线同样有单模和多模之分，而且多模跳线又有 50/125μm 和 62.5/125μm 两种。跳线可以是单芯的也可以是双芯的，长度从 0.61m（2ft）到 30.48m（100ft）不等，用户也可根据实际需要向厂家定制。由于成品光纤跳线稳定性较高，不但可保证系统的性能，还可以节省用户投资。

光纤跳线的种类很多，在实际中还有一种野外型光纤防水尾缆，专用于光接收机。这种光纤防水尾缆损耗小、抗损力强、防水性能好，有单芯和二芯之分。

思考与练习题

1. 综合布线常用的传输介质有哪几种？它们各有何优、缺点？
2. 双绞电缆为什么要将线对进行缠绕？线缆缠绕的次数对线缆的性能有影响吗？
3. 简述各类非屏蔽双绞电缆的传输性能。在选择双绞电缆时应注意哪些性能指标？
4. 屏蔽双绞电缆和非屏蔽双绞电缆在结构和性能上有哪些差别？
5. 6 类双绞电缆和 5 类双绞电缆、5e 类双绞电缆在结构上有哪些改进？
6. 拿一根对绞电缆观察一下，看看线缆上标注了哪些电气特性指标。
7. 光缆是由哪几部分组成的？各部分有何作用？
8. 按照光在光纤中的传播模式来分类，光纤可分为哪几类？各有什么特点？
9. 什么是单模光纤和多模光纤？选用单模光纤和多模光纤的主要依据是什么？
10. 同轴电缆有哪些品种？分别适用于什么网络？
11. 双绞电缆有哪些线规？
12. 观察一根双绞线，并记下线缆上所印制的内容。
13. 端接跳线有哪些类型？

第3章 综合布线工程常用器材

常用器材主要是将综合布线系统中的各个子系统连接起来，比如，工作区与配线水平子系统的连接、配线水平子系统与管理间中设备的连接、管理间与垂直子系统的连接、垂直子系统与设备间的连接等，都需要不同的布线材料和使用相应的接续设备。这些布线材料和接续设备包括各种线缆连接器、连接模块、适配器、配线架、跳接设备、端接设备、配线管理和网络连接设备等。

3.1 双绞线接续材料

综合布线系统中接续设备很多，就双绞电缆布线系统而言，接续材料包括配线架、信息模块和跳线等，信息模块用于在工作区端接双绞电缆，为连接工作区的设备提供接口；配线架用于在管理间端接水平或垂直双绞电缆；工作区的跳线则是将水平电缆与工作区的设备连接起来，而管理间的跳线则是将从各个工作区来的水平电缆接入到交换设备，从而将各个工作区的设备连接在一起，同时将配线水平子系统与垂直子系统进行连接，将各段双绞电缆连接成一个完整的信息传输信道。

3.1.1 双绞电缆连接器件

在工作区双绞电缆与信息模块相连接，在管理间中双绞电缆与配线架相连接。实际上配线架是将多个模块综合安装在一块板上集中管理。双绞电缆与终端设备或网络连接设备连接时所用的连接器件称为信息模块，常见的信息模块一般有两种形式：一种是计算机网络使用的 RJ-45，另一种是电话系统使用的 RJ-11，在此主要介绍 RJ-45 信息模块。

1. RJ-45 信息模块

RJ-45 模块插座主要用于在工作区中与双绞电缆进行端接、在管理间与配线架连接，将双绞线卡接在信息模块的卡线端子中。模块的另一端是连接水晶头的插座，在工作区通过连接水晶头的跳线将双绞线与工作区的设备（计算机）进行连接，在管理间通过跳线与交换设备连接。信息模块也分为屏蔽模块和非屏蔽模块，分别与相对应的双绞线进行卡接。

屏蔽双绞电缆和非屏蔽双绞电缆的端接方式相同。将双绞线压入到 RJ-45 信息模块插座的接线块中，其底部的锁定弹片可以在面板等信息出口装置上固定 RJ-45 信息模块插座。但屏蔽双绞电缆在线对外有一根贯穿整个电缆的漏电线，模块插座的屏蔽层与电缆的屏蔽层通过漏电线相连，这样可以在从连接器开始的整个电缆上为电缆导线提供保护，使电磁干扰产生的噪声或静电被导入地下。目前，根据标准，生产厂家所生产的信息模块一般都满足 5 类或 5e 类传输标准要求，适用于高速以太网等宽带终端接续。现将常用的几种信息模块产品介绍如下。

（1）5e 类屏蔽与非屏蔽 RJ-45 信息模块

这种信息模块满足 5e 类传输标准要求，分屏蔽与非屏蔽系列，采用扣锁式端接帽作保护，适用于工作区与设备间的通信插座连接及快捷式配线架连接。如图 3.1 所示。

（2）6 类信息模块

6 类信息模块多数都采用电脑微调和电容补偿技术，提供具有高性能、高余量的 6 类指标。它采用独特的阻抗匹配技术，以保证系统传输的稳定性；还采用了斜位式绝缘位移技术，保证连接的可靠性，主要应用于 2.4Gbit/s、1000Mbit/s 以太网等工作区终端连接及快捷式配线架连接。较超 5 类模块有更大的传输带宽，更好的传输性能，适用于数据传输量大、对网络的可靠性要求高的布线场所。

图 3.1　RJ-45 信息模块

综合布线系统按照相关标准可采用不同厂家的信息模块和信息插头，但一般情况下，对于同一个单位在构建网络的过程中，使用同一厂家的产品会更加匹配。为了适应用户的需求，生产厂家将配线架做成一个可装配各类模块的空板，用户可根据实际应用的模块类型和数量来安装相应信息模块插座。

2. RJ-45 水晶头

在工作区中，设备要与信息模块相连接，就需要一条连接跳线。该跳线的两端必须安装有 RJ-45 连接器。该 RJ-45 连接器（俗称 RJ-45 水晶头）是一种只能沿固定方向插入并自动防止脱落的塑料插头，用于数据电缆的端接，实现在工作区中计算机设备与信息模块的连接、在管理间中配线架模块间的连接及变更以及配线架与交换设备的连接，水晶头的结构如图 3.2 所示。对 RJ-45 水晶头的技术要求是：①满足 5e 类传输标准；②具有防止松动、自锁、插拔功能；③接点镀金层厚度为 50 微米，插拔寿命不低于 1000 次。

RJ-45 水晶头接在双绞电缆的两端，形成跳线。RJ-45 水晶头插入 RJ-45 信息模块插座时，水晶头的插入部分被顶部的塑料片固定在相应位置，必须将塑料片压下去之后插头才能被释放拔出来。

RJ-45 连接器是 8 针连接器，在图 3.3 中分别标出了 RJ-45 水晶头和 RJ-45 信息模块插座每个针的序号。线对和针序号的对应关系，有 ANSI/TIA/EIA 568-A 和 ANSI/TIA/EIA 568-B 两种国际标准。

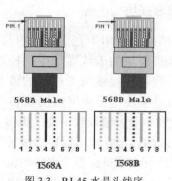

图 3.2　RJ-45 水晶头

图 3.3　RJ-45 水晶头线序

表 3.1 给出了这两种标准的线序。根据表 3.1 可以画出按照 TIA/EIA 568-B 标准的对应关系图。

表 3-1　　　　　　　　　　　　　　　　　　　**线序标准**

引针号	1	2	3	4	5	6	7	8
568-A	绿白	绿	橙白	蓝	蓝白	橙	棕白	棕
568-B	橙白	橙	绿白	蓝	蓝白	绿	棕白	棕

在一个具体的综合布线工程中，一般都是使用 TIA／EIA568-B 标准制作连接线、插座、配线架，如果使用不同的线序时，必须标注清楚。

超 5 类和 6 类的连接器，在外观上很相似，但在物理结构上是有差别的。通常比较重视线缆的性能指标，实际上模块连接器也必须达到相应的标准，电缆须与同类的连接器件端接。如果把一条超 5 类电缆与一个 3 类标准连接器或配线架端接，就会把电缆信道的性能降低为 3 类。所以，连接跳线、连接器、线缆必须同属一类，才能达到最佳效果。

3.1.2　双绞电缆配线架

配线架是在管理间对线缆进行端接和连接的装置，它将从各个工作区来的双绞电缆使用打线器端接在配线架中的相应模块上。在配线架上可进行互连或交接操作。布线系统中的双绞电线缆对的端接多数是在配线架上完成的。配线架属于管理子系统中重要组件之一，是实现垂直干线和水平配线两个子系统交叉连接的枢纽。配线架通常安装在机柜上。通过安装附件，配线架可以满足 UTP、STP 和光纤的需要。

双绞电缆配线架的作用是在管理子系统中将双绞电缆进行交叉连接，用在主管理间和各分配线间，可对双绞电缆分类标识后，再通过跳线与交换设备连接，这样可以使得每根网络连线更有秩序和便于以后的维护管理。

配线架有机架型 110 型和机柜式模块化快接型，它通过其上安装的模块，将水平或垂直双绞电缆卡接在模块的背部，再通过前面的 RJ-45 水晶头连接器（跳线）与设备相接。配线架一般有 24 口、32 口或 64 口之分，用户可根据需要进行选择。如图 3.4 所示。

图 3.4　配线架及跳线

3.1.3　端接设备附件

端接设备主要包括各种类型的信息插座、线缆接头和插头；除了模块化插座之外，还有与之配套使用的面板、插座盒以及多功能适配器等附件。

模块通常安装在一个有底盒和面板形成一个整体盒子内，统称为信息插座，有单孔、双孔或数字-语音混合、双绞电缆光纤混合等，有些甚至还有闭路视频接口。同时，面板的内部构造、规格尺寸及安装方法等也有较大差异。通常具备墙面安装型、嵌入墙内安装型和桌面安装型等类型。因此，信息插座也有嵌入式安装插座，表面安装插座和多传输介质插座3种类型。信息插座盒可作为工作区子系统在桌面的固定端口，每根双绞电缆需端接在工作区的一个8脚（针）的模块化插座上。便于使用跳线与工作区的相关设备进行连接。

有多种形式的面板，以适应不同场合的实际需求，包括单口标准面板、双口面板、外斜面板、表面安装盒等，多数都采用嵌入式组合方式，面板外形尺寸符合国标86型结构尺寸，如图3.5所示。用户可根据需要选择单孔或多孔面板。一般面板上的数据、语音端口标识清晰，各孔都配有防尘滑门，用以保护模块。

另外，还有一类金属地板信息插座面板（带3个信息模块）。金属地板信息插座面板具有防尘、防水功能，一般安装在建筑物内地板上，可适应于计算机房、机场、展览馆等大面积的办公场所；内部可以装置电话、计算机、电源、电视等功能插座。金属地板信息插座面板的主要特点有：①面盖材料采用黄铜；②功能件采用防火、耐高温PC塑胶；③底盒内部空间加大加深，内外壁全部镀锌防止生锈；④钢板厚度1.5毫米，带黄铜接地端子。如图3.6所示。

图3.5 面板结构图

图3.6 金属地板信息面板

3.2 光纤连接器件

光纤连接器件包括管线配线架、光纤连接器和光电转换模块等。

3.2.1 光纤配线架

光纤配线架采用模块化设计，允许灵活地把一条线路直接连接到一个设备线路或利用短的互连光缆把两条线路交连起来。光纤配线架主要用于光缆终端的光纤固定、光纤熔接、光纤配接、光路的跳接及光纤存储等场合。

1. 光纤配线架的功能

（1）光纤固定。光缆进入配线架后，通常在配线架的底部设有光缆固定器，对其外护套和加强芯要进行机械固定和分组。固定器除固定光缆外，还具有高压防护功能，通过加装地线保护部件，可避免在某些情况下由光缆铠甲层或钢芯引入高压而造成的损害。由于光缆本身较粗，从室外引入室内后必须有一个固定光缆的地方，光纤配线架功能之一就是固定光缆和光纤。

（2）光纤熔接。通常在位于配线架下面的抽拉板上，有用于光纤熔接的熔接盘。光缆进入室内后，要将光纤与光纤尾纤进行熔接后才能与相关设备进行连接。当熔接光纤时，可拉出抽拉板作为平台，并在箱体外部完成基本操作。

（3）光纤配接。多数光纤配线架均采用适配器板连接与式，由 6 口 ST 型、SC 型适配器（耦合器）组成一个标准配置的适配板。这种适配器安装在连接板中构成光纤配线架光纤连接的关键部分。适配器与连接器应能够灵活插拔；光路可进行自由调配和测试。适配器安装板分为直插式和斜插式两种；斜插式连接使尾纤的弯曲半径加大，并能避免实际维护时光线直射人体的危害。

（4）光纤存储。光纤配线架内有为各种交叉连接光纤提供的存储空间，为熔接好的光纤以及较长的光纤跳线能够规则整齐地放置。配线架内有适当的空间，使光纤连接布线清晰，调整方便，能满足最小弯曲半径的要求。

2. 光纤配线架的类型

根据光纤配线架的结构不同，可分为机柜式、机架式和壁挂式 3 种类型。

（1）机柜式光纤配线架

机柜式光纤配线架采用封闭式结构，纤芯容量比较固定，外形也较为美观，如图 3.7 所示。机柜式光纤配线架容量大、密度高。一般由不同容量的熔接子架、分配子架，通过不同的组合以满足不同的需要。各种子架可安装在不同高度标准的 48.26 厘米（19in）机柜上。

系统机架提供中间配线盘、垂直走线槽和水平走线槽，使光纤布线清晰，并能确保最小弯曲半径。

图 3.7　机柜式光纤配线架

（2）机架式光纤配线架

机架式配线架一般采用模块化设计，如图 3.8（a）、图 3.8（b）所示，是一种简易型机架式（24 口、ST 型、SC 型、FC 型可选）光纤配线架。用户可根据光缆的数量和规格选择相对应的模块，灵活地组装在机机柜中。这是一种面向未来的结构，可以为以后光纤配线架向多功能发展提供便利条件。

（a）24 口机架式光纤配线架　　　　（b）简易型机架式光纤配线架

图 3.8　机架式光纤配线架

（3）壁挂式光纤配线架

壁挂式光纤配线架为箱体结构，一般情况下其箱体做得较薄，通常安装在墙壁上。适用于光缆条数和光纤芯数都较小的场所，如图 3.9 所示，是一种简易型壁挂式（8 口、ST 型、SC 型、FC 型可选）光纤配线架。

图 3.9　壁挂式光纤配线架

光纤配线架应尽量选用铝材机架，以便其结构牢固，外形美观。机架的外形尺寸应与现行传输设备标准机架相一致，以方便机房排列。

3.2.2　光纤连接器

光纤连接器分为单芯型和多芯型两类，也分为多模与单模两种模式，分别与多模和单模光纤相对应。

光纤连接器的主流品种有 FC 型（螺纹连接方式）、SC 型（直插式）和 ST(卡扣式)3 种，使用 2.5 毫米的陶瓷插针。插针与光纤组装十分方便，其插入损耗一般小于 0.2db。

1.　FC 型光纤连接器

FC 型连接器采用金属螺纹连接结构，内部采用 2.5 毫米精密陶瓷插针，外部使用金属材料制作的连接器，与带有螺纹的耦合器配套使用。其结构如图 3.10 所示。

根据 FC 型连接器插针端面形状的不同，可分为平面接触 FC/FC 和球面 FC/PC、FC/APC（斜球面）3 种结构。平面对接 FC/FC 的适配器结构简单，操作方便，制作容易。球面对接 FC/PC 是在平面对接的基础上进行的改进，其外部没有变化，只是对接口采用了球面结构。斜球面对接 FC/APC 的适配器用在要求高回波损耗的场合。国内常采用的是 FC 型光纤连接器。

FC 光纤连接器大量使用于光纤干线系统中，是我国采用的主要品种。

2.　SC 型光纤连接器

SC 型连接器采用拔插式结构，由接头和相应的耦合器配套使用，分为单工和双工两类。外壳

采用矩形结构，用工程塑料制造，容易做成多芯连接器，插针采用外径 2.5mm 的精密陶瓷插针。它采用直接拔插，其操作空间小，便于密集安装，如图 3.11 所示。

图 3.10　FC 型光纤连接器

图 3.11　SC 型光纤连接器

3.　ST 型光纤连接器

ST 型连接器由接头和具有卡口式耦合器配套组成，它将光线屏蔽在突出的接头内，前端

用高精密陶瓷铸成，用铜环来旋转、固定接入，采用带键的卡扣式锁紧结构，插入后只需转动一下即可卡住，如图 3.12 所示。

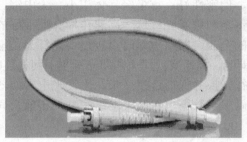

图 3.12 ST 型光纤连接器

3.2.3　光电转换器件

1．光纤耦合器

光纤耦合器（Coupler）是一类能使传输中的光信号在特殊结构的环境下发生耦合，并进行光信号再分配的的器件。光纤耦合器又称为光分支器（Splitter）。根据光传播模式的不同，可分为多模耦合器和单模耦合器。如图 3.13 所示。

2．光电转换器

光电转换器是将计算机网卡来的电信号转换成成光纤能够传输的光信号，同时将光纤来的光信号转换成计算机能够处理的电信号。

光电转换器也称为单端口光端机，是针对特殊用户环境而设计的产品，它利用一对光纤进行单 E1 或单 V.35 或单 10BaseT 点到点式的光传输终端设备。该设备作为本地网的中继传输设备，适用于基站的光纤终端传输设备以及租用线路设备。而对于多口的光端机一般会直称作"光端机"，对单端口光端机一般使用于用户端，工作类似常用的广域网专线（电路）联网用的基带 MODEM，而有时称作"光 MODEM"、"光猫"、"光调制解调器"。

现在在远距离传输信号时，都是采用光纤传输的，光纤的传输带宽越宽，稳定越性好。这就需要把电脑或电话或传真等产生的电信号（我们知道这些电子设备产生的都是电子信号），转换成光信号才能在光纤里传播，这就是光电转换器，它既可以把电信号转换成光信号，也可以把光信号转换成电信号。如图 3.14 所示。

图 3.13　光纤耦合器　　　　　图 3.14　光电转换器

信息化建设的突飞猛进，人们对于数据、语音、图像等多媒体通信的需求日益旺盛，以太网宽带接入方式因此被提到了越来越重要的位置。但是传统的 5 类线电缆只能将以太网电信号传输 100 米，在传输距离和覆盖范围方面已不能适应实际网络环境的需要。与此同时，光纤通信以其信息容量大、保密性好、重量轻、体积小、无中继、传输距离长等优点得到了广泛的应用，光纤转换器正是利用了光纤这一高速传播介质很好的解决了以太网在传输方面的问题。在一些规模较大的企业，网络建设时直接使用光纤为传输介质建立骨干网，而内部局域网的传输介质一般为铜线，如何实现局域网同光纤主干网相连呢？这就需要在不同端口、不同线形、不同光纤间进行转换并保证链接质量。光纤光电转换器的出现，将双绞线电信号和光信号进行相互转换，确保了数据包在两个网络间顺畅传输，同时它将网络的传输距离极限从铜线的 100 米扩展到 100 公里（单模光纤）。

思考与练习题

1. 简述综合布线系统中常用的接续设备有哪些？
2. 双绞电缆连接器包括哪些部分？它们的引脚和双绞电缆的线对是如何确定的？
3. 常见的信息模块分为哪几种类型？选择其中一种模块进行实地观察，简述其结构特点。
4. 简述双绞电缆连接系统的连接器什组成。
5. 双绞电缆配线架有哪几种形式？查看如何进行缆线终接。
6. 简述光纤连接系统的连接器件组成。
7. 光纤连接器包括哪几个基本部分？
8. 常见的光纤连接器有哪几种？
9. 光纤配线架的功能有哪些？
10. 在实际综合布线工程中，常用哪些网络连接设备？
11. 观察光电耦合器的结构，说明光电转换原理。

第4章 布线路由材料及附属设备

在综合布线系统中，如何对线缆进行相应的保护以避免其受到诸如雨淋、暴晒、冰冻、鼠咬等破坏是综合布线系统要考虑的重要问题。布线系统中除了常用的线槽外，槽管是一个重要的组成部分，可以说：金属槽、PVC 槽、金属管、PVC 管是综合布线系统的基础性材料。

在综合布线系统中主要使用的线槽有以下几种。

金属槽和附件；

金属管和附件；

PVC 塑料槽和附件；

PVC 塑料管和附件；

桥架及其附件。

4.1 金属槽和塑料槽

金属槽由槽底和槽盖组成，每根槽一般长度为 2m，槽与槽连接时使用相应尺寸的铁板和螺丝固定。槽的外型如图 4.1 所示。

在综合布线系统中一般使用的金属槽的规格有：50mm × 100mm、100mm × 100mm、100mm × 200mm、100mm × 300mm、200mm × 400mm 等。

塑料槽的品种规格更多，从型号上讲有 PVC-20 系列、PVC-25 系列、PVC-25F 系列、PVC-30 系列、PVC-40 系列、PVC-40Q 系列等。从规格上讲有 20mm × 12mm、25mm × 12.5mm、25mm × 25mm、30mm × 15mm、40mm × 20mm 等，如图 4.2 所示。

图 4.1 金属线槽

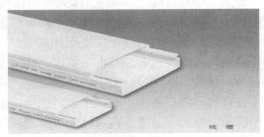

图 4.2 PVC 槽

与 PVC 槽配套的附件有：阳角、阴角、直转角、平三通、左三通、右三通、连接头、终端头等。外型如图 4.3 所示。

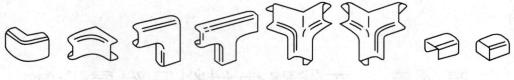

图 4.3　各种 PVC 配件

4.2　金属管与金属槽

金属管是用于分支结构或暗埋的线路，它的规格也有多种。工程施工中常用的金属管有 D20、D25、D30、D40、D50、D63、D110 等规格。

在金属管内穿线比线槽布线难度更大一些，在选择金属管时要注意管径选择大一点，一般管内填充物占 30%左右，以便于穿线。金属管还有一种是软管（俗称蛇皮管），供弯曲的地方使用。

塑料管产品分为两大类，即 PE 阻燃导管和 PVC 阻燃导管。

PE 阻燃导管是一种塑制半硬导管，按外径有 D16、D20、D25 和 D32 四种规格。外观为白色，具有强度高、耐腐蚀、挠性好、内壁光滑等优点，明、暗装穿线兼用，它还以盘为单位，每盘重为 25kg。

PVC 阻燃导管是以聚氯乙稀树脂为主要原料，加入适量的助剂，经加工设备挤压成型的刚性导管，小管径 PVC 阻燃导管可在常温下进行弯曲。便于用户使用，按外径有 D16、D20、D25、D32、D40、D45、D63、Dl10 等规格。

与 PVC 管安装配套的附件有：接头、螺圈、弯头、弯管弹簧、一通接线盒、二通接线盒、三通接线盒、四通接线盒、开口管卡、专用截管器、PVC 粘合剂等。

4.3　桥　　架

桥架是布线行业的一个术语，是建筑物内布线不可缺少的一个部分，桥架分为普通桥架、重型桥架、槽式桥架。在普通桥架中还可分为普通型桥架，直通普通型桥架。

在普通桥架中，有以下主要配件供组合。

梯架、弯通、三通、四通、多节二通、凸弯通、凹弯通、调高板、端向联结板、调宽板、垂直转角接件、联结扳、小平转角联结板、隔离板等。

在直通普通型桥架中有以下主要配件供组合。

梯架、弯通、三通、四通、多节二通、凸弯通、凹弯通、盖板、弯通盖板、三通盖板、四通盖、凸弯通盖扳、凹弯通盖板、花孔托盘、花孔弯通、花孔四通托盘、联结板、垂直转角联接扳、小平转角联结板、端向联接板护扳、隔离板、调宽版、端头挡扳等。

重型桥架、槽式桥架在网络布线中很少使用。桥架是一个支撑和放电缆的支架。桥架在工程上用的很普遍，只要铺设电缆就要用桥架，电缆桥架作为布线工程的一个配套项目，目前尚无专门的规范指导，各生产厂家的规格缺乏通用性，因此，设计选型过程应根据弱电各个系统线缆的类型、数量，合理选定适用的桥架。电缆桥架具有品种全、应用广、强度大、结构轻、造价低、施工简单、配线灵活、安装标准、外型美观等特点。

4.3.1 桥架结构

电缆桥架分为槽式、托盘式和梯架式等结构，如图 4.4 所示。它由支架、托臂和安装附件等组成。选型时应注意桥架的所有零部件是否符合系列化、通用化、标准化的成套要求。建筑物内桥架可以独立架设，也可以附设在各种建（构）筑物和管廊支架上，应体现结构简单，造型美观、配置灵活和维修方便等特点，全部零件均需进行镀锌处理，安装在建筑物外露天的桥架，如果是在邻近海边或属于腐蚀区，则材质必须具有防腐、耐潮气、附着力好，耐冲击强度高的物性特点。

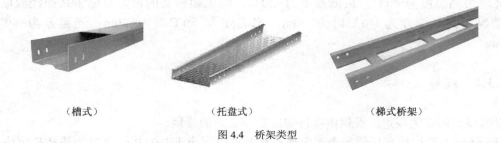

（槽式）　　　　　　（托盘式）　　　　　　（梯式桥架）

图 4.4 桥架类型

为了减轻重量还可以采用铝合金电缆和玻璃钢桥架，其外形尺寸，荷载特性均与钢质桥架基本相近，由于铝、钢比重不同（Al=2.7，Fe=7.86），按重量计算，铝钢之比约为 1:3，根据两种材质的市场价折算，铝合金桥架的造价费用较之同类镀锌钢桥价要高出两倍。铝合金桥架具有美观、重量轻、安装方便等优点，近年来，铝合金桥架已在有些工程中加以应用。

4.3.2 桥架荷载及荷载特性

1. 电缆桥架的荷载

电缆桥架的荷载分为静荷载、动荷载和附加荷载。

静荷载是指敷设在电缆桥架内的电缆种类、根数、每根的外径重量/单位长度，按电缆敷设的不同路由分别列表统计。

动荷载是指电缆桥架安装和维护过程中施工维修人员的重量。对于轻型电缆桥架，一般不考虑动荷载，即不允许在桥架上站（行）人，如果需要考虑站人，则应将跨距适当缩小。

附加荷载仅在室外是指冰雪、风和电磁力所形成的荷载，它与安装场所的地区自然气象条件和带电体的性质有关，设计中应根据各种条件加以计算。

2. 选用桥架的步骤

（1）确定桥架宽度、层数、支撑点的型式和间距、以及电缆在各层桥架上的分布。

（2）计算每层电缆的均布荷载，初步确定桥架的型号、规格。

（3）按最大的电缆总均匀荷载值来验算桥架强度。

根据上述初步确定的桥架型号、规格及支点间距，查阅生产厂家的样本资料，反复核查间距和桥架型号，直至满足负荷要求为止。

（4）挠度

挠度值如何取定，目前尚无明确的规定，在重负区显然应考虑减小绕度，这意味着钢材的用量会相应增加，因此，计算时只要充分利用钢材的最大允许应力，并保证有足够的安全系数，一般最大挠度与跨距（支撑点间距）之比取 1/250～1/150 为宜。

4.3.3　桥架的胀缩问题

由于环境温度变化，钢质电缆桥架会出现热胀冷缩的现象。室外桥架受温度影响较大。例如环境最高温度为 40℃，最低温度为−20℃，则电缆桥架的最大收缩量按照经验取值，一般情况下，当温差为 40℃时为 20m；当温差为 50℃时为 30m；当温差为 60℃时为 40m。

4.3.4　接地

根据规范的有关规定，镀锌电缆桥架应进行良好的接地。

（1）镀锌电缆桥架直接板每个固定螺栓接触电阻应小于 0.005Ω，此时电缆桥架可作为接地干线（喷粉电缆桥架不宜作接地干线），每个电缆桥架的电阻值可按下式计算。

$$r = \rho \cdot L / S$$

式中：$\rho = 15 \times 10^{-6} / cm^2$（温度为 20℃时）；

L=长度按 100mm 计算；

S=截面积（cm^2）。

（2）当电缆桥架安装连接成整体后，每根梯边（或每个电缆槽）的电阻为：

$$R = L \ (r + 1/3r')$$

式中：R—梯边（即电缆槽）全长总电阻（Ω）；r—梯边单位长度电阻（Ω）；r'—直接板固定螺栓接触电阻（Ω）。

4.3.5　桥架设计及安装要求

1．总体考虑

电缆桥架作为布线工程的一个配套项目，目前尚无专门的规范指导，各生产厂家的规格缺乏通用性，因此，设计选型过程应根据弱电各个系统线缆的类型、数量，合理选定适用的桥架。

（1）确定方向。根据建筑平面布置图，结合空调管线和电气管线等设置情况、方便维修，以及电缆路由的疏密来确定电缆桥架的最佳路由。在室内，尽可能沿建筑物的墙、柱、梁及楼板架设，如利用综合管道架设时，则应在管道一侧或上方平行架设，并考虑引下线和分支线尽量避免交叉，如无其他管架借用，则需自设立（支）柱。

（2）荷载计算。计算电缆桥架主干线纵断面上单位长度的电缆重量。

（3）确定桥架的宽度。根据布放电缆条数、电缆直径及电缆的间距来确定电缆桥架的型号、规格，托臂的长度，支柱的长度、间距，桥架的宽度和层数。

（4）确定安装方式。根据场所的设置条件确定桥架的固定方式，选择悬吊式、直立式、侧壁式或是混合式，连接件和紧固件一般是配套供应的，此外，根据桥架结构选择相应的盖板。

（5）绘出电缆桥架平、剖面图，局部部位还应绘出空间图，开列材料表。

2. 强、弱电合用桥架

如果弱电电缆与电力电缆桥架合用时，应将电力电缆和弱电电缆各置一侧，中间采用隔板分隔。

3. 弱电合用桥架的处理

弱电电缆与其他低电压电缆合用桥架时，应严格执行选择具有外屏蔽层的弱电系统的弱电电缆，避免相互间的干扰。

4. 其他安装

（1）电缆桥架由室外进入建筑物内时，桥架向外的坡度不得小于 1/100。

（2）电缆桥架与用电设备交越时，其间的净距不小于 0.5m。

（3）两组电缆桥架在同一高度平行敷设时，其间净距不小于 0.6m。

（4）在平行图上绘出桥架的路由，要注明桥架起点、终点、拐弯点、分支点及升降点的坐标或定位尺寸、标高，如能绘制桥架敷设轴侧图，则对材料统计将更精确。

直线段：注明全长、桥架层数、标高、型号及规格。

拐弯点和分支点:注明所用转弯接板的型号及规格。

升降段：注明标高变化，也可用局部大样图或剖面图表示。

（5）桥架支撑点，如立柱、托臂或非标准支、构架的间距、安装方式、型号规格、标高，可同时在平面上列表说明，也可分段标出用不同的剖面图、单线图或大样图表示。

（6）电缆引下点位置及引下方式，一般而言，大批电缆引下可用垂直弯接板和垂直引上架，少量电缆引下可用导板或引管注明引下方式即可。

（7）电缆桥架宜高出地面 2.2m 以上，桥架顶部距顶棚或其他障碍物不应小于 0.3m，桥架宽度不宜小于 0.1m，桥架内横断面的填充率不应超过 50%。

（8）电缆桥架内线缆垂直敷设时，在线缆的上端和每间隔 1.5m 处应固定在桥架的支架上，水平敷设时，在线缆的首、尾、转弯及每间隔 3～5 米处进行固定。

（9）在吊顶内设置时，槽盖开启面应保持 80mm 的垂直净空，线槽截面利用率不应超过 50%。

（10）布放在线槽的线缆可以不绑扎，槽内线缆应顺直，尽量不交叉，线缆不应溢出线槽，在线缆进出线槽部位，转弯处应绑扎固定。垂直线槽布放线缆应每间隔 1.5m 固定在线缆支架上。

（11）在水平、垂直桥架和垂直线槽中敷设线时，应对线缆进行绑扎。4 对线电缆以 24

根为束，25 对或以上主干线电缆、光缆及其他信号电缆应根据线缆的类型、缆径、线缆芯数分束绑扎。绑扎间距不宜大于 1.5m，绑扎间距应均匀，松紧适度。

（12）桥架水平敷设时，支撑间距一般为 1.5～3m，垂直敷设时固定在建筑物构体上的间距宜小于 2m。

（13）金属线槽敷设时，在下列情况下设置支架或吊架：线槽接头处、间距 3m、离开线槽两端口 0.5 米处、转弯处。

5．材料统计

（1）桥架：分别统计出各种型号规格桥架的全长，除以该桥架的标准长度，得出桥架的数量外，再增加 1%～2% 的余量。

（2）立柱：如采用统一规格的立柱，可用桥架全长除以平均立柱间距，得出立柱数，再增加 2%～4% 余量。如立柱规格不一，则需分别统计。

（3）托臂：桥架全长除以托臂平均间距，再增加 1%～2% 余量，即为总需量。

（4）其他部件：按其主体数乘以一定比例（视总长而定）求得其总数。

4.3.6　电缆桥架各部件名称含义及一般术语

1．电缆桥架的主要部件

电缆桥架安装时的支托，是通过立柱和托臂来完成的。立柱是支撑电缆桥架的主要部件，而桥架的荷重是通过托臂传递给立柱的。因此立柱和托臂是电缆桥架安装的两个主要部件。

2．铝合金电缆桥架

铝合金制电缆桥架装置的简称，由铝合金材料制作托盘或梯架的直通弯通附件以及支吊架等构成，用以支承电缆具有连续刚性结构的总体装置。

3．梯形电缆桥架

梯形电缆桥架直接承托电缆的部件的简称，由两根纵向侧边与若干根横档构成的梯形部件。

4．有孔托盘

有孔槽形电缆桥架直接承托电缆的部件的简称，由带孔眼的底板和侧边所构成的或由整块铝合金板冲孔后弯曲制成底部有孔的槽形部件。

5．无孔托盘

无孔槽形电缆桥架直接承托电缆的部件的简称，由底板与侧边构成的或由整块铝合金板弯曲制成实底的槽形部件。

LQJ 系列铝合金电缆桥架是一种抗腐蚀桥架。它具有结构简单、式样新颖、耐腐蚀，安装维护方便，不需保养等特点，能够适用于广泛的环境条件。

LQJ 系列铝合金防腐桥架按结构形式可分为 LQJ-A、LQJ-B、LQJ-C 型和 LQJ-LPC 型，前者分别采用不同截面形状的铝合金挤压型材料加工桥架帮板和梯档，可制成梯级式、托盘式、槽式结构以满足不同场合的需要，后者采用铝板折边成型，制成槽式汇线槽及各类特殊弯通，以满足电缆布线的需要。LQJ-A、LQJ-B、LQJ-C 型铝合金挤压型材料加工成型后固熔和人工时效处理，不仅提高了耐蚀性，而且提高了铝合金的强度，从而保证铝合金桥架具有较高的承载能力。

LQJ 系列铝合金防腐桥架表面经阳极氧化处理，使其更具有优异的耐蚀性、具有耐腐蚀时间长、不需要保养的优点，特别适用于高温、高湿、高烟雾的环境中选用。

4.3.7 电缆桥架的结构形式

（1）在工程设计中，桥架的布置应根据经济合理性、技术可行性、运行安全性等因素综合比较，以确定最佳方案，还要充分满足施工安装、维护检修及电缆敷设的要求。

（2）桥架水平敷设时距地面的高度一般不低于 2.5m，垂直敷设时距地面 1.8m 以下部分应加金属盖板保护，但敷设在电气专用房间内时除外。电缆桥架水平敷设在设备夹层或上人马道且低于 2.5m，应采取保护接地措施。

（3）桥架、线槽及其支吊架使用在有腐蚀性环境中，应采用耐腐蚀的刚性材料制造，或采取防腐蚀处理，防腐蚀处理方式应满足工程环境和耐久性的要求。对耐腐蚀性能要求较高或要求洁净的场所，宜选用铝合金电缆桥架。

（4）桥架在有防火要求的区段内，可在电缆梯架，托盘内添加具有耐火或难燃性能的板、网等材料构成封闭或半封闭式结构，并采取在桥架及其支吊架表面涂刷防火涂层等措施。其整体耐火性能应满足国家有关规范或标准的要求。在工程防火要求较高的场所，不宜采用铝合金电缆桥架。

（5）需要屏蔽电磁干扰的电线缆路、或有防护外部影响如户外日照、油、腐蚀性液体、易燃粉尘等环境要求时，应选用无孔托盘式电缆桥架。

（6）在容易积聚粉尘的场所，电缆桥架应选用盖板；在公共通道或室外跨越道路段，底层桥架上宜加垫板或使用无孔托盘。

（7）不同电压、不同用途的电缆不宜敷设在同一层电缆桥架内。

① 1kV 以上和 1kV 及以下的电缆；

② 同一路径向一级负荷供电的双回路电缆；

③ 应急照明和其他照明的电缆；

④ 电力、控制和电信电缆。

若不同等级的电缆敷设在同一电缆桥架时，中间应增加隔板隔离。

（8）当钢制直线段长度超过 30m，铝合金电缆桥架超过 15m 时，或当电缆桥架经过建筑伸缩（沉降）缝时应留有 0～30mm 补偿余量，其连接宜采用伸缩连接板。

（9）电缆梯架、托盘宽度和高度的选择应符合填充率的要求，电缆在梯架、托盘内的填充率一般情况下，动力电缆可取 40%～50%，控制电缆可取 50%～70%，且宜预留 10%～25%的工程发展余量。

（10）在选择电缆桥架的荷载等级时，电缆桥架的工作均布荷载不应大于所选电缆桥架荷载等级的额定均布荷载。

4.4 机　柜

4.4.1　机柜的分类

1. 服务器机柜

为安装服务器、显示器、UPS 等 19"标准设备及非 19"标准的设备专用的机柜，在机柜的深度、高度、承重等方面均有要求。高度有 2.0m、1.8m、1.6m、1.4m、1.2m、1m 等各种高度；常用宽度为 600mm、750mm、800mm 三种；常用深度为 600mm、800mm、900mm、960mm、1000mm 五种。各厂家亦可根据客户的需要订做，如图 4.5 所示。

（a）服务器机柜　　　　　　　　　（b）网络机柜

图 4.5　机柜

2. 网络机柜

网络机柜主要用于布线工程，存放路由器、交换机、显示器、配线架等设备，工程上用的比较多。一般情况下，服务器机柜的深度小于等于 800mm，而网络机柜的深度大于等于 800mm。

4.4.2　可选配件

专用固定托盘、专用滑动托盘、电源支架、地脚轮、地脚钉、理线环、水平理线架、垂直理线架、L 支架、扩展横梁等。

主体框架、前后门、左右侧门可以快速拆装。

1. 固定托盘

用于安装各种设备，尺寸繁多，用途广泛，有 19"标准托盘、非标准固定托盘等。

常规配置的固定托盘深度有 440mm、480mm、580mm、620mm 等规格。

固定托盘的承重不小于 50kg。

2．滑动托盘

用于安装键盘及其他各种设备，可以方便地拉出和推回；19"标准滑动托盘适用于任何19"标准机柜。

常规配置的滑动托盘深度有 400mm、480mm 两种规格。

滑动托盘的承重不小于 20kg。

3．配电单元

选配电源插座，适合于任何标准的电源插头，配合 19"安装架，安装方式灵活多样。

规格：6 口、8 口、16 口、21 口等多种规格。

4．理线架

19"标准理线架，可配合任何一种标准机柜使用。12 孔理线架配合 12 口、24 口、48 口配线架使用效果最佳。如图 4.6 所示。

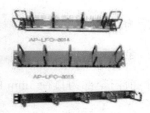

图 4.6　理线架

5．理线环

安装和拆卸非常方便，使用的数量和位置可以任意调整。

6．L 支架

L 支架可以配合机柜使用，用于安装机柜中的 19"标准设备，特别是重量较大的 19"标准设备，如机架式服务器等，支架可起到承重作用，如图 4.7 所示。

7．盲板

盲板用于遮挡 19"标准机柜内的空余位置等用途，有 1U（4.445cm）、2U 等多种规格。常规盲板为 1U、2U 两种，如图 4.8 所示。

图 4.7　机柜支架　　　　　　　图 4.8　机柜盲板

8. 安装螺母（方螺母）

适用于任意一款 TOPER 系列机柜，用于机柜内的所有设备的安装，包括机柜的大部分配件的安装。

9. 键盘托架

用于安装标准计算机键盘，可配合市面上所有规格的计算机键盘；可翻折 90 度。键盘托架必须配合滑动托盘使用。

10. 调速风机单元

安装于机柜的顶部，可根据环境温度和设备温度调节风扇的转速，有效地降低了机房的噪音。

调速方式：手动，无级调速。

11. 机架式风机单元

高度为 1U，可安装在 19"标准机柜内的任意高度位置上，可根据机柜内热源酌情配置。

12. 全网孔前门

机柜前门全部为直径 3mm 的圆孔，提高了机柜的散热性能和屏蔽性能。

13. 全网孔后门

机柜后门全部为直径 3mm 的圆孔，提高了机柜的散热性能和屏蔽性能。

14. 散热边框钢化玻璃前门

机柜前门两边全部为散热长孔，提高了机柜的散热性能、美观实用。

4.4.3 机柜的选购

机柜一直被看作是 IT 应用中的低值、附属产品，只是用来容纳服务器等设备的容器，并不被重视。但是，低价的机柜却是昂贵的 IT 设备最直接的物理保护。重视 IT 设备本身，却忽视了其所处的 IT 微环境，更多的数据中心被引向了危险的边缘。

机柜是什么？很多人把机柜看作是用来装 IT 设备的柜子。机柜是柜子，但并不仅仅如此。随着计算机与网络技术的发展，数据中心的服务器、网络通信设备等 IT 设施，正在向着小型化、网络化、机架化的方向发展。这都给数据中心的构建模式带来了新的变化。而机柜，正在逐渐成为这个变化中的主角之一。对数据中心而言，机柜正成为其重要的组成部分。

来自 Intel 公司的机架式服务器，使得 IT 设备机架化的趋势，为机柜带来了日益繁荣的市场。IT 设备机架化，使得机柜的规格出现了变化，最明显的表现就是单个服务器的体积缩小。服务器占据的高度空间日趋减小，而深度空间越来越大，因此对机柜的深度要求也在逐步提高。另外，IT 设备安装密度最大化，已经成为目前机架式服务器的发展趋势。1U 刀片式服务器的大量运用，使得 42U 机柜最多可能安装 42 台服务器，而每个服务器中所使用的

CPU 多为两个（甚至更多），硬盘也多采用内部阵列的形式，运行中会释放更多的热量，导致机柜内热量密度非常大。忽视机柜内部设备的制冷问题，也可能导致 IT 设备发生故障、寿命降低。

同时，机柜的兼容性也是用户头疼的问题。如今，数据中心的机柜中会安装来自不同厂商的设备，所以要求机柜必须具备良好的兼容性。如果机柜兼容性不好，在升级 IT 设备时，原有机柜可能无法满足需求，用户被迫更换整套机房设备，这种无谓的成本耗费在早期机房建设中屡见不鲜。兼容性的不足，必然导致机柜整体方案的可扩展性差，无法满足 IT 业日新月异的变化需求。对用户而言，显然降低了系统的生命周期，产生了过多的成本开支。

随着数据中心建设向着整体可用性的方向发展，机房对机柜管理的需求日益增长。可以预见，全面符合数据中心需求，并具备未来可扩展性的机柜解决方案，将能够更好地解决用户的问题，提升用户 IT 系统的管理水平。

思考与练习题

1. 在综合布线系统中主要使用的线槽有哪几种？
2. 在综合布线系统中与 PVC 槽配套的附件有哪几种？
3. 在综合布线系统中普通桥架的主要配件有哪几种？如何使用？
4. 在综合布线系统中直通普通型桥架的主要配件有哪几种？
5. 在综合布线系统中线缆槽的敷设主要有哪几种？
6. 机柜的类型有哪些？如何选择机柜？
7. 试讨论机柜中理线器的作用。

第5章 综合布线系统工程设计

本章主要介绍综合布线系统工程设计中的一些基本概念，讲述综合布线系统工程设计原则、系统等级与工程设计步骤，并对各子系统设计方法与注意事项进行较为详尽的阐述。由于具体网络工程方案涉及到有线网络方案、无线网络方案、视频会议方案、虚拟局域网方案等，在此仍以计算机网络为实例。通过小型综合布线系统工程实例，给出一个比较完整的综合布线工程设计方案。

5.1　工程设计原则及分级

针对不同的建筑，如办公楼、写字间或宿舍楼，其入住的用户不同，则有着不同的需求；这种不同的需求，则构成了不同建筑物的综合布线系统。

5.1.1　工程设计原则

1. 设计思想应面向用户需求

根据用户单位建筑物的特点和用户需求，设计人员要与用户单位主管领导和技术人员共同分析建设的网络中综合布线系统所应具备的功能，同时结合中、远期规划进行有针对性的详细设计。针对综合布线系统支持的业务，如语音、数据、图像（包括多媒体通信）、监控、保安、对讲、传呼、广播等系统设计成为一个共用的综合布线系统。

2. 综合布线系统工程应当合理定位

对于现有已建成的办公楼结构，其工作区的信息插座、管理间配线架（箱、柜）的标高及水平配线的设置，要合理定位，满足发展和扩容需要。根据房屋的尺寸、几何形状、预定用途以及用户意见等认真分析，使综合布线系统真正融入建筑物本身，达到和谐统一、美观实用。

对于在建建筑物，要根据建筑物的设计蓝图进行综合布线设计，将用户工作区的信息插座位置、管理间的位置、水平配线子系统的线缆路由、设备间位置和垂直干线路由等进行规划。

通常，大开间办公区的信息插座位置应设置于墙体或立柱，便于将来办公区重新划分、装修时就近使用。对于普通住宅可按单元实施布线，将管理间设置在楼道的某一层。而对某一住户来说，对客厅、书房、卧室分别设置语音或数据信息插座。弱电竖井中综合布线用桥架、楼层水平桥架及入户暗/明装 PVC 管时，需设计空间位置，同时兼顾后期维护的方便性。

3. 选用标准化定型产品

综合布线系统工程所选用的产品必须是经过国家认可、质量检验机构鉴定合格的、符合国家有关技术标准的定型产品；在一个综合布线系统中一般应采用同一种标准的产品，以便于设计、施工管理和维护，保证系统质量。

总之，综合布线系统工程设计应依照国家标准、通信行业标准和推荐性标准，并参考国际标准进行。此外根据系统总体结构的要求，各个子系统在结构化和标准化的基础上，应能代表当今最新技术成就。在具体进行综合布线系统工程设计时，注意把握好以下几个基本点。

（1）与用户沟通，尽量满足其需求。

（2）了解建筑物间的网络通信环境与条件。

（3）根据网络的特点，确定合适的通信网络拓扑结构。

（4）选取适用的传输介质。

（5）以开放式为基准，兼容性为首选。

（6）将系统设计方案和建设费用预算提前告知用户。

5.1.2 综合布线系统等级划分

综合布线系统对于电缆布线系统共分为 6 个等级，光缆部分分为 3 个等级。

1. 电缆布线系统等级划分

电缆布线系统划分为 A、B、C、D、E、F 共 6 个等级。等级表示为由双绞电缆和连接器所构成的链路和信道，它的每一对双绞电缆所能支持的传输带宽用 Hz 表示。综合布线电缆系统的分级与类别划分如表 5.1 所示。

表 5.1 线缆布线系统的分级与类别

系 统 等 级	传输带宽（MHz）	支持应用器件	
		电　　缆	连 接 器 件
A	0.1		
B	1		
C	16	3 类	3 类
D	100	5/超 5 类	5/超 5 类
E	250	6 类	6 类
F	600	7 类	7 类

布线系统双绞电缆与连接器件按性能可以分为 3 类、4 类、5 类、6 类、7 类布线产品。4 类系统具有过渡性，在我的布线工程中得到应用；7 类布线产品为全屏蔽布线系统。

布线系统的等级与产品应用类别是相对应的关系，但又具有应用向下兼容的问题。向下兼容体现了布线系统的通用特性。比如，对 6 类布线系统既要达到 E 级规定的带宽（250MHz）和传输特性，又要能支持 D 级的应用。

2. 光纤布线信道等级划分

对于光纤布线信道划分为 OF-300、OF-500 和 OF-2000 3 个等级，各等级光纤信道所支持的应用长度不应小于 300m、500m 及 2 000m。

5.1.3 综合布线系统设计要点

在综合布线系统中，首先要明确综合布线系统的施工范围和要求，以明确工程目标与可行性。其设计要点应包括以下几个方面。

1. 了解用户需求

对用户单位的网络建设进行详细的了解与分析，使布线设计做到心中有数。

（1）确定用户单位对此网络工程的投资额度，包括硬件设备、网络工程材料、网络工程施工费用、网络工程安装与调试费用、软件、培训、运行与维护费用等。

（2）了解网络的未来服务范围、设备类型以及未来可能调价的设备类型和数量等。

（3）了解地理位置布局。通过现场察看，确定每一建筑物中用户的数量及服务类型，在同一建筑物内用户的连接关系，建筑物之间的连接关系、供电情况等。

（4）了解网络的类型，如数据通信、视频传输、语音信号以及监控、广播等。

2. 选择传输介质

传输介质决定了网络的传输速率、网段的最大长度、信息的传输可靠性以及网络接口的复杂程度等。必须根据用户需求，选择相应的网络传输介质。通常情况下，依据网络的特性，室内布线选用非屏蔽双绞线（UTP），室外采用屏蔽双绞线（STP）或光缆。在一些特定的网络中选用同轴电缆或视频同轴电缆。

3. 综合布线设计步骤

在综合布线系统设计时，应根据用户单位建筑物的实际用途和实际情况综合考虑，既要满足用户需要，又要降低成本，同时还要考虑既定时间内的可维护性和可扩充性。一般情况下，其设计步骤如下。

（1）充分分析用户需求

与用户单位主管领导或网络工程主要负责人以及技术人员进行分析，探讨网络的基本功能和扩充功能，网络最大的数据传输率和带宽等。

（2）获取建筑群或建筑物平面图

若是已经建好的建筑，要到现场进行勘查、绘制简图，或与房管部门联系，索要原始的建筑蓝图，为网络结构设计提供原始资料。

（3）进行系统结构设计

根据建筑物的形状以及网络用途，对网络进行系统结构设计，是采用总线结构、星状结构还是树状结构，要由设计人员和用户单位的技术人员共同完成设计。

（4）布线路由设计

在网络的系统结构设计完成后，针对不同的建筑物，要对每一幢建筑物中每一层的水平布线子系统的布线路由进行设计，对垂直布线路由进行设计，对建筑群之间的线缆敷设进行路由设计。

（5）可行性论证

将以上的设计情况进行汇总，邀请用户单位有关方面的领导和技术人员、质检技术部门的专业人员一起对网络的系统结构以及布线路由等进行可行性论证并做好记录。

（6）绘制综合布线施工图

按照设计的系统结构和布线路由等内容，绘制出综合布线施工图，作为下一步施工的基本依据。

（7）制定综合布线用料清单

根据设计过程中对所有部分的详细设计，给出每一部分所使用的器材和材料，以表格形式递交用户单位和施工单位。

5.2 综合布线系统工程设计

综合布线系统应能支持电话、数据、图文、图像等多媒体业务的需要。综合布线系统宜按工作区、水平配线子系统、管理间、垂直干线子系统、建筑群子系统、设备间和进线间 7 个部分进行配置设计。

综合布线系统工程设计应采用开放式星形网络拓扑结构。以支持当前的各种星形网（Star）、以太网（Ethernet）、光缆分布式数据接口（FDDI）等网络。

5.2.1 工作区子系统设计

一个局域网要遍布整个建筑物的多个楼层，每个楼层有多个房间。每一个房间可以是一个工作区，也可以根据工作性质划分为多个独立的工作区，而有的房间并不设置为工作区。到底哪些房间设置为工作区，一般由用户单位来确定。工作区子系统通常由用户计算机、语音点、数据点的信息插座、跳线组成。电话机和计算机只是作为终端设备，不在综合布线系统之内。设计工作区子系统时，重要的是要与管理间一起考虑，使离管理间最远的工作区到管理间的距离限制在 90 米的范围之内。

1. 工作区面积的划分

每个工作区的服务面积，应按所服务的应用功能确定。由于目前建筑物的功能类型比较多，通常可以分为商业、文化、媒体、体育、医院、学校、交通、住宅、通用工业等类型。因此，对工作区面积的划分应根据应用的场合做具体的分析后再确定。一般情况下，工作区面积需求如表 5.2 所示。

表 5.2 　　　　　　　　　　　　工作区面积划分表

建筑物类型及功能	工作面积（m^2）
网管中心、呼叫中心、信息中心	3～5
办公区	5～10

续表

建筑物类型及功能	工作面积（m²）
会议、会展	10～60
商场、生产机房、娱乐场所	20～60
体育场馆、候机室、公共设施区	20～100
工业生产区	60～200

2. 工作区子系统设计要点

根据用户需求，整个建筑群的综合布线工作区的设计要考虑以下几点。

（1）工作区内线槽的敷设要合理、美观，若是新建建筑，最好使用穿线暗管，如果是已建建筑，可以使用塑料槽或塑料管件。

（2）安装信息模块的位置、信息模块的数量符合用户的要求，信息插座设计在距离地面30cm 以上、1.2m 以下，便于与终端设备相连接。

（3）信息插座与计算机设备的距离保持在 5m 范围内，注意考虑工作区电缆、跳线和设备连接线长度总共不超过 10m。保证工作区到管理间的距离不要超过 90m。

（4）网卡接口类型要与线缆接口类型保持一致。

（5）对工作区所需要的信息模块、信息插座、面板数量估算要准确。通常使用增强型设计等级，以便于语音与数据点的互换使用。

凡未确定用户需要和尚未对具体系统做出设计承诺时，建议在每个工作区使用增强型设计等级或综合型设计等级。这样，在设备间或管理间的交叉连接场区不仅可灵活地进行系统配置，而且也容易管理。在进行具体的设计时，需仔细考虑将要集成的设备类型和传输信号类型。

3. 工作区设计步骤

具体配置设计工作区时，可按以下步骤进行。

（1）计算所需的信息模块

根据楼层平面图设置工作区的位置并计算每层楼布线面积，大致估算出每个楼层的工作区数量。在一个网络工程中，工作区模块的数量一般按下式计算。

$$M = N + N \times 3\%$$

式中：M——信息模块总需求量；N——信息点总数量；$N \times 3\%$——富余量。

（2）计算所需要的跳线连接器材（对计算机网络而言为 RJ-45 水晶头）

计算所需要的 RJ-45 水晶头的个数时，与管理间所需要的跳线一起计算，其所需要的RJ-45 水晶头的个数按下式计算。

$$S = N \times 4 + N \times 4 \times 15\%$$

式中：S——RJ-45 的总需求量；N——信息点总数量；$N \times 4 \times 15\%$——留有的富余量。

（3）工作区和管理间所需要的跳线数量为

$$L = M \times 2$$

（4）计算工作区使用的线槽数量

$$XC = N \times 3 （m）$$

（5）计算固定线槽所使用的附件（钢钉）数量

$$GD = XC \times 4$$

在对工作区进行设计时，最后使用表格对工作区所使用的材料进行汇总，如表 5.3 所示。

表 5.3　　　　　　　　　　　　某个工作区使用材料汇总表

品　名	规格（型号）	单　位	数　量	价　格	金　额
信息模块	AMP	个	N×1.3		
RJ-45 水晶头	AMP	个	N×4×1.15		
跳线数量	AMP（或自作）	条	N×2×1.3		
线槽数量	塑料 1.5×2	米	N×3		
钢钉	1 寸	个	N×3×4		
工作区所用材料总金额					

4．设计平面图供用户选择

一般应设计两种平面图供用户选择，并设计出信息引出插座的平面图。为管理间位置的选择提供依据。

5．工作区适配器的选用

工作区适配器的选用宜遵守下列原则。

（1）设备的连接插座应与连接电缆的插头匹配，不同类型的插座与插头之间应加装适配器，保证信号的匹配。建议使用同一厂家的产品，这样可使布线系统的各部分更容易匹配。

（2）在连接使用信号的数/模转换，光/电转换，数据传输速率转换等相应的装置时，采用相应的适配器。

（3）对于网络规程的兼容，采用协议转换适配器。

（4）各种不同的终端设备或适配器均安装在工作区的适当位置，并应考虑现场的电源与接地。

5.2.2　水平配线子系统的设计

水平配线子系统作为工作区子系统和管理间子系统的连接桥梁，主要是实现工作区的信息插座与管理间中配线架之间的连接。水平配线子系统宜采用星形拓扑结构，一个管理间配线架对应同一楼层中不同的工作区，配线架上的每一个模块与一个工作区相连接。配线子系统的配置设计包括配线子系统的传输介质设计、线路路由设计与连接器件集成。水平配线子系统的设计与施工成功与否，将极大影响综合布线系统的最终通信性能。

水平配线子系统由楼层配线设备、信息插座和它们之间的配线线缆组成，在一幢建筑物内，如果各个楼层的功能相同，可选择一个楼层作为代表进行设计；若各个楼层的功能不一致，则需要分别进行设计。设计配线子系统时，在理解、熟悉其设计要点的基础上，重要的是熟悉信息插座、配线架和线缆管理器的选用，正确选择传输介质、传输介质路由，确定配线子系统的布线方案等。

1. 水平配线子系统设计要点

水平配线子系统设计主要是选择传输介质、确定线缆路由和连接器件集成，设计要点主要有：

（1）根据工程环境条件，确定线缆的类型。对于计算机网络和语音通信网络的室内布线，通常使用非屏蔽双绞电缆；对于监控系统或广播系统，通常使用 50Ω同轴电缆；对于有线电视系统，通常采用 75Ω同轴电缆。在一些特定的场合，也可使用 62.5/125μm 多模光缆。

（2）确定线缆的路由。设计人员根据建筑物的位置、周围的环境等情况确定敷设线缆的路由走向。在此阶段，一般需要设计人员和施工人员一起到施工现场，根据具体的现场情况进行设计。

（3）确定线缆、桥架、线槽、管材的数量和类型，以及相应的吊杆、托架数量和类型等。

（4）当语音点、数据点需要互换时，确定所用线缆类型。

2. 估算线缆的长度

在一幢建筑物中，线缆的长度一般按楼层来计算，将每一层的数量计算出来后进行相加即得到整个建筑物所需要的线缆数量。

（1）每个楼层用线量的计算公式如下：

$$C = [0.55 \times (L + S) + 6] \times n \quad （m）$$

式中，C 为每个楼层的用线量；

L 为本楼层中离管理间最远的信息点距离；

S 为离管理间最近的信息点的距离；

n 为本楼层信息插座的数量；

0.55 最远信息点距离与最近信息点距离的平均系数；

6 是端接容差（富余量）。

（2）则整座楼的用线量为：

$$W = \Sigma C \quad （m） \quad （6 层楼就是 6 个 C 相加）。$$

$$用线箱数 = W（m）/305 + 1（箱）。$$

双绞线一般以箱为单位，每一箱双绞线长度为 305m（1000 英尺）。

（3）另外一种计算双绞线的长度公式为：

$$C = A + B/2 \times n \times 3.3 \times 1.2$$

式中：C 为每个楼层的用线量；

A 为离管理间最短信息点长度；

B 为离管理间最长信息点长度；

n 为本楼层内需要按装信息点的个数；

3.3 为折算系数，将米转换成英尺；

1.2 为容差（富余量）。

此时，整幢楼的用线量为：

$$W = \Sigma C \quad （英尺）$$

$$用箱数 = W/1000 + 1 \quad （箱）$$

3. 水平配线子系统布线方式

水平配线子系统布线是将线缆从管理间子系统的管理间配线架接到每一楼层工作区的信息 I/O 插座上。因此，再设计水平配线子系统时，要根据建筑物的结构特点，从路由最短、造价最低、施工方便、布线规范等几个方面综合考虑，优选最佳的方案。在金像水平配线布线时，常采用 3 种方式：直埋管布线方式、吊顶槽型线缆桥架与支管结合使用方式和地面线槽方式。其他方式都是这 3 种布线方式的综合或改良。

（1）直接埋管方式

直接埋管布线方式中的金属布线管道或 PVC 布线管材被密封在地板现浇混凝土中，这些金属布线管道从管理间向各工作区信息插座的位置辐射。根据通信和电源布线要求、地板厚度和地板空间占用等条件，直接埋管布线方式应采用厚壁镀锌管或薄型电线管。这种方式在建筑物的土建期间进行布放管道，而布线施工是在土建完成之后进行的，在布放管道时一定要将管道口处理好，防止堵塞。管道的管径设计要符合线缆穿线的需要，一般建议管道的容量限制在 70% 以下。直接埋管布线方式工程造价较低，但不宜进行网络的扩充和改造，在传统专属布线设计中被广泛采用。在综合布线系统中，常将这种方法用于工作区信息插座引出到公共布线区的部分，而在公共布线区使用桥架或线槽将各个工作区来的线缆进行汇集，引入到管理间。

（2）吊顶槽型电缆桥架与支管结合方式

在大型建筑物或布线系统比较复杂的布线系统中，常采用吊顶槽型电缆桥架与支管结合的布线方式。它适用于需要有额外支撑物的场合。为水平配线电缆提供机械保护和支持的装配式轻型槽型电缆桥架，是一种闭合式金属桥架，通常将前传在天花板上方（吊顶内），线缆经由该桥架和预埋在墙内的不同规格的铁管或高强度的 PVC 管，引入到墙壁上的暗装铁盒内，最后端接在用户的信息插座上。

综合布线系统的水平配线电缆布线是放射状的，线路量大，因此线槽容量的计算很重要。按标准线槽设计方法，应根据配线电缆的直径来确定线槽容量，即线槽的横截面积 = 配线线缆横截面积 × 3。

桥架的材料为冷轧合金板，表面进行了相应处理，如镀锌、喷塑、烤漆等。线槽有金属材料和 PVC 材料，可以根据情况选用不同材料和规格的线槽。为保证线缆的转弯半径，无论是乔家还是线槽都需配以相应规格的分支配件，以提供线路路由的灵活性。

为便于维护，在设计和安装线槽桥架时，应将各个房间的支管安装在检修孔附近，桥架或线槽一般不进入工作区房间。

为确保线路的安全，应将桥架的槽体接地。将金属线槽、金属软管、金属桥架及分配线机柜均需整体连接，然后接地。

（3）地面线槽方式

在大开间的办公间或需要打隔断的场合，或地面信息出口密集的情况下，常用地面线槽方式布线。这种布线方式先在地面垫层中每隔 4 米至 6 米预埋金属过线盒或出线盒。主干线槽从弱电竖井引出，沿走廊引向设有信息点的各个房间，再用支架槽引向房间内的信息点出口。这样可以向每个工作区提供一个包括数据、语音出口的集成面板，真正做到在一个整洁的环境中，实现办公自动化。

由于地面垫层中可能会有消防等其他系统的线路，所以需由建筑设计单位根据管线设计人员提出要求，综合各个系统的实际情况，完成地面线槽路由部分的设计。线槽容量的计算应根据配线缆的外径来确定，即线槽的横截面积=配线线缆横截面积×3。

地面线槽方式的优点是布线施工时拉线容易；对于质量符合要求的线槽，强弱电线缆可以同路由布放；所布放的线缆便于维护。其缺点是增加的地板垫层的厚度；不适宜于石材地面；地面线槽的出线盒造价较贵。

4. 吊杆和托架

水平配线子系统电缆布放通常推荐使用电缆桥架或线槽敷设方式。当选用了这种方式后，接下来就需要对桥架或线槽进行固定。对桥架或线槽的固定通常采用吊杆或托架固定。打吊杆走线槽时，一般间距是 1 米左右一对吊杆。吊杆的总量应为水平干线长度（米）的 2 倍。使用托架走线槽时，一般是 1 米至 1.5 米安装一个托架，托架的需求量应根据水平配线的实际长度来计算。托架应该根据线槽走向的实际情况来选定，当水平线槽不贴墙，则需要订购托架；当水平线槽贴墙走，则可购买角钢自作托架。

在具体方案确定后，将所设计中设计的所有材料的数量、规格、单价等数据填入水平配线子系统材料汇总表中，如表 5.4 所示。

表 5.4   **某一层水平配线子系统所需材料汇总表**

品　　名	规格（型号）	单　　位	数　　量	价　　格	金　　额
双绞电缆（UTP）	AMP	m（箱）	按层计算		
双绞电缆（STP）	AMP	m（箱）	按层计算		
线号标识管	AMP	卷	按层计算		
多模光缆	62.5/125	m	按层计算		
线槽	塑料 50×25	m	按层计算		
桥架	金属 60×20	m	按层计算		
吊杆	0.5m	条	按层计算		
托盘架	角型	个	按层计算		
其他附件			若干		
水平配线子系统所用材料总金额					

将各层的数量相加即整个建筑物所用材料的数量，作为施工单位进行材料准备的依据。同时按照当前市场价格算出所有材料的金额，为用户单位提供参考。

5.2.3 管理间子系统设计

从综合布线的发展趋势来看，许多建筑在综合布线设计时，在每一层都设立一个或多个管理间，设立管理间位置的依据是在使用双绞电缆布线时，从工作区到管理间的最远距离限制在 90 米范围之内。当管理间位置确定之后，管理间子系统的设计包括：管理间中所使用设备的型号及数量、线缆交连方式的确定以及线缆的标识等。

1. 管理间子系统设备组成

管理间中最主要的设备就是机柜。在机柜中安置的设备有配线架、理线器、交换机、路由器、稳压电源等设备。其中机柜、配线架、理线器是综合布线系统的主要设备，其他如交换机、路由器和稳压电源等是网络设备，不在综合布线系统之内，但在管理间设计时作为参考。

（1）机柜：安置配线架和网络设备，接收来自各个工作区的线缆，将双绞线与配线架进行配接，或将光缆进行配接。

（2）配线架：配线架是终结来自各个工作区的线缆，根据所管理工作区的数量实际配线架的数量。配线架一般有 16 口、24 口、48 口之分，通常选择 24 口。

（3）理线器：为网线进行梳理、定位，为网线标识提供便利，根据线缆的多少选定。

（4）其他网络设备，如交换机、路由器、稳压电源等，为网络环境提供信息交换，根据网络功能进行选择（不在综合布线系统的设计范围之内，仅作为参考设备）。

作为管理间子系统，应根据管理的信息点实际状况，安排使用房间的大小和机柜的规格。如果信息点多，就可以考虑用一个房间来放置，如果信息点少，可以不独立设置一个房间，可以在走廊内的适当位置使用壁挂式机柜来配置该子系统。

2. 管理间子系统的交连硬件

在管理间子系统中，信息点的线缆是通过配线架数据点接线面板来进行管理的。通过 110 型配线架管理语音点的线缆，规格有 25 对、50 对和 100 对之分，型号有 110A 和 110P 两类。110A 适用于线路不需要改动的不现场合，如果要经常改动线路，则是宜选用 110P 型配线架；使用 RJ-45 型配线架管理计算机网络的线缆，规格有 16 口、24 口和 48 口之别，通常使用 24 口配线架为最多。

（1）110A 型配线架的硬件组成

① 100 对或 300 对线的连接块。

② 3、4 或 5 对线的 110C 连接块。

③ 188B1 底板或 188B2 底板。

④ 188A 定位器。

⑤ 188UT1-50 标记带。

⑥ 色标不干胶线路标志。

⑦ XLBET 框架。

⑧ 交连跨接线。110A 配线架实物图如图 5.1 所示。

（2）110P 配线架的硬件组成

① 安装于终端面板上的 100 对线的 110D 型接线块。

② 3、4 或 5 对线的连接块。

③ 188C2 和 188D2 垂直底板。

④ 188E2 水平跨接线过线槽。

⑤ 管道组件。

⑥ 插入线、标签带。实物图如图 5.2 所示。

图 5.1　110A 配线架实物图

图 5.2　110P 配线架实物图

（3）RJ-45 配线架的组成

① 可安装 RJ45 模块的 19 英寸底板，并与机柜固定。

② 接线用的模块，主要续接来自各个工作区的双绞电缆。

③ 不干胶标识。其结构如图 5.3 所示。

（4）光纤配线架

① 基本架、扩展架、集中熔接架、储纤架拼架。

② 熔接架：光缆引入单元、熔接区、光纤安装架。

③ 光纤配线单元、盘纤区，背面光纤水平走线槽。

④ 储纤架由盘纤轴、背面水平走线槽。

⑤ 有可靠的光缆固定接地保护装置。结构如图 5.4 所示。

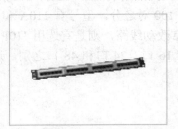

图 5.3　RJ-45 配线架接实物图

图 5.4　光纤配线架结构图

3．管理间子系统的交连形式

在不同的建筑物中，常见的管理子系统常采用单点管理单交连、单点管理双交连和双点管理双交连 3 种形式。交连和互连允许将通信线路定位或重新定位到建筑物的不同部分，以便能更容易地管理通信线路。通过对管理子系统交接的调整，可以安排或重新安装系统线路的路由，使传输线路能延伸到建筑物内部的工作区。

（1）单点管理单交连方式

单点管理单交连方式是在整个建筑物内设置一个设备间作为交连区，楼内信息点均直接点对点与设备连接。所谓单点管理是指在整个综合布线系统中，只有一个点可以进行线路交连操作。交连指的是在两场间作偏移性跨接，完全改变原来的对应线对，如图 5.5 所示。

由于该方式只有一个管理点，交连设备位于设备间内的交换机附近，电缆直接从设备间辐射到各个信息点。一

图 5.5　单点管理单交连方式

般交连设置在管理间内，采用星形拓扑结构。由它来直接调度控制线路，实现对输入/输出的变动控制。单点管理单交连方式属于集中管理型，适用于楼层低、信息点比较少的布线系统中。现在这种方式使用场合较少。

（2）单点管理双交连

单点管理双交连方式在整个综合布线系统中也只有一个管理点，是指在位于管理间内的交换设备或互连设备附近，对线路不进行跳线管理，直接连接到用户工作区或管理间里面的第二个硬件接线交连区。所谓双交连就是指把水平配线电缆和垂直干线电缆，或干线电缆与网络设备的电缆都打在端子板不同位置的连接块的里侧，再通过跳线把两组端子跳接起来，跳线打在连接块的外侧，这是标准的交连接方式，如图 5.6 所示。

单点管理双交连，第二个交连在管理间用硬接线实现。如果没有管理间，第二个接线交连可放在用户的墙壁上。单点管理双交连方式采用星状拓扑，属于集中式管理，目前应用也比较少。

（3）双点管理双交连

当建筑物规模比较大、信息点比较多时，多采用二级管理，配成双点管理双交连方式。双点管理除了在设备间里有一个管理点之外，在管理间里或用户的墙壁上再设第二个可管理的交连接（跳线）。双交连要经过二级交连接设备。第二个交连接可以是一个连接块，它对一个接线块或多个终端块的配线和站场进行组合。双点管理双交连接的第二个交连接用做配线。

图 5.6　单点管理双交连方式　　　　图 5.7　双点管理双交连方式

双点管理属于集中、分散管理，适应于多管理区。由于在管理上分级，因此管理、维护有层次、主次之分，各自的范围明确，可在两点实施管理，以减少设备间的管理负担。双点管理双交连方式是目前管理系统普遍采用的方式。

4. 线路管理色标标识

综合布线系统使用电缆标识、区域标识和接插件标记 3 种标识。其中接插件标识最常用，可分为：不干胶标识条、插入式标识条和套管编号 3 种，供选择使用。在每个交连区，实现线路管理的方法是采用色标标识，如建筑物的名称、位置、区号，布线起始点和应用功能等标识。在各个色标场之间接上跨接线或接插软线，其色标用来分别表明该场是干线线缆、配线线缆或设备端接点。这些色标场通常分别分配给指定的接线块，而接线块则按垂直或水平结构进行排列。若色标场的端接数量很少，则可以在一个接线块上完成所有端接。

（1）管理间的色标含义

① 白色。表示来自设备间的干线电缆端接点。

② 蓝色。表示到干线管理间输入/输出服务的工作区线路。

③ 灰色。表示至二级管理间的连接线缆。

④ 橙色。表示来自管理间多路复用器的线路。

⑤ 紫色。表示来自系统公用设备（如分组交换型集线器）的线路。

（2）二级管理间的色标含义

① 白色。表示来自设备间的干线电缆的点对点端接。

② 灰色。表示来自干线管理间的连接电缆端接。

③ 蓝色。表示到干线管理间输入/输出服务的工作区线路。

④ 橙色。表示来自电信间多路复用器的线路。

⑤ 紫色。表示来自系统公用设备（如分组交换型集线器）的线路。

5. 管理子系统的设计步骤

在配置设计管理子系统时，需要了解线路的基本设计方案，以便管理各子系统的部件。一般按照下述步骤进行。

（1）管理子系统的干线配线宜采用双点管理双交连方式，楼层配线的管理多采用单点管理双交连方式，并根据所使用的线缆类型，确定配线架的类型。

（2）确定语音和数据线路要端接的电缆、光缆线对总数，并分配好语音或数据线路所需墙场或终端条带。确定楼层光缆、电缆配线架的数量和位置。

（3）确定机柜的数量和位置。

（4）选择和确定交连硬件的规模，即中继线/辅助场。确定端接模块化系数，一般选择 3 对线或 4 对线，具体选择要根据网络系统的规模来定。

（5）对配线架上不经常改动的线路使用卡接式接线法；对需要经常改动的线路采用快接式接线法进行设计。

（6）确定设备间交连硬件的位置，绘制整个综合布线系统即所有子系统的详细施工图。

（7）确定色标或套管标记实施方案。

最后给出每一层管理间子系统所使用的材料清单，如表 5.5 所示。

表 5.5　　　　　　　　　　　　一层管理间子系统所需材料汇总表

品　　名	规格（型号）	单　位	数　量	价　格	金　额
机柜	1.5m 高	只			
光纤配线架	AMP	只			
电缆配线架	AMP	只			
理线器		个			
色标		套			
套管号标识		卷			
软跳线	0.5m	条			
托盘架	角型	个			
其他附件			若干		
水平配线子系统所用材料总金额					

5.2.4　垂直干线子系统的设计

垂直干线子系统的任务是通过建筑物内部的竖井或管道放置传输线缆，把每层管理间的信号传送到设备间或反之，提供建筑物主干线缆的路由，实现主配线架与中间配线架的连接，建立控制中心计算机与各管理子系统设备之间的通信线路。干线子系统的配置设计既满足当前的需要，又适应今后的发展。在配置设计干线子系统时，重要的是掌握干线子系统设计原则、设计步骤、所需线缆容量和布线方式。

1．干线子系统的设计原则

干线子系统的设计一般应遵循以下基本原则。

（1）干线子系统应为星状拓扑结构。

（2）干线子系统路由的选择应符合干线线缆较短，安全和经济的原则；在同一层中若有多个管理间时，这些管理间之间宜设置干线路由。选择带门的封闭型综合布线专用的通道，也可与弱电竖井合并共用；从楼层配线架（FD）到建筑物配线架（BD）之间的距离最长不能超过 500 米。

（3）从楼层配线架（FD）开始，到建筑群总配线架（CD）之间，最多只能有建筑物配线架（BD）一级交叉连接。

（4）干线线缆宜采用点对点端接，也可采用大对数线分支递减端接，以及电缆直接连接的方法。

（5）语音和数据干线线缆应该分开。如果设备间与计算机机房和交换机机房处于不同的地点，而且需要把语音电缆连至设备间，把数据电缆连至计算机房，则宜在设计中选取不同的干线电缆或干线电缆的不同部分来分别满足语音和数据传输需要。必要时，也可采用光缆传输系统予以满足。

（6）干线子系统在系统设计时，应采用综合型设计等级，预留一定的线缆作为冗余，以确保综合布线系统的可扩展性和可靠性。

（7）干线线缆的路由要专门进行设置，不应布放在电梯、供水、供气、供暖等竖井中；线缆的两端点要进行标号；室外部分要使用套管或线槽，严禁搭接在树干上。

2．主干线缆类别和容量

根据网络工程的实际需要，确定干线子系统所需要的电缆总对数和光纤总芯数，并留有适当的备份容量（约 10%）。主干线缆宜使用屏蔽双绞电缆或光缆，并互相作为备份路由。主干电缆和光缆所需的容量要求及配置应符合以下规定。

（1）对计算机网络或语音业务，双绞线或大对数主干电缆的对数应按每一个信息点模块通用插座配置 4 对线，并在总需求线对的基础上至少预留约 10% 的备用线对，保证通信线路的可靠性和可维护性。

（2）当使用光纤作为水平配线的链路时，从工作区至管理间的水平光缆将延伸至设备间的光配线设备，此时主干光缆的容量应包括所延伸的水平光缆光纤的容量在内。

3．干线子系统的布线方式

在一幢建筑物内，干线子系统的布线路由可采用的垂直通道有电缆孔、电缆竖井和预埋管道等方式；对于已建的建筑物一般采用电缆孔方式；对于在建的建筑物大多采用电缆竖井方式或预埋管道方式。

（1）线缆孔方式

对于已建的建筑物，由于事先没有进行相应的设计，建筑物中并没有垂直干线通道可供选择。垂直干线路由必须穿过楼层，此时要将楼层之间的地板穿孔。穿孔后使用比地板表面高出 2.5～10cm 的管道进行防水处理。所用的线缆固定在楼层底板之间的线槽中以保护线缆的安全。为了使垂直线缆不至于因本身的重量向下坠落，通常将电缆捆扎在钢丝绳上，而钢丝绳又固定到墙上已经铆好的金属条上。当管理间上下能对齐时，一般采用电缆孔方式布线。

（2）线缆竖井方式

电缆竖井方式常用于垂直干线通道。电缆竖井是指在每层楼板上开掘一些方孔。使干线电缆从各个楼层的管理间可以通过电缆竖井汇总到建筑物的设备间。电缆竖井的大小依据所用电缆的数量而定。与电缆孔方式一样，电缆也是捆扎或箍在支撑用的钢丝绳上，钢丝绳靠墙上金属条或地板三角架固定住。电缆竖井有非常灵活的选择性，可以让粗细不同的各种干线电缆以多种组合方式通过。线缆竖井中通常配置相应的桥架或线槽将线缆保护起来。

（3）预埋管道方式

预埋管道方式是在进行建筑物的土建时，将干线路由事先按照所设计的埋管方案进行施工。将管道嵌入在混凝土墙壁中。在每一楼层的适当位置设置管道维护口。这种方式对线缆的安全来讲是可靠的，但不宜于日后的维护。

在多层建筑物中，经常需要使用干线电缆的横向通道才能将设备间来的电缆连接到垂直干线通道中，这要根据现场的实际情况进行分析再进行布线路由的设计。在干线子系统布线时，要注意考虑数据线、语音线以及其他弱电系统管槽的共享问题。

4．垂直干线子系统的设计步骤

通常干线子系统可按如下步骤进行设计：

（1）根据干线子系统的星形拓扑结构，确定从楼层管理间到设备间的干线电缆路由。

（2）确定干线线缆的类型、容量和相应的连接方法。

（3）确定干线线缆长度。干线线缆的长度可到现场（已建建筑物）实测或用比例尺在图样上（图纸建筑物）实际测量获得，也可用等差数列计算得出。注意每段干线线缆长度要有冗余（约 10%）和端接容差。

（4）确定敷设干线线缆的支撑结构。

（5）绘制干线路由图。采用标准图形与符号绘制干线子系统的线缆路由图。

（6）绘制表格，对该建筑物的垂直干线子系统所使用的材料进行汇总，如表 5.6 所示。

表 5.6　　　　　　　　　　某建筑物垂直干线子系统所需材料汇总表

品　名	规格（型号）	单　位	数　量	价　格	金　额
光缆	62.5/125μm	m			
双绞线	AMP	m			
大对数线	AMP	m			
线槽	金属或塑料	m			
桥架	金属	m			
线缆标识		卷			
其他附件					
垂直干线子系统所用材料总金额					

5.2.5　设备间子系统的设计

设备间子系统是指集中安装通信设备的场合，是设备日常管理和维护的重要场所，它是连接整个建筑物的中心，将从各个楼层管理间来的垂直电缆汇集在设备间。它的作用是把设备间的电缆、连接器和相关支撑硬件等各种公用系统设备互连起来，因此也是线路管理的集中点。对于综合布线系统，设备间主要安装建筑物配线设备（BD）、电话交换机、计算机等设备、供电设备（UPS），引入设备也可以合装在一起。

设备间通常至少应具有如下 5 个功能：①提供网络管理的场所；②提供设备进线的场所；③提供管理人员值班的场所；④汇接从各个楼层管理间来的垂直线缆；⑤防雷电装置的安装位置设定。

配置设计设备间时，在熟悉设备间配置设计原则的前提下，重要的是合理规划设备间的空间规划与设置，以及如何满足环境条件要求，掌握设备间的配置设计步骤等。

1.　设备间的配置设计原则

配置设计设备间时应该坚持以下原则。

（1）按照最近与操作便利性原则，设备间位置及大小应根据设备数量、规模、最佳网络中心等因素综合考虑确定。一般位于建筑物干线综合体的中间位置。

（2）在较大型的综合布线系统中，将计算机主机、程控电话交换机、楼宇自动化控制系统、监控设备等相关硬件放置在设备间。

（3）配线设备与电话交换机及计算机网络设备的连接方式按照配线子系统的线缆连接方式进行。

（4）色标原则，设备间内的所有总配线设备应用色标区别各类用途的配线区。

（5）根据不同系统设备的要求，设置不同的机柜和配线架。

（6）建筑物的综合布线系统与外部通信网连接时，应遵循相应的接口标准，预留安装相应接入设备的位置。

（7）在进行接地设计时要遵循接地的原则，总接地电阻要小于 4Ω。

2.　计算设备间的使用面积

设备间是安装电缆、连接器件、保护装置和连接建筑设施与外部设施的主要场所。在规划设计设备间时，无论是在建筑设计阶段，还是已经建成的建筑，都应划分出恰当的空间，供设备间使用。一个拥挤狭小的设备间不利于设备的安装调试，也不益于设备管理和维护。一般每幢建筑物内应至少设置 1 个设备间，如果电话交换机与计算机网络设备分别安装在不同的场地，也可设置两个或两个以上设备间，以满足不同业务的设备安装需要。

（1）设备间的面积

设置专用设备间的目的是扩展通信设备的容量和空间，以容纳局域网、数据和视频网络硬件等设施。设备间不仅是放置设备的地方，而且还是一个为工作人员提供管理操作的地方，其使用面积要满足现在与未来的需要。在理想情况下，应该明确计划安装的实际设备数量及相应房间的大小。设备间的使用面积可按照下述两种方法之确定。

① 通信网络设备已经确定。当通信网络设备已选型时，可按下式计算：

$$A = K \times \sum S_b$$

式中，A 为设备间的使用面积，单位为 m^2；S_b 为与综合布线系统有关的并在设备间平面布置图中占有位置的设备投影面积；K 为系数，取值为 5～7。

② 通信网络设备尚未定型。当设备尚未选型时，可按下式进行估算：

$$A = K \times N$$

式中，A 为设备间的使用面积，单位为 m^2；N 为设备间中的所有设备台（架）总数；K 为系数，取值 4.5～5.5。

设备间内应有足够的设备安装空间，其最小使用面积不得小于 $10m^2$。

（2）建筑结构

设备间的梁下净高一般为 2.8～3.2m。采用外开双扇门，门宽不小于 1.5m，以便于大型设备的搬迁。设备间的楼板载荷一般不应小于 $3KN/m^2$。

3．设备间子系统环境条件要求

设备间子系统对环境有较高的要求，以保证各种设备能安全、稳定的工作。设计时，要对其环境进行认真考虑。

（1）温度和湿度

综合布线系统有关设备对温度、湿度有相对苛刻的要求。常用的微电子设备能连续进行工作的正常范围：温度 10～30℃，湿度 20%～80%。当室温过高时，会导致设备元件失效率急剧增加，使用寿命下降；当室温过低时，会导致磁介质发脆，容易断裂。相对湿度过低，容易产生静电；相对湿度过高，会导致设备的电路板被腐蚀断裂。

（2）空气质量

设备间应保持空气清洁，应有良好的防尘措施。尘埃、纤维颗粒的积累会腐蚀线缆。所以在设计设备间时，要按照 GB2998-89《计算站场地技术条件》进行设计，同时选择合适的空调设备。

（3）照明

设备间内在距地面 0.8m 处，水平面照度不应低于 200lx。照明分路控制灵活，操作方便。要设置故障照明设备。

（4）噪声

设备间的噪声应小于 70dB。若长时间在 70～80dB 噪声的环境下工作，会影响工作人员的身心健康和工作效率以及造成人为的噪声事故。

（5）电磁干扰

设备间的位置应避免电磁源干扰，并安装小于或等于 1Ω 的接地装置。设备间内的无线电干扰场强，在频率为 0.15～1000MHz 范围内不大于 120dB；设备间内的磁场干扰强度不大于 800V/m（相当于 10Ω）。

（6）电源

设备间使用三相四线或单相三线制供电电源，频率为 50Hz、电压为 220V/380V 的交流电。或使用不间断电源供电，在市电断电后可为设备提供后续电能。

供电容量：将设备间内所有用电设备的标称值相加后再乘以 1.3 的系数。

（7）地面

为了方便地面敷设电缆和电源线，设备间地面最好采用抗静电活动地板，其系统电阻应在 4 欧姆以下，具体要求应符合 GB6650-86《计算机房用地板技术条件》标准。

（8）墙面

使用不易吸附灰尘的材料进行装修，大多使用阻燃漆或使用耐火的胶合板材料。

（9）顶棚

为了设置照明灯具以及吸附噪音，一般将设备间进行吊顶处理。吊顶材料的选取要满足防火要求。目前，大多采用铝合金或轻钢龙骨，安装吸音铝合金板、阻燃铝塑板、喷塑石英板等。

（10）火灾报警及灭火系统

设备间应设置火灾报警装置，在机房内、基本工作房间、活动地板下、吊顶地板下、吊顶上方、主要空调管道中都要设置烟感和温感探测器。在显眼的位置，应备有卤代烷 1211、1301 灭火器。

所有设计完成后，利用表格将设备间所用材料进行汇总，如表 5.7 所示。

表 5.7　　　　　　　　　某建筑物设备间子系统所需材料汇总表

品　　名	规格（型号）	单　位	数　量	价　格	金　额
机柜	1.5m	只			
电缆配线架	AMP24 口活 48 口	只			
光纤配线架	AMP	只			
电缆跳线	AMP	条			
光缆跳线	AMP	条			
防静电地板	60×60	m²			
UPS 电源		台			
空调机	冷热型	台			
电源插座	多用途	只			
灭火器	卤代烷 1211 或 1301	只			
吊顶材料	阻燃铝塑板	m²			
墙面处理材料		m²			
照明灯具	日光灯	只			
设备间子系统所用材料总金额					

5.2.6　建筑群子系统的配置设计

建筑群子系统用于建筑物之间的相互连接，实现楼群之间的网络通信。一个单位可能分散在几幢建筑物内办公，但彼此之间的语音、数据、图像和监控等系统可用传输介质和各种支持设备连接在一起。连接各个建筑物之间的传输介质和各种支持设备组成一个建筑群综合布线系统。

1. 建筑群子系统的配置设计步骤

配置设计建筑群子系统时，首先需要了解建筑物周围的环境状况，以便合理确定主干线缆路由，选用所需线缆类型及其布线方案。一般按照下述步骤进行。

（1）了解建筑群敷设现场的特点

了解敷设现场的特点包括确定整个建筑群的大小、建筑工地的地界、建筑物数量等。

（2）确定本单位网络中心的位置

对于已建好的建筑物，根据本单位每一幢建筑物的性质，选择其中较为中心位置的建筑物作为本单位的网络中心所在地，这样可以将各个建筑物的设备间比较顺畅地连接在一起。

（3）确定线缆系统的一般参数

这一步包括确认起点位置、端接点位置、布线所要涉及的建筑物及每座建筑物的层数、每个端接点所需的双绞电缆对数、光缆的芯数，有多个端接点的每座建筑物所需的双绞线电缆总对数以及光缆的光纤根数等。

（4）确定建筑物的电缆入口

对于现有建筑物要确定各个入口管道的位置，每座建筑物有多少入口管道可供使用，以及入口管道数目是否符合系统需要。如果是在建建筑物，则要根据选定的电缆路由去完成电缆系统设计，并标出入口管道的位置，选定入口管道的规格、长度和材料，要求在建筑物施工过程中，安装好入口管道。

（5）确定明显障碍物的位置

这包括确定土壤类型如沙质土、黏土、砾土等；确定线缆的布线方法；确定地下公用设施位置；查清在拟定线缆路由中各个障碍物位置或地理条件，如铺路区、桥梁、池塘等，为下一步做准备。

（6）确定主干线缆路由和备用线缆路由

对于每一种特定的路由，确定可能的线缆结构；对所有建筑物进行分组，每组单独分配一根线缆；每个建筑物单用一根线缆；查清在线缆路由中哪些地方需要获准后才能通过；比较每个路由的优缺点，从中选定最佳路由方案。

（7）选择所需线缆类型和规格

选择所需线缆类型和规格包括线缆长度、最终的系统结构图以及管道规格、类型等。

（8）预算工时、材料费用，确定最终方案

预算每种方案所需要的总成本，包括劳务费用；每种方案所需的材料成本，包括电缆、支撑硬件的成本费用；通过比较各种方案的总成本，选取经济而实用的设计方案。

2. 建筑群子系统主干线缆的选用

（1）建筑群语音通信网络主干线缆

对于建筑群语音通信网络，主干线一般应选用大对数电缆。其容量（总对数）应根据相应建筑物内语音点的多少确定，原则上每个电话信息插座至少配 1 对双绞电缆，并考虑不少于 20%的余量。

（2）建筑群数据通信网络主干线缆

在综合布线系统中，综合考虑网络建设中的情况，根据建筑物之间的距离确定使用单模光纤（传输距离远达 3 000m，考虑衰减等因素，实用长度不超过 1 500m）或多模光纤（传输距离为 2 000m），是建筑群子系统布线的最佳选择。因为光纤能够支持 FDDI 主干、1000Base-FX 主干、100Base-FX 到桌面、ATM 主干和 ATM 到桌面，同时支持 CATV/CCTV 及光纤到桌面（FTTD）。

3. 建筑群子系统线缆敷设布放

建筑群子系统通常采用架空电缆、地下电缆管道或直埋电缆以及隧道布线方式等几种。架空电缆布设方法通常用于可以利用现有的电线杆，电缆的走法不是主要考虑的内容。

建筑物的电缆入口可以是穿墙的电缆孔或管道。架空布线的高度离地面至少要有 5 米。通常采用钢索作为电缆的敷设附件，使用电缆钩将电缆或光缆进行固定；但由于架空线缆容易受到周边环境或交通设施的影响，保密性、安全性较差。故在建筑群子系统的布线工程中多采用地下电缆管道或直埋电缆方式。

直埋管道布线法是将电缆管道直接埋在地下，通常线缆应埋设在离地面 65 厘米以下的深度，或按有关法规布放，不让电缆出现在人们的视野里，这种方法在对空间环境的影响方面优于架空布线法，也是当前城市改造中首选的方法之一。但在这种方式中应考虑光缆的类型，采用铠装光缆是一种较好的选择，因为这种光缆不仅能够防腐蚀，还可以防止鼠害的影响，同时具有良好的保密性能。不过这种方式在日后的维护难度较大。

隧道布线法是利用单位已有的电缆沟、供暖供水通道，利用这些通道布设电缆不仅成本低，而且可利用原有的安全设施。但必须注意电缆安装时电缆尽量安装在较高的地方，防止水浸灾害，最好也是使用铠装光缆。

在将建筑群子系统的设计完成后，同样利用表格将所用布线材料进行汇总，如表 5.8 所示。

表 5.8　　　　　　　　　　　　建筑群子系统所需材料汇总表

品　　名	规格（型号）	单　位	数　　量	价　　格	金　　额
电缆	AMP	m			
光缆	AMP	m			
直埋路径长度	可选挖沟工时费	m			
架空布线长度	可选钢索	m			
架空所用线杆	5m	根			
架空布线工时		人			
隧道布线长度	可选附件	m			
隧道布线工时		人			
建筑群子系统所用材料及人工总金额					

所有子系统配置设计完成之后，给出设计方案，同时将表 5.2～5.8 的内容进行汇总，交用户单位相关负责人，经与用户商讨后确定方案，最后给出施工方案。

5.3　综合布线系统工程方案编制指南

综合布线系统工程方案是综合布线系统工程设计即将完成时，递交给用户的一份正式文档。它既是设计单位为用户网络建设所进行的工程设计的具体体现，也是为下一步的施工单位施工提供施工依据。如何编制一份比较完整、与实际用户单位的网络建设相适应的方案，是设计人员的基本功之一。本节讨论综合布线系统工程方案的构成要素以及综合布线系统工程方案的编制方法。

5.3.1 综合布线系统工程方案的构成要素

综合布线系统工程方案涉及的内容较多，对综合布线系统的整体性和系统性具有举足轻重的作用，直接影响用户建筑的功能和质量。综合布线系统工程方案没有统一的格式规范，但作为一份比较完整地工程方案还是应该既突出重要内容，又应有比较固定的章节结构。一般来说，一份工程方案要包括用户所在行业的特点、综合布线应用特点、工程概况与应用需求分析、综合布线系统的设计方案、布线材料清单及工程预算、综合布线施工方案、测试及验收方案等内容。还应包括当前网络建设中所需产品选型介绍、产品质量认证、施工单位资质证明以及质量保证计划等。其中，系统应用需求分析、系统设计方案及布线材料产品选型等是重要的、不可缺少的部分。如果工程方案是为投标服务使用的，则应按照标书的规范要求编制，并准备相应的附件材料。通常，一份完整的综合布线系统工程方案除了封面之外，应参照如下章节目录编制。

1．综合布线系统概述
2．综合布线系统设计目标与设计原则
3．综合布线系统工程设计方案
4．管线设计方案
5．综合布线材料
6．综合布线系统工程施工方案
7．综合布线系统工程测试验收
8．培训计划与建议
9．20 年质量及应用保证
10．附件

对一个具体的网络建设项目而言，并非每一个综合布线系统工程方案都照搬以上所有条目，要根据不同的综合布线系统的规模以及侧重点进行增删。有时，通过某些厂家技术支持中心或网站等其他途径也可获得综合布线系统工程方案的模板，作为编制参考，但一定要结合用户的应用特点、用户所建网络的基本功能进行重新编制；生搬硬套模板编制的方案是不会满足用户需求的。

5.3.2 综合布线系统工程方案的编制说明

综合布线系统工程方案属于科技应用文文体范畴，是对综合布线系统工程进行解说的文体。这是一种技术性文件，不允许出现任何差错，所述内容需有科学依据、正确无误，符合客观事实和规律。对因工程设计方案有误而造成的严重经济损失等，设计者负有不可推卸的法律责任。因此，需认真编制和反复审查，避免出现任何纰漏。现通过一个简单的工程方案例文，对如何编制一份综合布线系统工程方案进行说明。

1．综合布线系统概述部分的编写要求

这一部分主要说明综合布线工程概况，包括工程方案设计依据的标准、本方案的布线范围、用户的需求分析、建筑物的基本结构组成等。

工程方案依据的标准有国内标准和国际标准，一般参照国内标准进行，如 GB-50311-2007。

布线方案的布线范围包括用户单位所进行网络覆盖的所有区域，凡是有信息点的地方都要考虑在内，不可有遗漏。

用户的需求分析部分要分别考虑，有总体的要求，如网络传输速率的要求、所选产品的兼容想要求等；有基本功能要求，如网络的访问要求、各类服务要求等；有相关技术要求，如安全性、可靠性、数据处理能力、开放性、互联性等

对建筑物的基本结构进行说明时，要实事求是地依据该建筑物的特点进行表述，主要目的是选择适当的网络结构，为后续的工程设计提供依据。

所有部分要语言简洁，详略得当，具体明确。方案设计中的第一部分一般为概述。

2. 综合布线系统设计目标与设计原则

这一部分要说明综合布线系统设计的目的和意义，简介项目发展情况。设计目标部分一般给出项目的预期目标，即该项目完成之后能够通过该网络所完成的各个事项。设计原则部分要对该方案的开放性、灵活性、经济性、可靠性、先进性以及安全性等方面进行说明。编写时要针对用户的需求和当前的网络技术提出新的设计思想、方法和设计原则，以适应技术发展和用户需求。通常在方案中，第二部分即为设计目标、原则部分。

3. 综合布线系统工程设计方案编写要求

这一部分主要给出系统拓扑结构、各子系统的一些重要参数，数据要准确。在设计方案的第三部分中，分别从工作区子系统、水平配线子系统、管理间子系统、垂直干线子系统、设备间子系统、建筑群子系统等方面来撰写设计内容，条理很清楚，同时在各相应部分还给出了所选用的管线材料、线缆类型、敷设方式等，并对所选产品的适用性、可靠性和经济性给出具体表述，内容具体翔实。建议使用表格的形式给出各个子系统中各种材料规格、型号、用量及当前的市场价格，算出最后所需材料的总价，为用户提供参考。

4. 综合布线系统工程施工方案编写要求

施工方案是保证整个布线系统工程质量的又一要素。它主要涉及工程的施工现场管理措施、工程施工流程、施工技术和方法、施工进度计划和工期安排、工程质量监督等方面。这些内容如果在工程中处理得当，保持正常状态运行，不但能按期竣工，而且工程质量也有保证。因此在编制工程施工方案时，应该从这些方面反映组织实施布线系统工程的施工组织、施工计划、步骤和方法。通常采用项目管理的一些概念和理念进行说明。

在编制工程施工流程时，要具体详细、分工明确，责任到人；同时还应体现严格按照规章制度开展各项工作的精神。这部分内容可参照网络综合布线系统施工要点部分所讲内容编制（参见 9.3 节）。

5. 综合布线系统工程测试验收部分的编写要求

这一部分的编写主要是对在施工前如何对在工程中所使用的器材、线缆的进行抽样测试、对布线过程中如何对所布线缆进行阶段检查、如何进行阶段测试、如何进行阶段验收、

如何进行系统测试、如何进行竣工验收以及技术文档检查管理等进行详细的说明。在什么时间进行这些工作，有哪些人员参与这些工作，都要详细进行说明。

6. 培训计划编写要求

这一部分主要是设计施工单位对用户单位的网络管理人员进行培训，为工程完成之后进行移交做人员准备。包括施工前的产品及系统的培训，安装过程中的安装培训等。让用户单位的管理人员对系统有一个全面的了解，为日后的维护提供技术保障。这一部分要将培训的内容、培训的时间、培训的人员进行说明。

7. 质量及服务保证部分的编写要求

这一部分主要体现综合布线系统标准中要求布线系统至少要服务 15 年的要求进行。布线施工单位要承诺对该系统的保修服务期限，那些是免责服务事项，哪些是免费服务事项，哪些是有偿服务事项。同时要对用户的系统扩容要求如何进行服务进行详细的说明。

这些内容的编写要完整，同时要实事求是地进行说明和编制，一定会得到一份比较受用户欢迎的，为施工人员提供一份详细的施工指导书，为工程的顺利进行打下一个良好的基础。

思考与练习题

1. 综合布线系统工程设计主要包括哪几方面的内容？
2. 管理和设备间的概念是什么？它们有什么区别和联系？对环境有哪些要求？
3. 简述水平配线子系统的设计步骤，设计时应注意哪些问题？
4. 简述垂直干线子系统的设计步骤，设计时应注意哪些问题？
5. 一个较完整的综合布线系统工程方案应包括哪些内容？
6. 选用布线元器件材料时主要应注意哪些问题？
7. 试以某单位为例，设计一个综合布线系统工程方案。
8. 在设计设备间时需考虑哪些问题？
9. 简述工作区子系统的设计要点。
10. 简述设备间子系统的设计方法。

第6章　综合布线施工技术

本章主要介绍综合布线工程施工实用技术。其中，比较详细地介绍布线工程施工基本要求、布线施工常用工具、水平配线子系统和垂直干线子系统以及建筑群子系统的布线与安装、线槽施工技术等实用施工技术。让读者了解综合布线施工组织过程，掌握综合布线工程施工基本的技术要点。作为综合布线施工项目的管理、监督、主管人员，必须了解和理解施工过程以及施工中应该注意的若干问题，只有这样才能达到事半功倍的效果。

6.1　综合布线施工技术要点

在综合布线系统工程中，必须严格按照我国颁布的《综合布线系统工程验收规范》等有关规定进行施工和验收。对综合布线系统中所布设的线缆（不论是电缆还是光缆）都必须经过施工安装才能完成，而施工的过程对传输信道的性能影响很大。即使选择了高性能的线缆系统，如果施工质量粗糙，其性能可能还达不到所要求的指标。所以，施工过程中必须重视工程质量，按照施工规范的有关规定进行自检、互检及随工检查。综合布线工程的施工一般包括施工准备、施工、调试开通和竣工验收 4 个步骤。抓住综合布线施工要领，制订施工管理措施，是保证综合布线工程质量的关键。

6.1.1　综合布线施工要求

综合布线工程施工应符合以下基本要求：

（1）在新建和扩建的建筑物中进行综合布线时，应按照《综合布线系统工程验收规范》（GB-50312-2007，参见附录 B）的相关规定施工。在已建的建筑物中进行综合布线时，应结合实际施工条件和用户需求进行施工。

（2）综合布线施工应由专业人员组织、有技术人员在现场进行监督和指导。

（3）在施工过程中要加强质量管理，严格依据相关标准和设计要求进行随工检查、阶段验收，及时发现并解决各种影响或可能影响工程质量的问题。

（4）在施工中要对线缆、配线架、信息插座等进行标记，这样不仅有利于设备的安装、调试，更有利于日后的维护。

6.1.2　施工前的准备工作

综合布线系统工程经过调研、工程设计、确定施工方案后，接下来就是工程的实施，为确保综合布线系统工程的施工进度和工程质量，必须做好施工前的各项准备工作，做到有计划、有步骤的施工。在施工准备阶段，主要有以下几个方面的工作。

1. 熟悉施工图纸，了解设计内容

（1）施工单位的项目管理人员应详细的阅读工程设计文件和施工图纸，并对主要内容进行核对，已全面掌握施工目的和具体要求。在必要的情况下，会同设计人员一起在施工现场对施工图纸进行核对，并要求设计人员详细介绍设计文件和施工图纸的主要设计意图。绘制综合布线系统现场实施施工简图，确定布线路由图，供施工、督导人员和主管人员使用。

（2）制定施工进度表。施工进度要留有适当的余地，施工过程中随时可能发生意想不到的事情，项目经理、项目主管要立即协调解决。

2. 考察施工现场的环境和施工条件

（1）考察施工现场的施工环境。
（2）考察综合布线系统中水平配线和垂直干线线缆的敷设条件。
（3）考察管理间和设备间等专用房间，确定房间的环境条件和建筑工艺能否满足施工要求。
（4）核查设计的线缆敷设路由和设备安装位置是否适宜，确定是否需要变更设计方案等。
（5）考察施工现场的电源安装情况，能否满足桥架、线槽、面板等安装时工具用电的要求。

3. 确定项目管理组

工程项目管理主要指部门分工、人员素质的培训、施工前的施工动员等。一般工程项目组应下设项目总指挥、项目经理、项目副经理、技术总监、设计工程师、技术人员、质量管理工程师、项目管理人员、安全员等。设计组按系统的情况应配备相关工程师，负责本工程设计工作。工程技术组应配备1~3名技术工程师，负责工程施工。质理管理组应配备1名质检管理人员和1名材料设备管理员，负责质量和材料管理。项目管理组需要配备1名项目管理人员，1名行政助理，1名安全员。

对每一个施工人员都要明确其任务，包括工作目的和性质、所做工作在工程中的地位和作用、工艺要求、测试目标、与前后工序的衔接、时间及空间安排、所需的资源等，所以在施工前进行相应的动员和培训。另外，根据工程"从上到下，逐步求精"分治原则，许多情况下可能需要与其他工程承包商合作，如线缆的地埋、架空、楼外线槽敷设等，各个子系统相对独立，施工过程可以并行进行。在并行工作的情况下，施工多方必须进行精密的协调工作，使各项工作不要造成相互冲突或推卸责任。这些都是在施工准备阶段就应准备就绪的工作。

4. 施工场地的准备

在工程施工中，常常需要布置一些临时场地，如现场办公用房、仓库用房、工人休息室等。
（1）现场办公用房：约15m^{2}左右，要求配备照明、通信设施等办公设备。
（2）仓库：用于存放现场施工用的材料和工具，要求在建筑物的低层准备，房间的面积根据工程量的大小确定，一般情况下一个30m^{2}左右的房间即可。
（3）若条件允许，可为施工的工人准备休息室。

5．工具和器材准备

工具和器材的准备就是备料。综合布线系统工程施工过程需要许多施工材料，这些材料有的需在开工前就备好，有的可以在施工过程中准备，针对不同的工程有不同的需求。所用设备并不要求一次到位，但在使用前必须准备到位。为了工程的顺利进行，应该考虑得尽量充分和周到一些。

备料主要包括光缆、双绞电缆、插座、信息模块、RJ-45 水晶头、配线架、机柜等，要落实器材生产厂家或供应商，并确定到货日期。同时，不同规格的塑料横板、PVC 槽、桥架和桥架配件、防火管、蛇皮管、自攻螺钉等布线材料也要到位。如果设备需要集中供电，则要准备导线铁管并制订好电器设备安全措施。

在施工工地上可能会遇到各种各样的问题，难免会用到各种各样的工具，包括用于建筑施工、空中作业、切割成形器件、弱电施工、网络电缆的专用工具或器材设备。

（1）电工工具

在施工过程中常常需要使用电工工具，如各种型号的螺钉旋具、各种型号的钳子、各种电工刀、榔头、电工胶带、万用表、试电笔、长短卷尺、电烙铁等。

（2）穿墙打孔工具

在施工过程中还需要用到穿墙打孔的一些工具，如冲击电钻、切割机、射钉枪、铆钉枪、空气压缩机、钢丝绳等，这些通常是又大又重又昂贵的设备，主要用于线槽、线轨、管道的定位和坚固，以及电缆的敷设和架设。建议与从事建筑装饰装修的专业安装人员合作进行。

（3）切割机、发电机、临时用电接入设备

这些设备虽然并非每一次都需要，但是却需要每一次都配备齐全，因为在多数综合布线系统施工中都有可能用到。特别是切割机和打磨设备等，在许多线槽、通道的施工中是必不可缺的工具。

（4）架空走线时的相关工具及器材

架空走线对所需的相关器材，如膨胀螺栓、水泥钉、保险绳、脚手架等。这些都是高空作业需要的工具和器材，无论是建筑物还是外墙线槽敷设、建筑群的电缆架空等操作都需要。

（5）布线专用工具

通信网络布线需要一些用于连接同轴电缆、双绞电缆和光纤的专用工具，如需要准备剥线钳、压线钳、打线工具和电缆测试器等。

（6）测试仪

测试仪既可以是功能单一的，也可以是功能完备的集成测试工具。一般情况下，双绞电缆和同轴电缆的测试仪器比较常见，价格也相对较低；光纤测试仪器和设备比较专业，价格也较高。最好准备 1～2 台有网络接口的笔记本计算机，并预装网络测试的若干软件。这类软件比较多，而且涉及面也相当广，有些只涵盖物理层测试，而有些甚至还可以用于协议分析、流量测试或服务侦听等。根据不同的工程测试要求，也可以选择不同的测试平台，如通常用于网管的 Snifter Pro 等。

（7）其他工具

在以上准备的基础上还需要准备透明胶带、白色胶带、各种规格的不干胶标签、线号标签、彩色笔、高光手电筒、捆扎带、牵引绳索、卡套和护卡等。如果架空线跨度较大，还需要配置对讲机、施工警示标志等工具。

6. 设备、器材和工具的检查、测试

施工设备、器材和工具的质量、规格、品种、数量等会影响布线施工的进度和质量，所以在施工前应检查这些内容是否符合施工要求，对于不符合要求的，要坚决拒绝进入施工现场。

（1）设备的检查主要是对其型号、规格进行查验，是否符合设计要求。因为测量设备的好坏直接影响到工程质量，如发现设备的测量精度达不到要求，要及时更换。

（2）器材的检查主要针对双绞电缆、光缆、大对数电缆等进行。要检查和测试的项目主要有：线缆的外保护层是否有破损；使用符合要求的设备测试所备的线缆是否符合设计指标要求，有衰减、近端串扰损耗等。

（3）对工具的检查主要看所准备的工具是否齐全，有无质量不佳或欠缺。特别是对于电工工具和攀登、牵引工具，一定要保证质量，一定要做到万无一失。

7. 向工程单位提交的开工报告

以上工作准备就绪后，则应向用户单位提交开工报告，开始进行布线施工。

6.1.3 布线工程项目管理

对于一项完美的综合布线工程，除了应有高水平的工程设计与高质量的工程材料之外，有效的、科学的工程管理也至关重要。施工质量和施工速度来自系统工程管理。为了使工程管理标准化、程序化，提高工程实施的可靠性，可专门为其布线工程的实施制订一系列制度化的工程标准表格与文件。这些标准表格与文件涉及诸如现场调查、开工检查、工作分配、工作阶段报告、返工表、下阶段施工单、现场存料、备忘录及测试表格等方面的内容。

1. 现场调查与开工检查

现场勘察与调查通常先于工程设计，一个高水平高质量的设计方案与现场调查分析是紧密相关的，而且这种现场调查可以随着现场环境的变化多次提交。现场调查表可分为多种，主要用于描述现场情况与综合布线系统工程之间的一些相关因素。

在开始施工前，应进行开工检查，主要是确认工程是否需要修改，现场环境是否有变化。首先要核对施工图样、方案与实际情况是否一致，涉及建筑（群）重要特性的参数是否有变化。另外，还需要核查图样上提到的打孔位置所用的建筑及装修材料，挖掘地埋的地表条件，是否有遗漏的设备或布线方案，是否有修改的余地等。这些都是施工前最后核查的主要内容。如果没有什么不妥，就要严格执行施工方案。因此施工前工程师和安装工人应该到现场熟悉环境。当然，一定要与用户单位的项目负责人及有关人员紧密配合，并在他们的帮助下进行最后的考查，开工检查表格和开工报告单要在工程实施开始前提交用户，且需要用户项目负责人签字。

2. 分配工作任务

项目负责人在分配施工任务时，要正确处理施工质量和施工速度的关系。开工前首先要

做的是调整心态，赶工期的工程往往会因返工而浪费更多时间，所以千万不要以牺牲质量来换取速度。如果工期紧可以根据实际需求增加施工人员，或采用并行施工的方法，不要盲目地增加闲散人员。这不仅不能加快进度，反而可能有碍现场秩序。理想的工程管理应该做到现场无闲人，事事有人做，人人有事做。这可采用类似于现代计算机的"并行多道流水线处理"的调度原则，即尽量将不相关的项目分解并同时施工。一个典型的例子就是建筑物外的地线工程和地埋工程能与建筑物内的布线线槽的敷设等同时进行；工作区终端信息插座的安装可以和管理间的配线架施工同时进行；水平布线和垂直布线可以同时进行等。这也是综合布线系统结构化布线方式的优势之所在。

分配施工任务主要是对布线工程各项工作进行安排，并对完成各项工作的时间提出要求，制作出工作分配表。工作分配表要在施工开始之前交付给施工者，由施工者与项目管理人员签字认定。施工者为保证施工进度，可制订工程进度表。在制订工程进度表时，要留有适当的余地，要考虑其他工程施工时可能对本工程带来的不利影响，避免出现不能按计划竣工交付使用的问题。根据每一项工程的开工顺序制定出严密的施工计划。

3. 工作阶段报告

工作阶段报告是指在每一段工作完成之后所提交的报告，通常 1～2 周提交一次。施工任务完成后由用户方协同人员、工程经理和工程实施单位的主管一起到现场进行检查。在现场检查后，对前一阶段工作进行总结，形成工作阶段报告。同时，对下一阶段的工作提出实施计划。

4. 返工通知

对前一阶段工作进行总结时，如果发现有需要返工的问题，要及时向施工方发出返工通知。返工通知可以表格形式给出，主要描述要求返工的原因、返工要求及返工完成的时间。施工方需提出解决问题的技术方案，以及返工费用的承担等解决相关问题的方法。

5. 下一阶段施工单

下一阶段施工单要对下一阶段工作的现场情况、要求、人员、工具、材料等进行描述，一般在所涉及的工作开始前 1～3 天内由项目主管向施工单位负责人派发。相关单位根据下一阶段施工单内容进行施工准备，由相关各方单位负责人签字。

6. 现场存料

工程材料的交付与使用将使现场存料不断发生变化，为使工程如期进行，对原存的材料应该做到"心中有数"。为此材料管理员需填写并提交现场存料表，该表主要描述材料的现存量、存放地点、运输途中的材料及到货时间等，保证施工中不因缺少材料而停工以致延误工期。

7. 备忘录

在工程实施期间，与布线工程有关的各种会议、讨论会以及各相关单位的正式声明，均以备忘录的方式提交，由有关单位签收。

8. 测试报告

在进行现场认证测试时，要分别对光纤与双绞电缆进行测试，并制作测试报告。测试报告可用表格形式呈现，由相关人员填写并签字。测试报告将作为综合布线系统工程验收的主要依据。

9. 制作布线标记系统

综合布线的标识系统要遵循 ANSI/TIA/EIA 606 标准，标识符要有 10 年以上的保质期。

10. 验收并形成文档

作为工程验收的一个重要部分，在上述各环节中需建立完备的文档资料。要注意，工程管理所提到的所有文件都应视为保密文件。

6.1.4　施工过程注意事项

综合布线工程一般都比较复杂，按照标准和设计要求进行施工，不仅可以保证工程按计划指定的进度进行，还可以保证工程质量。在布线施工过程中，网络布线所追求的不仅是导通或接触良好，还要保证通信质量，既要保证通信双方"听得见"，还要保证"听得清"。因此在施工中要切实注意以下几点。

1. 现场督导，及时检查

施工现场督导人员要认真负责，及时处理施工进程中出现的各种问题，协调处理各方意见。如果现场施工遇到不可预见的情况，应及时向用户单位负责人和项目主管汇报，并提出解决办法，供用户单位当场研究解决，以免影响工程进度。对用户单位计划不周的问题，也要及时协商妥善解决。对用户单位新增加的信息点要及时在施工图中反映出来。对部分场地或工段特别是隐蔽工程要及时进行阶段检查验收，确保工程施工质量。

2. 严格管理，注重细节

对于所有施工技术人员，都要强调施工中的细节问题。无论施工人员的水平高低、工程大小或工期松紧，忽视重要的细节对工程质量都可能是致命的，如电缆连接、配线架施工、光纤熔接以及双绞电缆的排线压制等，必须认真对待。特别是在制作水晶头或压接配线架时，必须细心才能制作出高质量的连接接头，一味求快往往适得其反。压接的水晶头和配线架质量不合格会导致网络通信链路的失效。对所有的施工技术人员，在工作方面都要严格规程管理。

施工过程中的另一任务就是对所有进场设备及材料器件的保管，既要考虑施工的方便，又要考虑施工的安全性，注意防火防盗。施工设备、测试仪器非常昂贵，应当每天施工完毕后清点并带离现场，特别是对于一些常用的小工具，要进行及时的清理，不要像播种机那样将工具到处撒落。如果一时找不到所需的工具也会给施工带来不便，影响施工的进度。

3. 协调进程，提高效率

按照项目管理的理念管理工程项目。恰当的组织和管理是工程计划高效实施的保证，较为合理的安排是由方案的总设计师和施工现场项目负责人根据进度协调进场人员。在不同工程阶段，按所需要的人员、技术含量、工具及仪器设备分别进场。其原则是最大限度地提高人员工作效率和设备的利用率，利于加快施工进度。由于综合布线系统施工的一个最大的优点就是各个部分可以单独施工，所有的子系统可以并行进行施工，这为工程的进度提供了保证。

4. 全面测试，保证质量

测试所要做的事情有：工作区到管理间连通状况；主干线连通状况，数据传输速率、衰减、接线图、近端串扰、地线接地电阻等。

6.1.5　施工结束时的工作

布线工程施工结束时，涉及的主要工作包括：①清理现场，保持现场清洁、美观；②对墙洞、竖井等交接处要进行修补；③汇总各种剩余材料，把剩余材料集中放置，并登记仍可以使用的数量，如未使用完的双绞线、光缆、桥架、线槽、水晶头、模块等；④总结。收集、整理文档材料。主要包括：开工报告、布线施工阶段报告、隐蔽工程检验报告、测试报告、使用报告及工程验收所需要的验收报告等，为整个工程的验收提供可靠的技术文档。

6.2　布线施工常用工具

综合布线施工常用工具有许多种，按其用途可以分为电缆布线系统安装工具、光缆布线系统安装工具等、桥架和线槽安装工具等。

6.2.1　电缆布线安装工具

电缆布线安装工具可分为双绞电缆和同轴电缆专用工具两类。双绞电缆网线制作工具主要有剥线工具、端接工具、压接工具、铜线缆布线工具包、工具箱等；同轴电缆网线的制作材料及工具主要包括：细同轴电缆、中继器、收发器、收发器电缆、粗同轴电缆网线附件、细同轴电缆附件、同轴电缆网线压线钳等。

1. 双绞电缆网线制作工具。

（1）网线钳

在双绞电缆网线制作中，最简单的方式就需一把网线钳，如图 6.1 所示。它具有剪线、剥线和压线 3 种用途。在购买网线钳时一定要注意选择种类，因为针对不同的线材，会有不同规格的网线钳，一定要选用双绞电缆专用的网线钳才可用来制作以太网双绞电缆。

（2）打线钳

信息插座与模块是嵌套在一起的。网线的卡入需用一种专用的卡线工具，称之为"打线钳"，打线钳有单线打线钳和多对打线钳之分，如图 6.2 所示，多对打线工具通常用于配线架网线芯线的安装。

（3）打线保护装置

由于把网线的 4 对芯线卡入信息模块的过程是比较费力的，而且卡接信息模块时容易划伤手，于是专门设计开发了一种打线保护装置，这样不但可以方便地把网线卡入信息模块中，还可以起到隔离手掌，保护手的作用，如图 6.3 所示。

图 6.1　网线钳

图 6.2　打线钳

图 6.3　打线保护装置

2．同轴电缆工具

同轴电缆的形状如图 6.4 所示。它的布放与屏蔽型双绞线类似。在进行同轴电缆与相关的配件进行终结时，使用符合同轴电缆结构特点的工具进行剪切、剥线压线等操作。其剪线钳、剥线刀和压线钳分别如图 6.5、图 6.6 和图 6.7 所示。同轴电缆的专用连接器及端接工具包如图 6.8 所示。

双绞线验证与认证设备同样适用于同轴电缆。

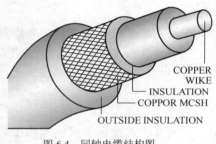

图 6.4　同轴电缆结构图

图 6.5　同轴电缆剪线钳

图 6.6　同轴电缆剥线刀

图 6.7　同轴电缆压线钳

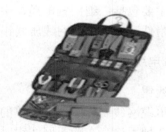

图 6.8　同轴电缆工具包

6.2.2　光缆布线系统安装工具

在光缆施工过程中，一般需要的工具有：光纤剥线钳、光纤接头压接钳，如图 6.9 所示；光纤切割器；光纤熔接机；组合光纤工具包，如图 6.10 所示。在较大的综合布线系统工程中则需要考虑光缆施工的相关工具和测试仪器。如果条件许可，还需要带上专用的现场标注签打印机和热缩设备，用于电缆、配线架、终端信息点的标注。

图 6.9　光纤剥线钳、压线钳

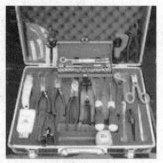

图 6.10　组合光纤工具包

在进行光纤终接安装时，所需要的工具比较多。为便于使用，通常将光纤施工布线放置在一个多功能工具箱中。箱内工具包括：光线钳、钢丝钳、大力钳、尖嘴钳、组合套筒扳手、内六角扳手、卷尺、活动扳手、组合螺钉批、蛇头钳、微型螺钉批、综合开缆刀、简易切割刀、应急灯、镊子、清洗球、记号笔、剪刀、开缆刀、酒精泵瓶等。现场进行光纤终接时，还需要光纤接头研磨加工工具。

6.2.3　桥架和线槽安装工具

桥架和线槽安装工具主要包括冲击钻、扳手、钢锯和螺丝刀等，冲击钻主要用于在墙体上钻孔，用膨胀螺丝固定吊杆或托盘，为安装桥架提供支撑。扳手用于将各段桥架用螺丝进行连接，形成一个整体的线缆路由通道。钢锯用来对桥架进行切割，以使其尺寸与实际的布线路由相吻合。螺丝刀在安装线槽时使用，用螺钉将线槽固定在墙壁上。

6.3　线槽（管）敷设技术

在布线路由确定之后，首先考虑的是桥架、线槽或管道的敷设。一般情况下，在工作区通常使用塑料（PVC）线槽，水平配线子系统和垂直干线子系统使用金属桥架或金属管道。

从布槽范围看：分为工作区线槽（15mm×20mm）、水平配线线槽或桥架（40mm×25mm、75mm×25mm）、垂直干线线槽或桥架（75mm×25mm）。使用线槽的规格，要根据水平配线的数量以及用户的需求、投资来确定。所布线缆的横截面积通常限制在所用线槽（或桥架）横截面积的 75% 以内。

6.3.1　金属管敷设

1.　对金属管加工要求

金属管一般用于在建的建筑物中，在进行混凝土浇筑时进行工作区的布线管道敷设。按使用的金属管外径不同，常用的金属管规格有 D16、D20、D25、D40、D50、D110 等，在进行金属管布线时应注意选择管径较大的金属管，以便于穿线。所用金属管应符合设计文件的规定，表面不应有穿孔、裂缝和明显的凹凸不平，内壁应光滑，不允许有锈蚀。在易受机械损伤的地方和在受力较大处直埋时，应采用强度高的管材。

金属管的加工要求：

（1）为了防止在穿电缆时划伤电缆，管口应无毛刺和尖锐棱角。

（2）为了减小直埋管在沉陷时管口处对电缆的剪切力，金属管口宜做成喇叭形。

（3）金属管弯制后，不应有裂缝和明显的凹瘪现象。弯曲程度过大，将减小金属管的有效管径，造成穿设电缆困难。

（4）金属管的弯曲半径不应小于所穿入电缆的最小允许弯曲半径。

（5）镀锌管锌层剥落处应涂防腐漆，可增加使用寿命。

2. 金属管切割套丝工艺

在配管时，应根据实际需要长度对管子进行切割。管子的切割可使用钢锯、管子切割刀或电动切管机，严禁用气割。管子和管子连接，管子和接线盒、配线箱的连接，都需要在管子端部进行套丝。焊接钢管套丝，可用管子绞板（俗称代丝）或电动套丝机。硬塑料管套丝，可用圆丝板。

套丝操作步骤：首先将管固定压紧，然后再套丝，完成套丝后，用锉刀将管口端面和内壁的毛刺锉光，保持管口光滑，以免割破线缆绝缘护套。

3. 金属管弯曲限制

在敷设金属管时应尽量减少弯头，弯头过多，将造成穿电缆困难。每根金属管的弯头不应超过 3 个，直角弯头不应超过 2 个，并不应有"S"弯出现。当要穿较大截面的电缆时管道不允许有弯头。当实际施工中不能满足要求时，可采用内径较大的管子或在适当部位设置拉线盒或接线盒，以利线缆的穿设。为便于线缆的穿设，当弯头过多时，必须在中间增设拉线盒，以保证布线的顺利进行。

一般都用弯管器使金属管的弯曲。先将管子需要弯曲部位的前段放在弯管器内，为了防止管子弯扁，焊缝放在弯曲方向背面或侧面，然后用脚踩住管子，手扳弯管器进行弯曲，并逐步移动弯管器，以得到所需要的弯度，弯曲半径应符合下列要求。

（1）明配时，一般不小于管外径的 6 倍；只有一个弯时，可不小于管外径的 4 倍；整排钢管在转弯处，宜弯成同心圆的弯儿。

（2）暗配时，不应小于管外径的 6 倍，敷设于地下或混凝土楼板内时，不应小于管外径的 10 倍。

为了穿线方便，水平敷设的金属管路再无弯曲时，每 45m 设置一个拉线盒；当有一个弯头时，每 30m 设置一个拉线盒；当有两个弯时，每 20m 设置一个拉线盒。当弯曲过多时，应选择大一级的管径。

若管子直径超过 50 毫米，可用弯管机或热煨法。暗管的管口应光滑，并用绝缘套管封堵，管口伸出部位应为 25 毫米～50 毫米。

4. 金属管的连接要求

金属管的连接可以采用短套丝或管接头螺纹连接。金属管的连接采用短套接时，施工简单方便；采用管接头螺纹连接则较为美观，保证金属管连接后的强度。套接的短套管或带螺纹的管接头的长度不应小于金属管外径的 2.2 倍。无论采用哪一种连接方式均应保证牢固、密封良好。

　　暗装的金属管进入信息插座的接线盒后可用焊接固定，管口进入盒的露出长度应小于 5 毫米。明设管应用锁紧螺母或管帽固定，露出大约 3mm。引至配线间的金属管管口位置，应便于与线缆连接。并列敷设的金属管管口应排列有序，便于识别。

　　5. 金属管敷设要求

　　金属管敷设有明设和暗设两种方式。

　　（1）金属管的暗设要求

　　● 　敷设在楼板中的管径宜为 15mm～25mm，预埋在墙体中间的金属管内径不宜超过 50mm，直线布管 30m 处设置拉线盒。

　　● 　金属管需要敷设在混凝土、水泥里时，为保证敷设后的线缆安全运行，其地基应坚实、平整，不应有沉陷。同时要使用塑料泡沫板将管口进行封堵，避免混凝土将管口堵塞。

　　● 　金属管连接时，要使用短套丝进行连接。保证接缝应严密，不得有水和泥浆渗入。若不使用短套丝时，其管孔应对准无错位，保证敷设线缆时穿设顺利。

　　● 　金属管道应有不小于 0.1 的排水坡度。

　　● 　建筑群之间金属管的埋没深度不应小于 0.8m。在人行道下面敷设时，不应小于 0.5m。

　　● 　金属管内应安置牵引线或拉线。

　　● 　金属管的两端应有标记，表示建筑物、楼层、房间和长度。

　　（2）金属管明铺要求

　　金属管的支持点间距，有要求时应按照规定设计。无设计要求时用管卡将管子固定的间距不应超过 3m。为保证金属管明铺时的美观，在距接线盒 0.3m 处将金属管用卡子固定，也便于在需要拆卸时方便拆卸。在弯头的地方，弯头两边也应用管卡固定。

　　注意：当光缆与电缆同管敷设时，应在暗管内预置塑料子管，子管的内径应为光缆外径的 2.5 倍。将光缆敷设在子管内，使光缆和电缆分开布放。

6.3.2　PVC 塑料管的敷设

在工作区布线时，一般会使用 PVC 管，安装 PVC 管时应注意以下几点。

　　（1）PVC 管需要转弯时，弯曲半径要大，以便于穿线。

　　（2）要根据设计要求或实际线缆数量选择 PVC 管的管径，保证 PVC 管内穿线不宜太多，要留有 50%以上的空闲空间。

　　（3）若使用的 PVC 管管径较小时，可用管卡对 PVC 管进行固定；当使用管径较大的 PVC 管时，要进行吊杆安装或进行托架安装，保证线缆的路由安全。

6.3.3　金属线槽（桥架）敷设

金属桥架与传统桥架相比，具有结构轻、强度高、外型美观、无需焊接、不易变形、连接款式新颖、安装方便等特点，多由厚度为 0.4mm～1.5mm 的钢板制成。它是敷设水平和垂直线缆的理想配套装置。

桥架的表面可采用电镀锌、烤漆、喷涂粉末、热浸镀锌、镀镍锌合金纯化处理或采用不锈钢板，主要是为了防止金属桥架的腐蚀。也可以根据工程环境、重要性和耐久性，选择适宜的防腐处理方式。腐蚀性强的环境可采用镀镍锌合金纯化处理桥架，也可采用不锈钢桥架；在腐蚀性较轻的环境可采用镀锌冷轧钢板桥架。为了有效地保护综合布线中所用线缆的性能，在工程中常选用有盖无孔型槽式桥架（简称线槽，以下统一称为线槽）。

（1）线槽安装要求

安装线槽应在土建工程基本结束以后，与其他管道（如风管、给排水管）同步进行，也可比其他管道稍迟一段时间安装。但必须在内装饰工程结束以前进行安装，否则会造成敷设线缆的困难。安装线槽应符合下列要求：

- 线槽安装位置应符合施工图规定。左右偏差视环境而定，最大偏差应限制在 50mm 之内。
- 线槽水平度每米偏差限制在 2mm 之内。
- 垂直线槽应与地面保持垂直，并无倾斜现象，垂直度偏差限制在 3mm 之内。
- 线槽节与节间用接头连接板拼接，螺丝应拧紧。两线槽拼接处水平偏差控制在 2mm 之内。
- 当直线段桥架超过 30m 或跨越建筑物时，要采用伸缩连接板连接，并应有伸缩缝隙。
- 线槽转弯半径应大于其槽内的线缆最小允许弯曲半径的最大者。
- 盖板应紧固并且要错位盖槽板盖。
- 支架或吊架应保持垂直、整齐牢固、无歪斜现象。

金属线槽连接到其经过的设备间或楼层管理间时，应用辫式铜带连接到接地装置上，并保持良好的电气连接，使线槽具有良好的屏蔽作用和防止电磁干扰。

（2）水平配线子系统线槽敷设支撑保护要求

① 在建建筑物预埋金属线槽要求：

- 在建建筑物中预埋线槽可按一层或二层设备，至少预埋两根以上，其线槽截面高度不宜超过 25mm。当线槽直埋长度超过 15m 或在线槽路由交叉、转变时，宜设置拉线盒，以便布放线缆和维护时使用。
- 接线盒盖应能开启，与地面齐平，并在盒盖处采取防水措施。
- 预埋线槽一般不使用塑料（PVC）线槽，宜采用金属槽引入分线盒内。

② 已建建筑物设置线槽支撑保护要求：

- 在已建建筑物中进行线槽的水平敷设时，支撑间距一般为 1.5m～2m，垂直敷设时固定在建筑物墙体上的间距宜小于 2m。
- 金属线槽敷设时，在线槽转弯处、接头处、离开线槽两端口 0.5m 处要设置支架或吊架。水平线槽每隔间距 1.5m～2m 处，也应设置支架或吊架。保证线槽的稳定，同时保护线缆的安全。

③ 在管理间或设备间内铺设有活动地板，在活动地板下敷设线缆时，活动地板内净空不应小于 150mm。如果活动地板内作为通风系统的风道使用时，地板内净高不应小于 300mm。

④ 在工作区的信息点位置和线缆敷设方式未定的情况下，或在工作区采用地毯下布放线缆时，在工作区宜设置交接箱，每个交接箱的服务面积约为 80cm^2。

⑤ 不同种类的线缆布放在同一金属线槽内，用金属板将不同类型的线缆隔开，采取同槽分室布放。

⑥ 采用格形楼板和沟槽相结合时，敷设线缆支槽保护要求：

● 沟槽和格形线槽必须沟通，保证线缆的穿越。

● 沟槽盖板可开启，并与地面齐平，盖板和信息插座出口处应采取防水措施。

● 沟槽的宽度宜限制在 600mm 以内。

（3）垂直干线子系统的线槽敷设支撑保护要求：

① 垂直干线线槽不得布放在电梯或管道竖井中。

② 垂直干线通道间应沟通，便于线缆穿过。

③ 弱电间中线缆穿过每层楼板，孔洞为长方形时，其尺寸不宜小于 30mm × 100mm。若为圆形时，圆形孔洞处应至少安装三根圆形钢管，管径不宜小于 100mm。

（4）建筑群干线子系统线缆敷设支撑保护应符合设计要求。

6.3.4　塑料槽敷设要求

塑料槽的规格有多种，在第 4 章中已做了叙述，这里不再赘述。塑料槽的敷设与金属槽类似，但操作上还有所不同。

1. 利用 PVC 线槽建立水平路由

使用 PVC 线槽建立水平子系统的线缆路由，可采用下列 4 种方式之一。

（1）在天花板吊顶内打吊杆或托架支撑 PVC 线槽

这种方式适宜于楼道或走廊进行吊顶装饰的场合，水平线缆走在吊顶的上方，现场美观。布线施工要在吊顶前完成，在吊顶时要留有线缆检查孔，便于日后的线缆维护，但扩充时布线较难。

（2）在天花板吊顶外采用托架敷设

当吊顶的高度较小，内部不能进行安装 PVC 线槽时，可将 PVC 线槽安装在吊顶的外面，线槽使用托架进行固定，便于日后的维护和线缆的扩充施工。

（3）在天花板吊顶外采用托架加固定槽敷设

这种方式不仅使用托架对 PVC 槽进行固定，同时增加固定槽进行辅助，使 PVC 槽更加安全可靠。

（4）在墙壁的高端（或低端）直接固定敷设

这种方式适用于已经建好的建筑物，在办公区的走廊楼道中进行施工安装，作为水平配线子系统的路由。

2. PVC 线槽的固定方式

（1）采用托架安装时，一般在 1m 左右安装一个托架。固定槽时一般 1m 左右安装固定点。固定点是指把槽固定的地方。

（2）采用吊杆固定式，一般是 1m 左右安装一个吊杆，然后将线槽进行吊装于吊杆之下。

（3）在墙壁上直接安装时，根据槽的大小建议：

① 25mm × 20mm～25mm × 30mm 规格的槽，一根线槽应有 3 个固定螺丝，并三角形

排列。。

② 25mm × 30mm 以上规格的槽，一根线槽应有 3～4 个固定螺丝，呈梯形状，使槽受力点分散分布。

③ 除了固定点外，应每隔 lm 左右，钻两个孔，将单股线穿入，待布线结束后，把所有步入线槽中的线缆捆扎起来。

④ 最后在将所有的线缆装入线槽中后，采用交错方式盖上盖板。

3．垂直干线布槽的方法

垂直干线线槽的布设一般使用在墙壁上直接安装，因为垂直线槽无法使用托架或吊杆安装。

4．线槽尺寸的确定

在工程施工中，线槽的尺寸一般选择是：所布线缆的横截面积不超过线槽横截面积的 75% 为宜。

注意：在水平干线与工作区交接处，不易施工时，可采用金属软管（蛇皮管）或塑料软管进行线缆水平路由的延伸和连接。

6.4 管理间与设备间的配置及安装

在综合布线工程中，设备的安装主要是指在安装和固定各种配线连接设备和通信引出端设备的固定等工作。主要包括管理间和设备间机柜的安装、机架的安装和配线架的安装等。

6.4.1 设备的配置

管理间是将楼层中的各个工作区连接起来，是建筑物中一个楼层的信息中心；设备间是将各个楼层中的管理间连接在一起，是一个独立建筑物的信息中心。在管理间这样的中心位置，需要使用机柜来集中从各个工作区来的线缆；而设备间也需要机柜将各个楼层管理间来的线缆进行集中。由于机柜中主要使用配线架来进行线缆的端接，管理间的工作与设备间的工作基本一致，主要包括来自于不同房间的线缆进行集中配线架与线缆的端接、理线器安装、机柜固定、管理间与设备间的总体配置等事宜。

对于管理间来说，要根据本管理间所管理的工作区数量来配置管理间中所使用的配线架数量和机柜的数量。如选用 24 口配线架，配线架的数量按照下式估算：

$$工作区数量 \times 1.03/24 + 1$$

机柜的数量根据配线架的数量和安装的交换设备数量进行估算。

而设备间中配线架的数量由管理间的数量确定。在设备间中机柜的数量主要由本楼中所用设备的数量确定。

6.4.2 布线路由选择及线缆端接

管理间是将本楼层中所管理的工作区连接在一起，来自各个工作区的线缆都集中在管理间。各个管理间的线缆又都集中到设备间。如何将这些线缆引入到机柜，而又保持现场的美观，通常采用的方法是安装抗静电活动地板，将线缆都走在地板下面。而后引入到机柜所在的位置后再引入到机柜中，与配线架端接。

1. 抗静电地板安装

抗静电地板是基于架空地板方式发展起来的大面积、开放性地板。布线从下至上有网络状阻燃地板、线路固定压板、布线路罩三大部分组成。各种线路可以任意穿连到位，保证地面美观。将来自各个不同房间的线缆在进入管理间或设备间后直接走在地板下面，引入到机柜所在的位置。如图 6.11 所示。

图 6.11　抗静电地板布线

抗静电地板布线适合于管理间和设备间以及普通办公室和家居布线的情况。地板布线会降低房间净空高度。网络活动地板内的净空高度应不小于 15cm，活动地板也可作为通风系统的风道使用，这时活动地板内的净空高度应不小于 30cm，活动地板块应具有抗压、抗冲击和阻燃性能。安装抗静电地板时一定要注意将地板的金属部分良好的接地。

2. 机柜的安装

在管理间和设备间都是用标准机柜进行线缆的收集并集中，使用机柜不仅可以增强电磁屏蔽、削弱设备工作噪声、减少设备占地面积、便于使用和维护等，重要的是对于一些较高档次的机柜，通常还具有提高散热效率、空气过滤等功能，用于改善精密设备的工作环境质量。标准机柜目前已经广泛应用于通信网络机房、有线、无线通信设备间等场合。

机柜主要包括基本框架、内部支撑系统、布线系统、通风系统。对于一般的标准机柜，其外形有宽度、高度、深度 3 个常规指标。一般工控设备、交换机、路由器等设计宽度为 48.26cm（19 英寸），机柜高度一般在 0.7～2.4m。根据机柜内设备的多少和统一格调来确定机柜的高度。机柜的深度有 50cm、60cm 之分。通常，因安装的设备不同，另有一些机柜是半高的、桌上型或墙体壁挂式的。

在机柜中，标准面板设备安装所需高度可用一个特殊单位 "U" 来表示，大约为 4.445cm，一般为设备的 "安装高度"，因而使用标准机柜的设备面板一般都是按 U 的整数倍规格制造的。对于一些非标准设备，大多可以通过附加适配挡板装入宽度为 48.26cm（19 英寸）机箱并固定。一般机柜内上方安装配线架，下方放置网络交换机或路由器等设备。标准机柜具体连接如图 6.12 所示。

在安装综合布线机柜、机架及设备时应当特别细心。在安装机柜之前参考相应的技术说明，并注意认真清点附件以确保安装过程的顺利进行。安装过程中应当注意以下几个具体细节。

图 6.12　标准机柜

（1）机柜安装时通常应当有 3 个人以上在现场，注意螺钉紧固，不要用力过猛以损坏设备螺口。

（2）机柜安装位置应符合设计要求，机架或机柜前面的净空不应小于 80cm，后面的净空不应小于 60cm。壁挂式配线设备底部离地面的高度不宜小于 30cm。

（3）底座安装应牢固，应按设计图样的防振要求进行施工。机柜应垂直放置，柜面水平。用机柜的底脚螺丝将机柜放置平稳。

（4）机台表面应完整、无损伤、螺钉紧固，每平方米表面凹凸度应小于 1mm；柜内接插件和设备接触可靠，接线应符合设计要求，接线端子的各种标志应齐全，且保持良好。

（5）机柜内配线设备、接地体、保护接地、导线截面、颜色应符合设计要求，所有机柜应设接地端子，并良好地接入建筑物接地端。

（6）电缆通常从下端进入，并注意穿入后的捆扎，宜将标注签进行保护性包扎。电缆宜从机柜两边上升接入设备，当电缆较多时应借助于理线架、理线槽等理清电缆并将标注签整理朝外，根据电缆功能分类后进行轻度捆扎。

3. 线缆的端接

在布线施工时，会接触到一些器件，如跳线模块、配线架等。配线架中安装的核心部件就是信息模块。模块的一面是 RJ-45 接口，并标有编号；另一面是跳线接口，上面也标有编号，这些编号和前面的 RJ-45 接口的编号逐一对应。每一组跳线都标识有棕、蓝、橙、绿的颜色，双绞电缆的色线要与这些跳线逐一对应，这样做不容易接错。

信息模块是配线架信息插座的核心，同时也是线缆与配线架连接的接口，因而配线架中信息模块的安装压接技术直接决定了高速通信网络系统能否运行，在管理间、设备间中需要将双绞电缆与配线架上的信息模块进行短接，同时在工作区中也需要将双绞电缆与信息插座上的模块进行端接，其操作过程完全一样。因此予以比较详细地进行介绍。

（1）信息模块的压线方式

信息模块与信息插座配套使用，信息模块安装在信息插座中，信息插座与配线架通过卡位来实现固定。信息模块压线时有 ANSI/TIA/EIA 568-A 和 ANSI/TIA/EIA 568-B 两种线序方式，如图 6.13 所示。

在同一个综合布线系统工程中，需要统一使用一种连接方式，一般使用 ANSI/TIA/EIA 568-B 标准制作连接线、插座、配线架，否则必须标注清楚。

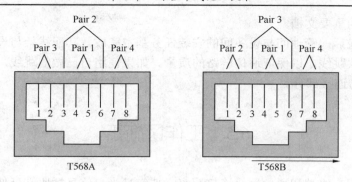

图 6.13　两种线序

（2）信息模块的压接

目前，信息模块的供应商有 IBM、AT&T、AMP 等国外商家，国内有南京普天、神州数码、联想等，产品的结构都类似，只是排列位置有所不同。有的面板标注有双绞电缆颜色标号，与双绞电缆压接时，注意颜色标号配对就能够正确地压接。

压接信息模块时一般有用打线工具压接和不用打线工具直接压接两种方式。根据工程实践经验体会，一般是采用打线工具进行模块压接为好。压接信息模块的一般步骤如下。

① 用环切器或斜口钳将双绞线电缆播出 3cm 的外护套。

② 根据模块的色标将双绞线的 4 对线分别嵌入模块的插槽中。

③ 使用大线钳将双绞线的每一根打入插槽中并切断伸出来的多余线头。

④ 为该信息模块贴上标记贴，该标记贴要对应相应的房间号。

⑤ 将所有的线缆使用上面的方法都打入配线架的信息模块中。然后进行详细的检查，保证准确无误。

压接信息模块时注意事项如下。

① 双绞电缆是成对相互扭绞在一起的，按一定距离扭绞的导线可提高抗干扰能力，减小信号的衰减，压接时一对一对拧开放入与信息模块相对应的端口上。

② 在双绞电缆压接处不能扭绞、撕开，并防止有断线的伤痕。

③ 使用压线工具压接时，要压实，不能有松动的地方。

④ 双绞电缆解绞不能超过要求，否则会受到外界的干扰。对于 5 类线，长度不可超过13 毫米。

4. 配线架的安装

对于已经压接好模块的配线架，经过检查无误后，将配线架集中安装在机柜中，处于交换机、路由器等设备的上方或下方，而不应与之交叉放置，否则线缆可能会变得十分混乱，必要时使用理线架，将线缆理顺，便于日后的维护。

安装配线架时，应注意以下几点。

（1）配线架应放置在交换设备的一侧，安装时应保证水平放置，用螺丝将配线架与机柜紧密接触，偏差度不得大于 3mm。

（2）配线架在壁挂式机柜安装时，机柜垂直倾斜误差不应大于 3mm，底座水平误差每平方米不应大于 2mm。

（3）将配线架中每一个模块的编号记录在已准备好的配线架终接表中，作为测试、阶段验收或竣工验收的重要文档。

以上工作完成后，管理间与设备间的安装任务基本完成。其配线架与设备连接的跳线可采用工厂制作的软跳线，以保证通信链路的质量。如果使用自己做的跳线，可参考双绞电缆与 RJ-45 水晶头的连接部分。

6.5　工作区施工

工作区是将用户终端和通信网络连接起来。被定义为自信息插座端延伸至用户终端之间的部分。从信息插座到终端设备的连接按照不同的网络系统采用不同的连接跳线，对于计算机网络而言，通常使用两端带 RJ-45 水晶头的插接软线；电话网络系统采用两端带有 RJ-11 水晶头的插接跳线；有些终端设备需要选择适当的适配器或平衡/非平衡转换器才能连接到信息插座上。工作区布线与安装的主要工作是安装工作区信息插座。因此，本节主要讨论工作区信息模块的安装、双绞电缆与 RJ-45 水晶头的连接技术等。

6.5.1　工作区信息模块的安装

信息插座的安装分为嵌入式和表面安装式两种。用户可以根据实际需要选择不同的安装方式。通常情况下，新建建筑物采用嵌入式信息插座，已有建筑物增设综合布线系统时则采用表面安装式信息插座。

1. 信息插座盒与面板的安装

每个工作区至少要配置一个信息插座盒，或安装两个分离的信息插座盒。每条双绞电缆需终接在工作区的一个 8 脚（针）的模块化插座（插头）上。信息模块的压接在上一节中已经介绍，在此不再赘述。

面板的作用是保护内部模块、使接线头与模块接触良好。在网络布线工程中一个重要的工序就是正确地标识每一个信息插座面板的功能，使之清晰、美观、易于辨认。同时将已经压接好双绞电缆的内部模块与面板进行安装。面板是设计好的专门与信息模块进行连接的部件，只要将模块按照设计的方向卡接在面板中即可。

2. 信息插座的安装

工作区的终端设备（如电话机、传真机、计算机）可用超 5 类双绞电缆直接与工作区内的每一个信息插座相连接，因此，工作区布线要求相对简单，以便于移动、添加和变更设备。

工作区的每个信息插座都应该支持电话机、数据终端、计算机及监视器等终端设备。同时，为了便于管理和识别，有些厂家的信息插座做成多种颜色：黑、白、红、蓝、绿、黄，这些颜色的设置应符合 ANSI/TIA/EIA 606 标准。

信息插座与连接器的接法：对于 RJ-45 连接器与 RJ-45 信息插座，通常采用 ANSI/TIA/EIA 568-B 标准。

信息插座的一般连接技术为：在终端（工作站）一端，将带有 8 针的 RJ-45 连接器插入网卡；在信息插座一端，跳线的 RJ-45 连接器连接到插座上。在水平配线子系统中，双绞电缆的一端接入工作区的信息模块中，另一端接入管理间配线架的信息模块中，这样就构成了从工作区到管理间的数据链路。每个 4 对双绞电缆的两端都终接在一个 8 针（脚）的模块化插座（插头）上。

3．信息插座的安装要求

安装工作区信息插座时，应做到：

（1）信息插座安装前需确认所有装修工作完成，核对信息点编号准确无误。

（2）所有信息插座与面板按标准进行卡接。

（3）安装在地面上的信息插座应采用防水和抗压接线盒。

（4）安装在墙面或柱子上的信息插座底盒、多用户信息插座盒及集合点配线箱体的底部距离地面的高度一般为 30cm。

（5）每一个工作区至少应配置一个 220V 交流电源插座。为便于有源终端设备的使用，信息插座附近最好设置扁圆两用的三孔具有带地端子的 220V 交流电源插座。

（6）工作区的电源插座应选用带保护接地的单相电源插座，保护接地与零线应严格分开。

（7）信息插座安装完毕后应立即依照平面图在面板上做好编号。

（8）将工作区信息插座的编号记录在工作区安装记录表中，作为测试、阶段验收、竣工验收和日后维护时的重要文档进行管理。

6.5.2　双绞电缆与 RJ-45 水晶头的连接

要使双绞电缆能够与网卡、交换机等设备相连，还需要将 RJ-45 水晶头与双绞电缆进行连接。RJ-45 水晶头的前端有 8 个压接片触点，连接的过程就是将双绞电缆的 8 根线与 RJ-45 水晶头的 8 个触点进行压接。水晶头的结构如图 6.14 所示。双绞电缆与 RJ-45 水晶头的连接是链路中很容易产生串扰的地方，需要格外注意。

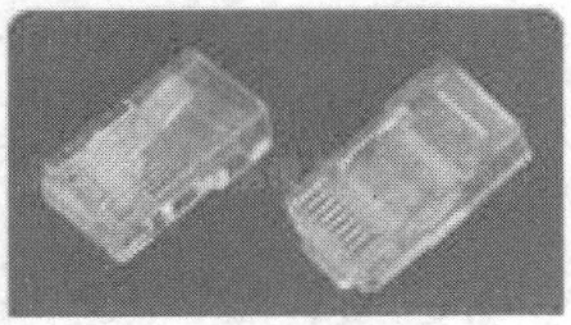

1．双绞线与 RJ-45 水晶头的连接方式

将水晶头带有接触点的一面朝上并面向我们，RJ-45 水晶头线序的排列顺序自左至右是 1、2、3、4、5、6、7、8。终接时，RJ-45 水晶头的连接分为 ANSI/TIA/EIA 568-A 与 ANSI/TIA/EIA 568-B 标准两种方式，通常使用与信息模块相同的方式，即 568-B 标准。

图 6.14　水晶头结构

在此以 ANSI/TIA/EIA 568-B 为例，将连接过程简述如下。

（1）首先将双绞电缆自端头大约 20mm 剥去套管，露出 4 对线。

（2）定位双绞线。剥去套管的一端朝上，按照它们的顺序色自左至右排列，即按橙、绿、蓝、棕并排排列并固定。套管内至少 8mm 形成一个平整部分，以防止插头弯曲时对套管内的线对造成损伤。

（3）为绝缘导线解绞，使其按正确的顺序平行排列，即按照橙白、橙、绿白、蓝、蓝白、绿、棕白、棕排列。

（4）修整解绞的导线使导线端面平整，露出的长度应一致，从线头开始，至少 15mm 之内导线之间不应有交叉。在距套管长度约 14mm 处用剪线钳将多余部分剪去，使并排的线头端齐平。

（5）将并排的导线插入 RJ-45 水晶头下部的插塞中，导线在 RJ-45 水晶头部能够见到铜芯，套管内的平坦部分应从插塞后端延伸直至初张力消除，套管伸出插塞后端至少 6mm。

（6）用压线钳压实 RJ-45 水晶头。

将双绞线的另一端用同样的方法进行操作，将得到一条制作好的连接引线或跳线。这种跳线制作的数量是整个布线系统中工作区数量的两倍加上管理间的数量。因为工作区需要一条跳线，而管理间也需要一条跳线，还有设备间的一条跳线。

2. 连接 RJ-45 水晶头的注意事项

双绞电缆与 RJ-45 水晶头的连接属于一种操作性工作，经过实践很快就能掌握。将双绞电缆与 RJ-45 水晶头进行连接时，应注意：①按双绞电缆色标顺序排列，不要有差错；②把排列好的双绞线插入 RJ-45 水晶头点中要插到位；③用双绞线压线钳压实。

6.6　线缆布线与安装

线缆布线分为水平配线子系统布线与垂直主干线布线子系统布线，在布线路由确定之后，布线的工序基本一致。

6.6.1　双绞线敷设要求

在综合布线系统中敷设双绞线时应做到：

（1）敷设线缆前要核对线缆的规格、型号，使其符合设计要求。

（2）选取的敷设路由及位置符合设计要求。

（3）敷设的线缆应平直、无扭曲、扭绞、打结等，线缆不要受到外力的挤压和损伤。

（4）在敷设线缆时要对线缆的端头进行标记，标签的书写规范；采用线号套管时，要统一编号，不可搞乱。

（5）将信号电缆、电源线、双绞线缆、光缆及其它弱电线缆等分开布放，满足强弱电线缆布放距离的要求。

（6）布放的线缆要留有冗余。一般工作区留有 0.5m；管理间和设备间要留有 3m～5m。特殊情况下按照设计要求预留。

（7）敷设线缆时，在牵引过程中吊挂线缆的支撑点间距不大于 2m。

（8）避免线缆在牵引过程中受力和扭曲。若采用机械牵引，其牵引力应在线缆的受力范围之内。避免将线缆拉长或将光缆的外护套拉长，使线缆受伤。

6.6.2　水平配线子系统的布线

水平配线子系统是楼层内部由管理间到各个用户信息插座的最终信息传输信道，即在同一个楼层中的布线系统，就目前来讲通常使用超 5 类非屏蔽双绞电缆作为传输介质。由于建筑物对通信系统的要求，需要把通信系统设计成易于维护、更换和移动的结构，以适应未来发展的需要。

1. 水平配线子系统布线路由选择

对于布线来讲，虽然两点间最短的距离是直线，但它不是最佳、最优的路由。在选择最容易布线的路由时，要考虑便于施工、便于操作的路由，多用一部分线缆都是值得的。影响配线子系统布线路由的主要因素有建筑物的功能、电磁干扰等。在设计路由时需全面掌握建筑物的组成结构，以确定楼层管理间与工作区之间配线子系统电缆分布的最佳路径，但并不一定是最短的路径。

如果在所选路径中存在供电线路时，还要了解低压与高压电缆之间应保持的最小间距。通信电缆路径与供电线路、设备之间的最小间距明细可参考 GB 50312-2007 和 ISO/IEC 的设计与安装指南部分。实用的一项原则是非屏蔽电缆与动力线缆的间距为 300mm，屏蔽电缆动力电源线缆的间距为 70mm。最佳的路由选择通常要经过实地测量，保证双绞线的配线子系统布线路径长度限制在 90m 之内。

在掌握了布线过程的结构和规定之后，就可以开始场地调查，确定经济的布线路由。布线和固定电缆的方法根据所选路由的环境和结构组成来确定。室内的配线子系统一般对环境没有特殊的要求。但在一些特定的环境下，可使用金属管道和线槽布放双绞电缆。以满足与高压电缆的间距要求或恶劣环境的要求。

在配线子系统的布线设计中，使电缆由楼层管理间延伸至整个工作区。通常是将楼层的主要走廊和办公通道作为线缆的路由，使用桥架或线槽捆扎布线为原则设计布局，这样布线电缆的长度增加了一些，但有利于安装者采用更有效的布线方法，并减少对用户日常工作的影响。

2. 水平配线子系统的布线方式

目前，水平配线子系统布线方法比较多，常用的有吊顶（天花板）内布线、抗静电地板布线、预埋管线布线、地面金属线槽方式布线和墙面布线等 5 种方式。

（1）吊顶内布线

吊顶内布线是指在吊顶位置的上方先安装线槽的，然后将从管理间出来的线缆敷入吊顶线槽中，当线缆到达工作区房间外时走墙体内暗管至工作区信息插座的布线方式，常用于大型建筑物或布线系统较复杂的场所。通常将线槽布放在走廊的吊顶内，到工作区房间的支管适当集中在检修孔附近。由于走廊在建筑物的中间位置，所以布线平均距离最短。为了使水平布线与室内装修工程不冲突，通常最后进行楼层内走廊的吊顶施工，这种布线方式一般用于已经建成的建筑物并作为地面走线补充方式，适用于公共建筑物。在最后吊顶时，要在走廊的适当位置留下检修孔，以备日后对线缆的维护。

（2）抗静电地板布线

抗静电地板的结构如图 6.11 所示。这种方式就是在建筑物的某层中使用抗静电地板作为线缆的通道，一般在地板下面敷设金属线槽或 PVC 线槽对线缆进行相应的保护。先进行线槽的敷设，放入线缆，最后敷设抗静电地板。

（3）预埋管线布线

所谓预埋管线布线就是将金属管或阻燃高强度 PVC 管直接预埋在混凝土楼板或墙体中，并由管理间向各信息插座辐射，这种布线用于新建建筑。此方式具有节省材料、配线简单、技术成熟等特点。其局限性在于建筑楼板的厚度可能不够，因此，预埋在楼板中的暗管内径宜为 15~25mm，一般多选用直径为 20mm 的管子；为了保证管道在灌注混凝土时不变形，墙体中间的暗管内径不宜超过 50mm。当管径较小时，一根管道宜穿 1 条线缆；若管道直径较大，同一管道中允许最多布放 5 根线缆。

光缆与电缆同管敷设时，应在预埋暗管内预置塑料子管，将光缆敷设在子管内，使光缆和电缆分开布放。子管的内径应为光缆外径的 1.5 倍。

预埋管线布线一般用于房间小或信息点较少的地方。实践经验证明：信息点较多时，预埋管线布线法就不适宜了，可以采用地面金属线槽方式布线。

（4）地面金属线槽方式布线

地面金属线槽方式布线是为了适应智能建筑弱电系统日趋复杂，出线口位置变化不定而推出的一种新型布线方式。这种方式就是将长方形的线槽安装在现浇楼板或地面垫层中，每隔 4~8m 拉一个过线盒或出线盒（便于布线时拉线），直到信息点出口的出线盒。将管理间出来的线缆沿地面金属线槽布放到地面出线盒，或由分线盒引出支管到墙上的信息插座，如图 6.15 所示。

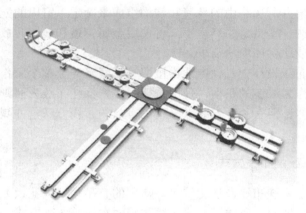

图 6.15　地面金属线槽方式布线

地面金属线槽有单槽、双槽、三槽和四槽之分，分为 50mm×25mm、70mm×25mm、100mm×25mm、125mm×25mm 几种规格，可根据建筑情况合理选用。敷设地面金属线槽时，应与土建施工密切配合，结合施工图中出线口的位置、线槽的走向，确定分线盒的位置。金属线槽在交叉、转弯或分支处应设置分线盒；当线槽的长度超过 6m 时，应加设分线盒。线槽每隔 2m 处设置固定支架和调整支撑，并与钢筋连接防止移位。

对于明敷的线槽或桥架，通常采用粘结剂粘贴或螺钉固定。当线槽（桥架）水平敷设时，应整齐平直，直线段的固定间距不大于 3m，一般为 1.5~2.0m。垂直敷设时，应排列整齐，横平竖直，紧贴墙体，间距一般宜小于 2m，在线槽（桥架）的接头处、转弯处、离线槽两端 0.5m（水平敷设）或 0.3m（垂直敷设）处，应设置支承构件或悬吊架，以保证线槽（桥架）稳固。

地面金属线槽布线方式的优点是节省空间，使用美观，布放信息插座的位置灵活，比较适宜于较高档的建筑，建筑物内信息点密集、大开间需要打隔断的办公场所，如会议室、报告厅、信息发布厅等。缺点是投资比较多，工艺要求高，施工比较困难，局部利用率也不高。

（5）墙面线槽布线

这种方式经常在已建建筑物中进行。将线槽沿着走廊墙面固定，布放线缆到线槽中，最后交错方式盖上盖板。线槽的高度在离地面 0.3m～1.8m 时，便于维护但安全性较差；若高于 1.8m 时，安全性较好但不便于维护。

3. 水平配线子系统的布线安装

一般，双绞线电缆出厂时都包装在纸板箱中，如图 6.16 所示。纸板箱内的双绞线是通过特殊处理之后进行包装的，在进行布放时，只需将双绞线从出口抽出，用力均匀的往外拉出即可。

对于布放水平配线子系统电缆，常采用如下步骤：

（1）在楼层管理间外面，选择 3～6 箱双绞线并排放置在地板上，对每一个纸箱进行编号，撤去有穿孔的撞击块。

（2）将每一箱中的双绞线电线缆拉出 1m 长，穿上线号标识（工作区编号）并进行记录，让塑料插入物固定在应有的位置上。

图 6.16　双绞线包装

（3）根据需要放送双绞线。由工作人员将线从管理间拉出到各个工作区房间的外面。

（4）按所要求的长度将电线缆割断，需留有余量供终接、扎捆及日后维护使用，同时为割下的双绞线穿上线号标识（工作区编号）。

为其他工作区布放双绞线再重复步骤 2～步骤 4，直到将该层中所有工作区都布放完为止。

（5）将电线缆滑回到槽中，留数厘米在外，并在末端系一个环，以使末端不滑回到槽中。

所布放线缆的标识都要进行记录，作为阶段验收、测试、竣工验收和日后维护的重要文档。为了在布放线缆时提高工效，可以一次布防多个工作区的线缆。

6.6.3　垂直干线子系统的布线

垂直干线子系统的布线是综合布线工程中的关键部分。它是从设备间到每层管理间的主干信息通道。到当一条水平配线线缆路径发生故障时，可能只影响一个或几个用户；若一条干线线缆发生故障，则与该主干线缆相连接的某一楼层用户都受到影响。因而在许多情况下，诸如线缆备份、物理独立路径；接地、雷击、浪涌保护；备件以及扩容等问题，在干线子系统布线时都应予以考虑。

1. 垂直干线子系统路由选择

TIA/EIA 568-B 标准建议垂直干线子系统的布线系统采用分层星形拓扑结构，并用图标出可选用安装的、能提供高保密性和可靠性的设备间到管理间线缆敷设线路。其布线走向应选择干线电缆最短、经济，确保人员安全的路由。一般建筑物有封闭型和开放型两大类通道，宜选择带门的封闭型通道敷设干线电缆。

封闭型通道是指一连串上下对齐的管理间，每层楼都有一个管理间，电缆竖井、电缆孔、管道、托架等穿过这些房间的地板层。每个管理间通常还有一些便于固定电缆的设施和消防装置。

开放型通道是指从建筑物的地下室到楼顶的一个开放空间，中间没有任何楼板隔开。特别注意：通风通道或电梯通道，不能用于敷设干线子系统线缆。

2. 干线子系统的布线方式

综合布线系统中的干线子系统并非一定是垂直布置的。从概念上讲它是建筑物内的主干通信系统。在某些持定环境中，如在低矮而又宽阔的单层平面的大型厂房、宿舍区楼房，干线子系统就是平面布置的，它同样起着连接各管理间的作用。因此，干线子系统可分为垂直干线和水平干线布线两种安装形式。

（1）垂直干线布线方式

建筑物垂直干线布线可采用电缆孔和电缆竖井两种方法。电缆孔在楼层管理间浇注混凝土时预留，并嵌入直径为 100mm，楼板两侧分别高出 25~100mm 的钢管；电缆竖井是预留的长方孔。各楼层管理间的电缆孔或电缆竖井应上下对齐。在竖井中根据线缆的条数敷设合适尺寸的线槽，将线缆分类捆箍在线槽或其他支架上。电缆孔布线法也适于已建建筑物时的布线。

在线槽中线缆垂直敷设时，在线缆的顶端，并每间隔 1.5m 处应将线缆固定在桥架的支架上；电线缆槽与地面保持垂直，不应有倾斜现象，其垂直度偏差应不超过 3mm。

电缆竖井中线缆穿过每层楼板的孔洞宜为矩形或圆形。矩形孔洞尺寸不宜小于 30cm × 10cm，圆形孔洞处应至少安装 3 根圆形钢管，管径不宜小于 10cm。

（2）水平干线布线

水平干线布线可以采用桥架线槽、管道托架敷设方式。与水平配线布线方式相同，在此不再赘述。

主干线缆敷设在弱电井内，移动、增加或改变比较容易。但槽内线缆应顺直，尽量不交叉、不溢出；在线缆进出线槽部位、转弯处应绑扎固定。在水平、垂直桥架和垂直线槽中敷设线缆时，应对线缆进行绑扎。4 对双绞电缆以 24 根为一束，25 对或以上主干双绞电缆、光缆及其他信号电缆应根据线缆的类型、缆径、线缆芯数分束绑扎。绑扎间距不宜大于 1.5m，扣间距应均匀、松紧适度。

3. 干线电缆的端接

干线电缆可采用点对点端接，也可采用分支递减端接以及电缆直接连接方法。点对点端接是最简单、最直接的接合方法，它将每根干线电缆直接延伸到指定的楼层和管理间。分支递减端接是用一根大容量干线电缆足以支持若干个管理间或若干楼层的通信容量，经过电缆接头保护箱分出若干根小电缆，然后分别延伸到每个管理间或楼层，并端接于目的地的连接硬件。电缆直接连接方法是用于特殊情况的连接技术，一种情况是一个楼层的所有水平端接都集中在干线管理间，另一种情况是二级管理间太小，在干线管理间完成终接。

另外，干线子系统布线及线缆终接时应注意：

（1）线缆在终接前，必须核对线缆标识内容是否正确。

（2）线缆中间不应有接头，线缆终接处必须牢固、接触良好。

（3）双绞电缆与连接器件连接应认准线号、线位色标，不得颠倒和错接。

（4）网络线一定要与电源线分开敷设，可以与电话线及电视天线放在一个线管中。布线拐角处不能将线缆折成直角，以免影响传输性能。

（5）网络设备需分级连接，主干线是多路复用的，不可能直接连接到用户端设备；所以不必安装太多的线缆。如果主干距离不超过 100m，当网络设备主干高速端口选用 RJ-45 时，可以采用单根 8 芯 5e 类或 6 类双绞电缆作为通信网络主干线。

4. 主干线缆的布放

在竖井中敷设线缆一般有两种方式：向下垂放线缆和向上牵引线缆。相比较而言，向下垂放比向上牵引要容易一些。但将线缆从楼下往楼上搬运存在困难，一般情况下还是使用向上牵引的方式为多。

（1）向下垂放线缆

首先将线缆搬到建筑物的最高层，并在竖井旁安置线缆卷轴，在每一层都需要一位布线人员，将高层垂下来的线缆置入孔洞中，直到设备间。布放完最高层管理间到设备间的线缆后，再布放下一层管理间到设备间的线缆，直到将每一层管理间到设备间的线缆布放完毕为止。注意，在布放每一根线缆时，必须对每一根线缆进行标识，并做好记录形成文档，作为测试、验收和维护的重要依据。

（2）向上牵引线缆

向上牵引线缆可以使用牵引绳人工操作，但当牵引的线缆较多且较重时，需要电动牵引绞车，按照线缆的质量选择绞车的型号。此时线缆在建筑物的底层竖井附近，要将绞车搬到建筑物的最高层。牵引绳和牵引绞车分别的结构如图 6.17（a）、（b）所示。

（a）   （b）

图 6.17　牵引绳和牵引绞车

牵引线缆时可按如下步骤进行。

（1）将多条线缆聚集成一束，对齐线缆末端，用电工胶带将其缠绕结实作为牵引端。

（2）将牵引绳从最高处的管理间位置向下垂放，直到线缆所在的位置，与线缆的缠绕段进行挂接。

（3）人工或启动牵引绞车将线缆从最低端牵引到管理间位置。

（4）在低端进行线缆的切割，并做好线缆标识同时进行记录。

（5）重复以上过程，将所有管理间的线缆牵引完毕。将所有的记录整理好形成文档。

注意：在使用牵引绞车牵引线缆时，力量要均匀，使线缆顺畅的向上运动，绝对不允许使线缆受力，导致性能下降。

6.6.4　建筑物之间光缆布线

为了保证通信链路通信带宽的需求，建筑物之间大都使用光缆进行布线。光缆与双绞电缆的布线施工方法相似。与电缆施工相比，光缆的施工难度较大。其主要是光纤由石英玻璃制成，它的特点是易断易碎，在进行施工时必须注意这些特点。

1. 光缆布线施工要求

在光缆的布线施工中，如果施工人员操作不当，可能会受到光波辐射而伤害眼睛。故在施工时，施工人员上岗前要经过严格培训，培训合格后才能上岗。

（1）光缆布线施工操作要求

施工人员在施工中要严格遵守下列规范。

① 未经专业培训的人员不能操作已安装好的光缆传输系统。

② 只能在断开电源的情况下维护光纤传输系统，不要看已通电的光纤及其连接器件。

③ 严格禁止使用放大镜等光学仪器观察已通电的光纤终端设备。

④ 在连接光纤或制作光纤连接器时，要带手套、眼镜，并穿工作服。

（2）光缆布线施工技术要求

① 由于光纤易碎，光缆敷设尽量选择直线路由。如果路由要求弯曲时，其弯曲半径不能超过最小的弯曲半径要求。

② 布放光缆时的拉力不允许超过光缆的抗拉强度，虽然光纤贮存于专门制作的光纤管道中，但过大的拉力会使外护套及光纤管道变长，导致光缆变形。

③ 光纤在连接时通常使用熔接机来完成，在熔接时必须保证两个连接点接触并对准。否则会产生损耗。

④ 光缆在敷设时必须保持平直，不要有扭曲、扭绞。

2. 光缆敷设方式

在建筑物之间敷设光缆，通常采用如下方式。

（1）架空光缆

如果两幢建筑物相隔很近，可以考虑采用架空光缆布线方式。

对于建筑群子系统而言，进行户外架空电缆布线施工，通常采用吊线托挂架空方式。即用钢绞线在两建筑物（或已有的电线杆）间固定拉接一条吊线，然后每隔一定距离用特制的挂扣将电缆吊挂在钢绞线上，从而避免了无依托电缆因自身重量而造成下垂的现象。在必要时，甚至还会在电缆的某一端绕 O 形圈来确保电缆自由伸缩余量。这种方式的特点是安装简单，价格相对较便宜，因而有较广泛的应用。实际上，在很多建筑物之间的通信电缆或 CATV 的 HFC 电缆架设多采用这种方式，但挂钩的加挂和整理比较费时。同时架空光缆方式易受台风、洪水等自然灾害的威胁，也容易受到外力影响和本身机械强度减弱的影响，这种敷设方式适用于专用网光缆或某些局部特殊地段。

（2）直埋管道布线

在相距较远的两幢建筑物之间往往考虑管道布线，其中一个很重要的因素是管道通常具有更高的可靠性和易维护性。

为了保证光缆敷设后的安全性，管材和其附件需使用耐腐和防腐材料。地下光缆管道穿过建筑物的基础或墙壁时，如采用钢管，应将钢管延伸到土壤未扰动的地段。引入管道应尽量采用直线路由，在光缆牵引点之间不得有两处以上的直角拐弯。管道进入建筑物地下室处，应采取防水措施，以避免水分或潮气进入室内。管道应有向室外倾斜的坡度。在室内从引入光缆的进口处敷设到设备间配线接续设备之间的光缆长度，应尽量缩短，并设置明显标志。引入光缆与其他管线之间的平行或交叉的最小净距需符合标准要求。

施工前应核对管道占用情况，清洗、安放 PVC 塑料管，同时放入牵引线，计算好布放长度，一定要有足够的预留长度。另外，一次布放长度不要太长，且布线应从中间开始向两边牵引，线缆牵引力一般不大于 1 200N。

（3）直埋光缆

直埋光缆要求使用光缆外部有钢带或钢丝的铠装型，直接埋设在地下，要求有抵抗外界机械损伤和防止土壤腐蚀以及防止鼠害的性能。要根据不同的使用条件和环境选用不同的保护层结构。根据土质和环境的不同，光缆埋入地下的深度通常选择 0.8m～1.2m 之间。这种方式的优点是保密性好。其缺点是不能在山地、河流、道路两端以及长距离等环境中实施布线。

3. 光纤的端接

光纤的端接主要是使用光纤熔接机将光纤与尾纤进行熔接，形成可以端接的连接端子。其连接端子有 FC、ST 和 SC 3 种型式。

6.6.5　线缆的处理

1. 线缆的剥皮

对电缆的剥皮通常建议使用专业的剥线工具，避免电缆受伤。当准备连接电缆时，剥去一段电缆外皮，露出适当的工作长度。用于插座连接时露出长度为 25～50mm，用于压接配线架连接时可以再长一点，外皮剥除之后，将双绞线小心地反向捻散。注意：改变导线的几何形状和导线结构是造成整个系统故障的主要原因。在把终接的电缆压入模块或配线架时，可能会因某些细节上的疏忽而产生故障。所以必须要注意对电缆加工时的操作。剥除的线缆外皮不能太长，太长会导致线缆的特性发生变化；而太短又不易施工。具体剥除的长度要在施工过程中根据现场条件进行操作。

2. 线缆的固定与伸缩余量处理

对电缆进行捆扎等固定方法与电缆的结构类型有关。用于水平配线子系统的光缆和铜缆的直径一般较细，但工作区的数量较多，使得水平配线子系统线缆横截面积较大。必须对所有的线缆进行捆扎处理并配置横截面积相适宜的线槽对其进行固定，这也是安装过程中较容易产生问题的地方。通常采取以下措施，将布线施工中发生的故障减至最小。

（1）对于已有建筑，水平子系统电缆的初始路径应沿建筑物的走廊和门厅布置，穿墙进入各个工作区，垂直子系统则要穿过楼板，将各个管理间汇聚到设备间；对于在建建筑，可采用墙内管道把各个工作区引入到走廊门厅上方，这样便于将各工作区汇聚。垂直子系统采用预留竖井的方式将各个管理间汇聚到设备间。无论是已有建筑还是在建建筑，水平电缆通常都布放在线槽中，每隔一定的距离（3～5m）用尼龙绳对线缆分别进行捆扎；垂直电缆可直接固定在墙上，也可通过每层楼板进行一点或多点固定，将电缆长期拉伸负荷的影响减至最小。

（2）电缆续接和伸缩余量预留问题

在布线施工的放线时一定要注意线缆的冗余长度。如果布线时没有考虑足够的电缆接续余量，很可能因为仅仅差一点点而束手无策。虽然可用双绞电缆的直通或三通在其两端各压制一个 RJ-45 水晶头进行接续，但由于直通或三通没有信号放大功能，所带来的只是增加串扰和损耗，应当尽量避免使用。一般来说，应预留一段线缆作为备用，使电缆可以从配线架中拉出，其长度足以灵活地重新终接。备用电缆的长度取决于配线架的尺寸和信息插座的配置情况。

通常的线缆或线槽、线轨等都可能受热胀冷缩等因素的影响而产生一定形变，这种形变产生的应力往往能使原先做好的电缆接续点拉伸开裂或挤压变形，所以在布线施工中应该对线缆做适当余量预留。比如，光缆在直埋、架空布线以及墙体内直埋时，应注意保留一定的余缆并盘结成 O 形卷圈。无论是双绞电缆还是光纤，冗余线缆的预留，一方面可用于未来的扩展，更重要的是可用来应急使用。如果出现故障，则可通过在配线架上的跳线启用这些线缆，否则只有将维护和使用分开进行。

6.7　综合布线系统标识管理

在综合布线系统中，网络应用的变化会导致连接点经常移动、增加或减少。一旦没有标识或使用了不恰当的标识，就会使用户不得不付出高昂的维护费来解决连接点的管理问题。建立管理系统的工作贯穿于综合布线的定设、使用及维护过程之中，好的管理系统会给综合布线增色；劣质的管理标识将会带来麻烦。

6.7.1　标识管理在布线中的应用

标识管理一般设置在设备间和楼层管理间。设备间主要管理建筑物的主干系统、干线子系统和设备间的线缆，建筑群子系统的线缆也在这里交汇。楼层管理间在楼层范围进行配线管理，配线子系统和干线子系统的线缆在这里的配线架（柜）上进行交接。所有在配线架上端接的线缆必须使用统一制定的线缆标识方式进行管理，同时将配线架进行相同的标识，并将所有设备间和管理间的线缆标识进行记录，做成表格进行统一管理。

1. 线缆的连接方式

设备间、管理间中的设备均应采用一定的方式进行连接，以适应用户对设备移动、增加、变化的管理要求。常用的连接方式有直接连接、交叉连接、重复连接以及混合使用等几种方式。用得最多的是交叉连接方式，交叉连接方式虽然所用的设备和跳线多，但这种连接方式的系统通融性强、灵活性好。

2. 线缆终接时的注意事项

当水平配线子系统和垂直干线子系统的线缆进入管理区之后，要在各种配线架（柜）和相应的管理设备上进行终接；配线架（柜）之间的所有线缆通常采用跳接线进行连接；同时对所有终接的线缆进行标识管理。因此选择合适的配线设备、标识材料，并进行良好的连接非常重要。

在线缆终接时，另一个需要充分考虑的是线缆长度的预留，一定要保证有足够的线缆长度用于连接到配线架，这样可逐步消除在网络布线施工中形成的线缆拉力。如果线缆在布放过程中的拉力影响不能很好的释放，可能会影响到通信网络系统的可靠性。

为了消除线缆的残余应力和线缆之间的相互干扰，在布线安装时不能将所有的线缆紧紧地捆绑成一束，而应将各种类型的通信线缆分开，选择各自最合适的位置，分别使用线套或绑扎绳，将线缆扎成很多小束；然后，使用线槽之类的路由材料敷设，在线缆进入终接点时将线缆束盘绕起来，保留一定的余量；最后，再安装连接到各自的配线设备上去。

6.7.2　布线系统的标识

对于综合布线系统来说，综合布线施工中以及施工结束后的标识管理工作越来越受到人们的关注，因为它是日渐突出的问题，也是布线施工验收中倍受重视的内容。标识管理的优劣会影响到布线系统能否有效地管理和运行维护。

1. 标识标签的选用

在综合布线系统中，线缆标识标签的选用应符合以下要求：

（1）线缆应采用环套型粘贴标签，标签在线缆上至少应缠绕一圈或一圈半，配线设备和其他设施应采用扁平型标签。

（2）为适应各种恶劣环境，标签衬底应耐用；不可将民用标签应用于综合布线工程；插入型标签应固定牢固，设置在明显位置。

（3）标识标签要有防水、防火、防油污和防有机溶剂的性能。

（4）可使用阻燃型的热缩管型标识标签。

2. 标识标签的制作

选择了适合的标签后，所考虑的问题是如何制作标签。标签的制作有以下几种方式：

（1）使用预先印制的标签

预先印制的标签有文字或符号两种。常见印有文字的标签包括"DATA（数据）"、"VOICE（语音）"、"FAX（传真）"和"LAN（局域网）"。其他预先印制的标签包括电话、传真机或计算机的符号。这些预先印制的标签节省时间，使用方便。

（2）使用手写标签

手写标签要借助于特制的标记笔，书写内容灵活、方便。但要特别注意字体的工整与清晰。

（3）使用手持式标签打印机现场打印

若印制的标签数量较少时，可以选用手持打印机打印标签。为标识工作提供很好的灵活性。

3. 布线系统的标识

综合布线系统中各部分的标识应相互联系，互为补充。

（1）线缆的标识。应在线缆两端都予以标识，严格地说，每隔一段距离就要进行标识，而且要在维修口、接续处、牵引盒处的电缆位置进行标识；从材料和应用的角度讲，线缆的标签采用已通过 UL969 认证的产品。

（2）空间标识和接地标识要求清晰、醒目，一目了然。

（3）配线架和面板的标识除应清晰、简洁易懂外，还要美观。

（4）对于跳线的标识要求使用带有透明保护膜的耐磨损、抗拉伸的标签材料。使用这种包裹和伸展性的材料做标签，即使线缆弯曲、变形以及经常的磨损，也不会使标签脱落和字迹模糊不清。

（5）面板和配线架的标签要使用连续标签，以聚酯材料为好，可以满足外露的要求。

6.7.3 综合布线的标识管理

在实际的综合布线工程中，综合布线工程的用户方、施工方和工程监理所关心的往往是工程的质量，如线缆敷设是否符合标准、能否通过测试验收、工程造价是否超预算等，而与用户关系最为密切的布线文档和标签标识往往却被忽略。经常出现的情况是，当网络运行维护人员进入机房时，发现线缆和相关设备上贴的标识已经脱落，用户线路信息已无处查找，这将给日后的维护带来许多麻烦。

随着综合布线工程的普及和布线灵活性的不断提高，用户变更网络连接或跳接的频率也在不断增加，对于每一次的变更，网络管理人员必须做好记录，形成变更文档。当网络管理人员变更时，新上任的管理人员也会很快从文档中了解网络的结构，并得心应手的开展工作。

当网络连接的变更太频繁，以至于网管人员不能再根据工程竣工图或网络拓扑结构图来进行网络维护时，如何通过有效的办法实现网络管理，这就是综合布线系统的标识管理。

所谓综合布线系统标识管理，一般有两种方式，一种是逻辑管理，另一种是物理管理。

1. 逻辑管理

逻辑管理是通过综合布线管理软件和电子配线架来实现的管理方式。通过以数据库和CAD图形软件为基础制成的一套文档记录和管理软件，实现数据录入、网络变更、系统查询等功能，使用户随时拥有更新的电子数据文档。逻辑管理方式需要网管人员有很强的责任心，及时将网络的变更信息录入数据库。另外，需要用户一次性投入的费用也比较大。需要建立网络连接数据库和与该数据库相关联的数据库管理软件。

2. 物理管理

物理管理就是目前普遍使用的标识管理系统。根据国家标准的规定：传输机房、设备间、传输介质终端、双绞电缆、光缆、接地线等都要有明确的编号标准和方法。通常施工人员为保证线缆两端的正确终接，会在线缆上贴上标签。用户可以通过每条线缆的唯一编码，在配线架和面板插座上识别线缆。由于用户每天都在使用综合布线系统进行传输数据，而且用户通常有自己的网络维护人员负责综合布线系统的维护，因此越是简单易识别的标识越容易被用户接受。一般标识使用简单的字母和数字进行识别。虽然现在许多制造商在生产面板插座时预印了"电话"、"电脑"、"传真"等字样，但建议不要在面板插座上使用这些图标。因为这些标识信息既不完整，达不到管理的目的，也会使综合布线基础设施不再具有通用性。所以用户必须根据自己的实际情况，与设计、施工单位一起建立自己的标识管理系统，使整个布线系统的标识达到统一、协调和有序，有利于整个网络系统的管理与维护。

6.8 综合布线系统的防护

为了保证网络信道的畅通和信号传输的快捷、可靠,在敷设线缆时必须考虑线缆所经过的环境对线缆的影响。特别是在布放非屏蔽双绞线时,电磁干扰是影响信号传输可靠性的主要因素,另外还有温度、湿度变化的影响。

6.8.1 综合布线系统电磁干扰防护

电磁干扰主要来自于高频通信设备、高频电子设备、大容量的用电设备等,如手机、电磁炉、变压器、荧光灯、雷达设备、炼钢炉设备等,其中危害最大的是电子系统辐射的电磁干扰和布线系统本身的电磁辐射。电磁干扰会影响综合布线系统的正常工作,降低数据传输的可靠性,增加信号传输中的误码率,导致图像信号扭曲、控制信号无效等。布线系统本身的电磁辐射会使所传输的数据被无关人员窃取,导致泄密等安全问题。如果在综合布线系统中多个系统共存,会导致各个系统之间的干扰,形成电磁污染。

非屏蔽电缆是电磁干扰的主要发生器和接收器。因为它会向空中发射无线电波,同时也会接收其他电缆发射的无线电波,从而形成干扰。为了防止这类电磁干扰的影响,在综合布线系统的工程中通常的做法是采用具有抗干扰的布线器材、使用屏蔽线缆和选择布线环境。

1. 选择抗干扰的器材

在综合布线系统中使用具有抗干扰的金属桥架、金属线槽和金属管分别对敏感的线缆进行封装。所使用的电子设备采用金属材料的箱体、盒体、柜体等结构,并将其良好接地。使各个子系统形成独立的通信环境,提高其抗干扰和防辐射的能力。

2. 使用屏蔽线缆

在特定的通信环境下,采用具有屏蔽性能的线缆。屏蔽线缆都会在线缆芯线的外层使用金属箔、金属网对芯线进行包裹,形成屏蔽层。在布线时将屏蔽层进行接地处理。这样线缆的屏蔽层不仅能隔离线缆本身的电磁辐射,同时还会阻挡外部线缆对该线缆的干扰。

3. 选择良好的布线环境

在布线时应优选布线路由,尽量使线缆远离干扰源。

6.8.2 其他因素对综合布线系统的影响

对综合布线系统形成影响的其他因素有诸如温度、湿度、外力等。

1. 温度变化的影响

线缆的通信带宽和衰减受温度变化影响很大,温度每升高 10℃,线缆的信号传输距离就减少 4%。或者说,在 20℃环境下,信号能传输 100m,而在 40℃环境下同样频率的信号只能传输 92 米。因此在布线时必须充分考虑这一因素。因为在地球的不同区域温度特性不同；在一年中四季的变化，导致冬季温度低而夏季温度高；有时在一天中，晚上温度低而白天温度高。所以在布线时必须考虑线缆的温度特性，来建立通信网络系统的链路。也就是确立在温度最高环境下，确保通信线路的可靠性。

2. 其他因素的影响

在综合布线施工中，湿度会增加双绞线电缆的电容抗，是阻抗降低并产生近端串扰；严重时导致线缆遭受腐蚀，使绝缘材料发生变化，导致线缆短路、断路等情况发生。

阳光直射会导致线缆老化率增加，减少使用寿命。所以在室外布线时尽量将线缆布放在不被阳光直接照射的地方。如果无法避开阳光直射，可选择黑色聚乙烯或 PVC 外皮的线缆；或使用线槽或管道敷设线缆路由加以对线缆的保护。

在架空布设线缆的环境中，应合理确定挂钩间距，使线缆不要下垂的太多，避免下垂电缆自身的重量导致线缆受损。

思考与练习题

1. 综合布线系统工程施工前应做哪些准备工作？
2. 综合布线系统工程施工的要点有哪些？
3. 试分别按照 ANSI/TIA/EIA 568-A 与 ANSI/TIA/EIA 568-B 标准制作 RJ-45 水晶头。
4. 试分别按照 ANSI/TIA/EIA 568-A 与 ANSI/TIA/EIA 568-B 标准压接信息模块。
5. 双绞线与 RJ-45 连接时应注意的要点有哪些？
6. 压接信息模块时应注意哪些要点？
7. 信息插座的安装有哪几种方式？各有什么要求？
8. 试分别画出 ANSI/TIA/EIA 568-A 和 ANSI/TIA/EIA 568-B 线序方式。
9. 水平配线子系统布线时有什么要求，有哪些布线方式？
10. 垂直干线子系统有哪些布线方式？
11. 试简述配线架、面板和模块的作用。
12. 机柜中"1U"代表什么含义？安装机柜时应注意哪些细节？
13. 简述综合布线系统的防护措施。

第7章 综合布线系统工程测试

为了提高布线工程的施工质量，确保系统的正常运行，综合布线系统的施工必须严格执行有关标准、规范的规定。布线系统测试是综合布线系统工程最终得以顺利交付使用的保证。如何对布线系统进行正确的、合理的、标准化的测试是综合布线系统工程中重要而关键的工作之一。本章在阐述综合布线系统测试相关标准与测试相关技术的基础上，重点讨论测试参数定义、测试仪的使用、布线系统的故障分析与定位等内容。

7.1 测 试 概 述

布线系统的测试是一项技术性很强的工作，它不但可以作为布线工程验收的依据，同时也给工程业主一份质量信心。通过科学、有效的测试，还能使工程技术人员及时发现布线故障、分析处理问题，由于综合布线系统是一个系统工程，需要分析、设计、施工、测试、验收、维护各环节都遵守标准，才能获得全面的质量保障。标准是基础。本节在介绍布线系统测试内容的基础上，重点讨论布线系统测试标准的建立。

7.1.1 测试内容

测试内容主要包括以下几项。
（1）工作间到管理间的连通情况；
（2）管理间到设备间的连通情况；
（3）跳线测试；
（4）信息传输速率、衰减、距离、接线图、近端串扰等。

7.1.2 测试的类型

布线系统的测试可分为验证测试（Micro Scanner）、鉴定测试（Cable IQ）和认证测试（DTX）三大类。这三类测试均是对综合布线工程所布的线缆进行测试，只是所测试的项目和测试的侧重点不同。

1. 验证性测试

验证测试是测试电缆的通断、长度以及双绞电缆的接头连接是否正确等进行的一般性测试。验证测试并不测试电缆的电气指标，所以不表示被测线缆以至整个布线工程符合标准。

有时也将此类测试称为初步测试，通常由施工方自己进行测试，不能作为验收依据。

2. 鉴定性测试

鉴定测试是在验证测试的基础上，又增加了故障诊断测试和多种类别的电缆测试。主要用于对综合布线系统工程的测试，它需要权威部门的工作，是工程验收的重要依据。

3. 认证测试

认证测试是根据国际上某种综合布线线缆测试标准来进行测试的。它包括了验证测试的全部内容及标准，测试电缆的指标主要有衰减、特征阻抗等。只有通过了认证测试才能保证所安装的线缆可以支持或达到某种相应的技术等级。特别是对于线缆中的串扰必须进行测试，因为串扰的发生是将原来的两对线分别拆开后又重新组成新的绕对形成的，它的连通性很好，用万用表测不出来。只有使用专门的电缆测试仪才能检查出来。串扰故障不易发现是因为当网络低速运行或低流量是表现不明显，而当网络繁忙或高速运行时其影响极大。故对于网络用户和网络安装公司或电缆安装公司都应对安装的电缆进行测试，

认证测试即验收测试，是在工程验收时对布线系统的链路连接性能、电气特性以及施工质量的全面检验，是评价综合布线工程质量的科学手段。通常将链路的认证测试分为连接性能测试与电气性能测试两部分。

（1）连接性能测试

连接性能测试确认链路的安装是否符合标准，即测试线缆是否存在物理连接错误，链路的安装是否准确，是否符合标准，是否有接线开路、短路、反接、错对、缠绕等现象。

（2）电气性能测试

电气性能测试主要是检查布线系统中链路的电气性能指标是否符合标准，如衰减、特征阻抗、电阻、近端串扰、串扰衰减比等参数。对于图像传输介质（同轴电缆以及有关的信息端口）的性能测试，采用场强仪、信号发生器等设备，对各图像信息的信号电平进行测试。

认证测试要以测试标准（ANSI/TIA/EIA 568-A、ANSI/TIA/EIA 568-B、ANSI/TIA/EIA TSB 67）为基础，对布线系统的物理性能和电气性能进行严格测试。

值得注意的是，根据工业布线标准的定义，信道不包括与用户电缆相接的连接插头，因此，要特别指出信道的起点和终点位置。认证测试往往是在布线工程全部竣工之后，甲乙双方共同参与由第三方进行的验收性测试，并出具可供认证的测试报告。

7.1.3　测试有关标准与测试项目

布线系统的测试与布线系统的标准紧密相关。近几年来由于有高速网络这样的应用需求在推动着布线系统性能的提高，导致了制订新布线标准的加快。布线系统的测试标准随着计算机网络技术的发展而不断变化。

1. 测试标准

国际上先后使用过的标准有：现场测试标准（ANSI/TIA/EIA TSB-67）、现场测试标准（ANSI/TIA/EIA TSB-95）、超 5 类线缆的千兆位网络测试标准（ANSI/TIA/EIA 568-A-5-2000）等。

2. 测试项目

对于不同级别的布线系统，测试模型、测试内容、测试方式和性能指标是不一样的。

（1）电缆布线系统的测试项目

按照 TSB-67 标准要求，对于 5 类布线系统，在验证测试指标中有接线图、链路长度、衰减、近端串扰等 4 个性能指标。ISO 要求增加一项指标，即衰减串扰比（ACR）。对于 5e 类标准，性能指标的数量没有发生变化，只是在指标要求的严格程度上比 TSB-95 高了许多；而到 6 类之后，这个标准已经面向 1000Base-TX 的应用，所以又增加了很多参数，如综合近端串扰、综合等效远端串扰、回波损耗、时延偏差等。这样，包括增补后的测试参数有：接线图、布线链路及信道长度、近端串扰、综合近端串扰、衰减、衰减对串扰比、远端串扰及等电平远端串扰、传播时延、时延偏差、结构回波损耗、插入损耗、带宽、直流环路电阻等。

（2）光纤链路测试项目

对于使用光纤链路的综合布线系统，在施工前进行器材检验时，一般检查光纤的连通性，必要时宜采用光纤损耗测试仪（稳定光源和光功率计组合）对光纤链路的插入损耗和光纤长度进行测试。

对光纤链路（包括光纤、连接器件和熔接点）的衰减进行测试，同时测试光跳线的衰减值，并测试光纤链路的插入损耗。

7.2　布线系统的现场测试

在布线系统的现场测试项目与性能指标参数问题上，要注意测试项目与指标参数是随链路类别不同而变化的。

通常，若布线数量低于 500 条，那么可以使用传统方法，对每条链路（缆线）的布线参数、连接情况等是否符合 EIA/TIA 606 标准，用手工方式填写各种表格，进行简单管理。这种管理虽然成本低，但数据粗糙，只能适用管理小型网络系统。

目前，采用测试仪器配合专业软件来实现计算机网络物理层的测试，已成为综合布线管理的主流。凡是具有对综合布线系统进行认证资格的各种测试仪器，一般都具有将所测试结果上传到 PC，再配合使用相应的软件，就可以实现综合布线电缆链路测试的计算机化。

7.2.1　UTP 电缆的测试

1. 5 类及超 5 类双绞线测试

对于 5 类及超 5 类双绞线，其现场鉴定测试的测试项目主要有接线图、布线链路及信道长度、近端串扰（NEXT）和衰减 4 项。

（1）接线图

接线图（Wire Map）是确认链路的连接，用来测试布线链路有无终接错误，测试的接线图能显示出所测每条 8 芯电缆与配线模块接线端子的实际连接状态。它主要测试水平电缆终接在工作区或管理间配线设备的 8 位模块式通用插座的安装连接正确或错误情况。正确的线对组合为：1/2、3/6、4/5、7/8，分为非屏蔽和屏蔽两类。对于非 RJ-45 的连接方式按相关规定要求列出结果。此外，接线图测试要确认链路电缆中线对是否正确，判断是否有开路、短路、反向、交错和串对等情况。

保持线对正确绞接是非常重要的。标准规定正确的连线图要求端到端相应的针连接是：1 对 1、2 对 2、3 对 3、4 对 4、5 对 5、6 对 6、7 对 7、8 对 8，如果接错，便有开路、短路、反向、交错和串对等情况出现。应特别注意，分叉线对是经常出现的接线故障，使用简单的通断仪器常常不能准确地查出。测试时会显示连接正确，但这种连接会产生极高的串扰，使数据传输产生错误。

（2）布线链路及信道长度

布线链路及信道长度是指连接电缆的物理长度，常用电子长度测量来估算。所谓"电子长度测量"是应用时域反射法（Time Domain Reflectometry，TDR）的测试技术，基于传播时延和电缆的额定传输速率（NVP）而实现。

时域反射计（TDR）的工作原理是，测试仪从铜线缆一端发出一个脉冲波，在脉冲波行进时如果碰到阻抗变化，如开路、短路或不正常接线时，就会将部分或全部脉冲波能量反射回测试仪。依据来回脉冲波的延迟时间及已知信号在铜线缆传播的额定传播速率（NVP），测试仪就可以计算出脉冲波发送端到接收端的长度。

若将电信号在电缆中传输速度与光在真空中传输速度的比值定义为额定传播速率，用 NVP 表示，则有：

$$NVP = 2l/tc$$

式中，l 是电缆长度；T 是信号传送与接收之间的时间差；c 是真空状态下的光速（3×10^8m/s）。一般典型的非屏蔽双绞电缆的 NVP 值为 62%～72%，则电缆长度为：

$$l = NVP \times tc/2$$

显然，测量的链路长度是否精确取决于 NVP 的值，因此，应该用一个已知的长度数据（必须在 15m 以上）来校正测试仪的 NVP 值。因此，在处理 NVP 时存在不确定性，一般会导致至少 10%左右的误差。考虑电缆厂商所规定的 NVP 值的最大误差和长度测量的时域反射（TDR）误差，测量长度的误差极限如下。

信道：100m + 10% × 100m = 110m

永久链路：90m + 10% × 90m = 99m

即线缆如果按信道模型测试，那么理论上最大长度不超过 100m，但实际测试长度可达 110m，如果是按永久链路模型测试，那么理论规定最大长度不超过 90m，而实际测试长度最大可达到 99m。故在布线时必须考虑这些因素的影响，将实际长度控制在规定的范围之内。

（3）衰减

衰减（Attenuation）是指信号在一定长度的线览中的损耗。衰减测试是对电缆和链路连接硬件中信号损耗的度量。衰减随线缆的长度和信号频率而变化，长度增加时，衰减急剧增加；当信号频率发生变化时，其衰减也在变化，温度变化时，其衰减也跟着变化。所以应在所进行施工的季节中，选定某个温度在整个应用范围的频率点上进行测量。例如，对于 5 类非屏蔽双绞电缆，选定 25℃测试频率范围是 1～100MHz。测量衰减时，值越小越好。温度对某些电缆的衰减也会产生影响，一般说来随着温度的增加，电缆的衰减也增加。这就是标准中规定温度为 20℃的原因。要注意，衰减在特定线缆、特定频率下的要求有所不同。具体说，每增加 1℃对于 3 类电缆衰减增加 1.5%、5 类电缆衰减增加 0.4%；当电缆安装在金属管道内时，每增加 1℃链路的衰减增加 2%～3%。现场测试设备应测量出安装的每一对线衰减的最严重情况，并且通过将衰减最大值与衰减允许值比较后，给出合格（PASS）与不合格（FAIL）的结论。具体规则是：

① 如果合格，则给出处于可用频宽内的最大衰减值。

② 如果不合格，则给出不合格时的衰减值、测试允许值及所在点的频率。

③ 如果测量结果接近测试极限，而测试仪不能确定是 PASS 或 FAIL 时，则将此结果用"PASS*"标识。

④ PASS/FAIL 的测试极限是按链路的最大允许长度（信道链路是 100m，永久链路是 90m）设定的，不是按长度分摊的。若测量出的值大于链路实际长度的预定极限，则在报告中前者将加星号，以示警戒。

（4）近端串扰

近端串扰（NEXT）损耗是指测量在一条 UTP 电缆中从一对线到另一对线的信号耦合造成有用信号损失的程度，是传送信号与接收信号同时进行时产生的干扰信号。对于 UTP 电缆而言这是一个关键的性能指标，也是最难精确测量的一个指标，尤其是随着信号频率的增加，其测量难度增大。TSB-67 定义 5 类 UTP 电缆链路必须在 1～100MHz 的频率范围内测试。其测量点的设定是：在 1～31.15MHz 范围内，每隔 150kHz 设立一个测量点；在 31.25～100MHz 范围内，每隔 250kHz 设立一个测量点。

在一条 UTP 电缆上的 NFXT 损耗测试需要在每一对线之间进行，并有 6 对线对组合关系。也就是说，对于典型的 4 对线 UTP 电缆，需要测试 6 次 NEXT。

串扰分近端串扰与远端串扰（FEXT），由于 FEXT 的量值影响较小，因此测试仪主要是测量 NEXT。NEXT 并不表示在近端点产生的串扰值，它只表示在近端点所测量的串扰数值。这个量值会随电缆长度的变化而变化，同时发送端的信号也会衰减，对其他线对的串扰值也相对变小。

实验证明，在 40m 内测量得到的 NEXT 值是较为真实的，如果另一端是大于 40m 的信息插座，它会产生一定程度的串扰，但测试仪可能无法测量到这一串扰值。基于这个原因，对 NEXT 的测量最好在两端都进行。目前，大多数测试仪都能够在一端同时进行两端的 NEXT 测量。

2．6 类双绞线缆测试

6 类双绞线的测试指标除了上述的指标以外，还增加了衰减对串扰比、结构回波损耗、特征阻抗、直流环路电阻、综合远端串扰等。

（1）衰减对串扰比

衰减对串扰比（ACR）是同一频率下近端串扰和衰减的差值，用公式表示可表示为：

$$ACR = 衰减的信号 - 近端串扰噪声$$

它是系统信号噪声比（SNR）的衡量标准，是决定网络正常运行的一个因素。在信道上，ACR 的值越大，SNR 越好，网络性能越好。

（2）结构回波损耗

它是衡量线缆阻抗一致性的标准，阻抗的变化引起反射、噪音的形成，它是一部分信号的能量被反射到发送端形成的。同时它是测量能量变化的标准，由于线缆结构变化而导致阻抗变化，使得信号的能量发生变化。标准要求在 100MHz 时，其值在 16dB 以下。

（3）特征阻抗

特征阻抗是线缆对通过的信号的阻碍能力。它受直流电阻、电容和电感的影响，要求在整条电缆中保持一个常数值。通常有 100Ω、120Ω 和 150Ω 几种。

（4）直流环路电阻

直流环路电阻会消耗一部分信号能量并转换成热量，它是指一对电线电阻的和。ISO11801标准规定其值不得大于 19.2Ω，每对线之间的差异不能太大（小于 0.1Ω）。

（5）综合远端串扰

这一指标正在制定过程中，许多公司推出了自己的指标，但还没有被标准化组织认可。

综上所述，综合布线系统的质量将直接影响将来网络的"健康"。众所周知，综合布线是一项"隐蔽"工程，若出现差错将会带来无法挽回的巨大损失。因此，综合布线工程竣工后，一定要经过严格的布线系统测试，以确保布线系统长期安全可靠运行。

3．一条电缆（UTP）的认证测试报告

对于综合布线系统的每一条 UTP 布线链路，都应该向用户提供一个测试报告，以表明布线电缆是否合格。通常，UTP 电缆测试报告由接线图、特征阻抗、电缆长度、时延、衰减、近端串扰、远端串扰等参数组成。报告内容包括了被测试的布线链路、测试地点、测试人、结论、日期及时间、标准、电缆类型、依据标准版本、软件版本、测试仪器、电缆平均温度及测试结果，如表 7.1 所示。

表 7.1　　　　　　　　一条 UTP 布线链路测试通过的认证测试报告

接线图	RJ-45　　PIN: 1 2 3 4 5 6 7 8 RJ-45　　PIN: 1 2 3 4 5 6 7 8					
线对	1，2	3，6	4，5	7，8		
特征阻抗	106	108	109	110		
极限（Ω）	80～120	80～120	80～120	80～120		
结果	PASS	PASS	PASS	PASS		
电缆长度	23.6	23.2	23.2	23.0		
极限（m）	100	100	100	100		
结果	PASS	PASS	PASS	PASS		
合适延迟(ns)	115	112	113	112		
阻抗（Ω）	5.1	6.3	7.7	6.4		
衰减（dB）	5.0	5.5	5.3	5.0		
极限（dB）	24.0	24.0	23.9	24.0		
安全系数(dB)	19.0	18.6	18.5	18.9		
安全系数(%)	79.2	77.5	77.4	78.8		
频率（MHz）	100.0	100.0	100.0	100.0		
结果	PASS	PASS	PASS	PASS		
线对组	1，2-3，6	1，2-4，5	1，2-7，8	3，6-4，5	3，6-7，8	4，5-7，8
近端串扰(dB)	45.0	43.4	50.6	39.0	55.0	46.3
极限（dB）	32.0	29.1	37.1	31.8	39.5	31.1
安全系数(dB)	13.0	14.4	13.6	7.3	15.6	15.4
频率（MHz）	52.5	76.7	26.2	53.8	18.8	58.4
结果	PASS	PASS	PASS	PASS	PASS	PASS

续表

接线图	RJ-45 PIN: 1 2 3 4 5 6 7 8					
	RJ-45 PIN: 1 2 3 4 5 6 7 8					
远端串扰(dB)	41.7	51.5	47.3	38.8	56.1	47.2
极限（dB）	27.4	35.9	30.8	31.8	40.7	31.2
安全系数(dB)	14.2	15.6	16.3	6.8	15.2	16.1
频率（MHz）	96.7	30.6	61.4	53.3	16.0	58.2
结果	PASS	PASS	PASS	PASS	PASS	PASS
测试地点	测试人	日期及时间	电缆类型	测试仪器	平均温度	测试结果
太原某校园	陈功、李杰	2009.5.4:10	双绞线	DSP-4000	20.3℃	合格

从测试报告中可以看出，各个项目对应的结果都是通过（PASS），说明该条电缆布设是成功的，可以作为验收的依据。但如果在测试项目中出现 FAIL 项时，表示布线有问题，必须找出问题之所在。

4. 双绞线测试错误的解决方法

对双绞线进行测试时，可能产生的问题有：近端串扰未通过、衰减未通过、接线图未通过或长度未通过等几种情况。对于每一种情况，要分别进行对待并进行相应的处理，最后使其达到要求。

（1）近端串扰未通过

原因可能有以下几点。

① 近端连接点有问题；

② 远端连接点不正确；

③ 串对；

④ 外部噪声；

⑤ 链路线缆和接插件性能不一致或非同一型号；

⑥ 线缆的端接质量问题。

（2）衰减未通过

可能的原因：

① 长度过长；

② 温度过高；

③ 连接点接触不良；

④ 链路线缆与接插件不匹配；

⑤ 线缆的端接质量。

（3）接线图未通过

可能的原因：

① 两端的接点有断路、短路、交叉、破裂开路。

② 跨接错误（某些网络需要发送端和接收端跨接，测试时由于设备线路的跨接，测试接线图出现交叉）。

（4）长度未通过

可能的原因：

① 实际长度过长；

② 线路开路或短路；

③ 设备连接线或跨接线的总长度过长。

（5）测试仪器问题

对于任何测试仪，在使用前必须按照说明书进行相应的校准。没有校准的仪器设备在进行测试时会带来意想不到的后果。这一点必须引起施工方、用户和测试第三方的高度注意。否则会给综合布线系统的验收工作带来麻烦。

7.2.2 光纤链路性能测试

在光纤的应用中，光纤本身的种类很多，但光纤及其系统的基本测试方法大体上是一样的，所使用的设备也基本上相同，对光纤或光纤系统，其基本的测试内容有：连续性和衰减/损耗，测量光纤的输入和输出功率，分析光纤的衰减/损耗，确定光纤连续性和发生光损耗的部位等。

由于在光缆布线系统的施工过程中涉及光缆的敷设、光缆的弯曲半径、光纤的接续、光纤跳线，由于综合布线系统设计方法及物理布线结构的不同，会导致光纤信道上光信号的传输衰减等指标发生变化。因此，需要对光缆信道、光纤链路进行认真的测试。

1. 光纤链路的测试内容

对于光纤链路基本的测试内容主要为光纤链路的光学连通性，必要时宜采用光纤损耗测试仪（稳定光源和光功率计组合）对光纤链路的插入损耗（即光功率及光功率损失）和光纤长度进行测试。

（1）光纤链路的光学连通性测试

光纤链路的光学连通性表示光纤通信系统传输光功率的能力。进行光纤链路的连通性测试时，通常是在光纤通信系统的一端连接光源，把红色激光、发光二极管或者其他可见光注入光纤；在另一端连接光功率计并监视光的输出，通过检测到的输出光功率确定光纤通信系统的光学连通性。如果在光纤中有断裂或其他的不连续点，光纤输出端的光功率就会减少或者根本没有光输出。当输出端测到的光功率与输入端实际输入的光功率的比值小于一定的数值时，则以为这条链路光学不连通。光功率计和光源是进行光纤传输特性测量的基础设备。

（2）光功率的测试

对光纤布线工程最基本的测试是在 EIA 的 FOTP-95 标准中定义的光功率测试，它确定了通过光纤传输信号的强度，是光功率损失测试的基础。测试时把光功率计放在光纤的一端，把光源放在光纤的另一端。

（3）光功率损失测试

光功率损失这一通用于光纤领域的术语代表了光纤链路的衰减。它表明了光纤链路对光能的传输损耗（传导特性），对光纤质量的评定和确定光纤通信系统的中继距离起到决定性的作用。光信号在光纤中传播时，平均光功率沿光纤长度方向成指数规律减少。在一根光纤中，从发送端到接收端之间存在的衰减越大，两者之间可能传输的最大距离就越短。衰减对所有种类的布线系统在传输速度和传输距离上都产生负面影响。由于在光纤传输中不存在串扰、EMI、RFI 等问题，所以光纤传输对衰减的反应特别敏感。

光功率损失测试的方法类似于光功率测试，只不过是使用一个标有刻度的光源产生信号，使用一个光功率计来测量实际到达光纤另一端的信号强度。光源和光功率计组合后称为光损失测试器（OLTS）。

对于配线子系统光纤链路的测量仅需在一个波长上进行测试。这是因为由于光纤长度短（小于 90m），因波长变化而引起的衰减是不明显的，衰减测试结果小于 2.0dB。对于干线光纤链路应以两个操作波长进行测试，即多模干线光纤链路使用 850nm 和 1300nm 波长进行测试，单模干线光纤链路使用 1310nm 和 1550nm 波长进行测量。1550nm 的测试能确定光纤是否支持波分复用，还能发现在 1310nm 测试中不能发现的由微小的弯曲所导致的损失。

2. 光纤链路测试的基本要求

尽管光纤种类很多，但光纤及其布线系统的基本测试方法基本上都是相同的，所使用的测试仪器也通用（测试仪要配有多模 LED、单模激光等光源）。

（1）光纤链路测试标准及要求

光纤测试仪器的选择必须满足所用光纤布线系统的测试标准及精度。

① 对多模光纤布线的现场测试工具必须满足标准 ANSI/TIA/EIA-526-14A 的要求。

② 光源必须满足标准 ANSI/TIA/EIA 455-50 B 的要求，测试波长为 1300nm 和 850nm。

③ 对多模光纤，测试工具可以用现场测试工具，也可以通过标准 ANSI/TIA/EIA 568-B.1 所述方式测试。

④ 对单模光纤布线的现场测试工具必须满足标准 ANSI/EIA/TIA-526-7 的要求。

（2）光纤链路的分类测试

通常光纤布线链路的测试包括水平和干线两种。典型的水平连接段是从位于工作区的信息插座/连接器到管理间。对于水平连接段来说。在一个波长（850nm 或 1300nm）上进行测试就足够了；对于干线连接段来说，通常采用光时域反射计（OTDR）或其他光纤测试仪进行测试。建议无论是单模（SM）还是多模（MM）光纤，都要在两个波长（SM 在 1310nm/1550nm，MM 在 850nm/1300nm）上进行测试，这样可以综合考虑在不同波长上的衰减情况。

（3）光纤链路测试的注意事项

进行光纤的各种参数测试之前，必须使光纤与测试仪器之间的连接良好，否则将会影响光纤布线系统的测试结果。目前，有各种各样的接头可用，但如果选用的接头不合适，就会造成损耗，或者造成光学反射。在光纤的应用中绝大多数的光纤布线系统都采用标准类型的光纤、发射器和接收器。这样就可以大大地减少测量中的不确定性，提高可靠性和重复性。

在光纤链路的测试中要注意：

① 对光纤信道进行连通性、端-端损耗、收发功率和反射损耗 4 种测试。要严格区分单模光纤和多模光纤的基本性能指标、基本测试标准和测试仪器或测试附件。

② 测试仪器精确度。为了保证测试仪器的精度，应选用动态范围大的，通常为 60dB 或更高的测试仪器。在这一动态范围内功率测量的精确度通常被称为动态精确度或线性精度。

③ 测量仪器校准。为使测量结果更准确，测试前应对所有的光连接器件进行清洗，并将测试接收器校准至零位。值得注意的是，即使是经过了校准的功率计也有大约±5%（0.2dB）的不确定性，测量时所使用的光源与校准时所用的光谱必须一致；其次，要确保光纤中的光有效地耦合到功率计中，最好是在测试中采用发射电缆和接收电缆（电缆损耗低于0.5dB）；最后还必须使全部光都照射到检测器的接收面上，又不使检测器过载。

3. 长度和衰减测量

长度测量是由光缆测试适配器在被测光纤里发送光脉冲信号，脉冲返回到发射点所用的时间也叫做传播延迟，这种测试长度方法在于简便（不用设置光标，不需要跳线）和精确，特别是长度较短时（无死区）。

每种光缆测试适配器的发送端口均包括两种波长的光源，允许同时在两种波长进行功率和衰减的测试。双波长测试时自动执行，不需要改变适配器和切换波长，并且参考值的设置也很容易。

4. 通过/失败分析

主机与光缆测试适配器配合使用，可立即提供每根光纤是否合格的表示，并将长度和衰减结果自动与选定的标准进行比较。测试结果和标准之间的余量（或净值）也会表示出来（测试系统内置的标准库预置了多种标准，包括最普遍的标准如 ANSI/EIA/TIA 568、ISO11801、10Base-X 和 1000Base-SX 等。

5. 测试报告与管理

对所有光纤链路测试结果应有记录，记录在管理系统中并纳入文档管理。OF-500-01 型 OptiFiber 光缆认证（OTDR）分析仪、DSP-FTA 4X0 系列光缆测试适配器与 DSP-4300 配合均可将测试结果存储在测试仪或 SD 存储卡中。通过使用电缆管理软件，并可以将所存储的所有光纤链路的测试结果进行管理，并打印出测试报告。

6. 常见光缆线路故障及其检测

由于光纤传输容量和传输速率越来越大，光纤产品的应用越来越广，作为通信网络基础设施的光缆线路的安全性，对整个通信网络至关重要。因此，探究光纤故障产生的原因，积极做好光缆线路的防护，及时准确查找故障点并组织抢修，是保证通信网络中信息传输安全、稳定、可靠的重要工作之一。

（1）光缆线路故障原因分析

① 接头

由于光纤接续处完全失去了原有光缆结构对其强有力的保护，仅靠接续盒进行补充保护，因此易发生故障。如接续质量较差或接续盒内进水，也会对光纤的使用寿命和接头损耗造成影响。

② 外力

光缆线路大多敷设在野外，直埋光缆埋设深度要求是 1.2m，因此机械施工、鼠咬、农业活动、人为破坏等会对光缆线路构成威胁。据资料统计显示，除接续故障外，外力造成的故障占90%以上。

③　绝缘不良

光缆绝缘不良将导致光缆、接续盒在受潮或渗水后，因腐蚀、静态疲劳而使光缆强度降低甚至断裂，并且过渡金属离子等也会使吸收损耗增大、涂覆层剥离强度降低。此外，光缆对地绝缘不良，也将使光缆的防雷、防蚀、防强电能力降低。

④　雷电

光纤虽然可免受电流冲击，但光缆的铠装元件都是金属导体，当电力线接近短路和雷击金属件时会感应出交流电浪涌电流，可能会引起线路设备受损。

⑤　强电

当光缆与高压电缆悬挂在同一铁塔并处于高压电场环境中时，会对光缆产生电腐蚀。

（2）光缆线路的防护

光缆线路防护工作的基本任务是：保持光缆完整，传输性能良好；一旦发生故障，应能及时快速排除。

①　日常技术维护

日常维护是光缆防护的基础工作，包括根据质量标准，定期按计划维护，使光缆处于良好状态，并掌握好维护工作的主要项目和周期。加大护线宣传力度，多方位、深层次地进行宣传教育，使人们都清楚地意识到护线的重要性，并将保护光缆作为一种自觉自愿行为。

光缆线路的技术维护主要是对光缆进行定期测试，包括光缆线路的性能测试和金属外护套对地绝缘测试。

②　光缆线路的防雷

光缆加强芯和金属铠装层，容易受雷电影响。光缆的防雷首先应注重光缆线路的防雷，其次要防止光缆将雷电引入机房。光缆线路可采取以下防雷措施。

● 采取外加防雷措施，如布防雷线（排流线）。

● 当光缆与建筑物等其他物体较近时，可采用消弧线保护光缆。为防止光缆把雷电引入机房，用横截面积为 $25\sim35\text{mm}^2$ 的多股铜线将光缆加强芯接地，并做好加强芯与设备机架和数字式配线架（DDF）机架的绝缘。

③　光缆线路的防蚀

直埋式长途光缆线路，由于所经地方的地理环境易受周围介质的电化学作用，使金属护套及金属防潮层发生腐蚀而影响光缆的使用寿命。对光缆线路一般应采用以下防蚀措施。

● 改进金属护套及金属防潮层的结构和材料，采用防水性能良好的防蚀覆盖层。

● 采用新型的防蚀管道。

④　技术防护

有铜线的光缆线路，其防护强电影响的措施与电缆通信线路基本相同。对只有金属加强芯而无铜线的光缆线路，一般应采取以下防护措施。

● 在光缆的接头上，两端光缆的金属加强件、金属护套不做电气通连，以缩短电磁感应电动势的积累段长度，减少强电的影响。

● 在交流电和铁路附近进行光缆施工或检修作业时，应将光缆中的金属加强件做临时接地，以保证人身安全。

● 在发电厂、变电站附近，不要将光缆的金属加强件接地，以避免将高电位引入光缆。

● 当光缆经过高压电场环境时，应合理选择光缆护套材料，以防电腐蚀。

（3）光缆线路故障检测

光缆线路一旦发生故障，最直接和最主要的表现就是整个线路损耗增大。通过测量光纤线路衰减，可判断故障点及故障性质。

目前在实际工程施工维护中，一般多采用后向散射法来测量光纤损耗。首先将大功率的窄脉冲注入被测光纤，然后在同一端检测光纤后向散射光功率。由于光纤的主要散射是瑞利散射，因此测量光纤后向瑞利散射光功率就可以获得光沿光纤的衰减和其他信息，通常采用光时域反射计（OTDR）进行测量。OTDR 采用取样积分仪和光脉冲激励原理，对光纤中传输的光信号进行取样分析，可以判断出光纤的接续点和损耗变化点。OTDR 是目前光纤测量中最常用的一种仪表。

① OTDR 的参数设置

使用 OTDR 时，应注意以下参数的设置。

● 脉冲宽度。脉冲宽度是每次取样中激光器打开的时间长度，其数值由选定的激光器决定。脉冲宽度也取决于当前最大测量距离的设定，通常这两个参数相互关联。窄脉冲可测试较短的光纤，测试精度高；宽脉冲可以低分辨率测试较长的光纤。

● 最大范围。最大范围是指 OTDR 所能测试的最大距离，其设定值至少应与被测光纤一样长，通常应为被测光纤长度的 1.5 倍以上。

● 平均化次数（时间）。较高的平均化次数会产生较好的信噪比，但所需时间较长，而较低的平均化次数会缩短平均化时间，噪声也更多。

● 折射率。折射率的设定与光纤纤芯的折射率一致，否则将引起测量距离的误差。测量时的折射率设定值应由光纤制造厂家提供。

② OTDR 使用注意事项

利用 OTDR 进行故障精确定位时，测试精度与操作人员对线路熟悉程度及 OTDR 操作熟练程度有很大关系。一般应注意以下几个方面。

● 距离的精确定位。如测某点至测试仪表的距离，只需将任意一个光标精确定位后便可读出距离值；如测定整个曲线内某一段的长度，则两个光标都应正确定位，以两光标之间的距离为准；如确定一个非反射性接头的位置时，应将光标定位于曲线斜率改变处；对于脉冲反射处的正确定位，幅度大于 3dB 的未削波脉冲反射，可将光标调到反射波前沿比峰值低 1.5dB 的位置，幅度小于或等于 3dB 的未削波脉冲反射，可将光标调至其前沿峰值一半以上的位置。无论是非反射或反射接头，在精确定位时都应当将曲线进行尽可能地放大，以便精确检测光纤。

● OTDR 的盲区。光纤的测试盲区分为事件盲区和衰减盲区。在 OTDR 测量中，盲区随脉冲宽度的增加而增加。为提高测试精度，在进行短距离测试时，应采用窄脉冲；长距离测试时，采用宽脉冲，以减少盲区对测量精度的影响。

● 测试中"增益"现象。由于接续的两根光纤具有不同的模场直径或后向散射光功率，当第二根光纤的后向散射光功率高于第一根光纤对，OTDR 波形会显示出第二根光纤有更大的信号电平，接头好像有功率增益。当从另一方向测量同一接头，所显示的损耗将大于实际损耗，所以只能将两个方向的测量结果平均才能得到真实的接续损耗值。

● OTDR 的测试精度。现有的 OTDI 测试，动态范围已不是主要问题，提高测试精度主要是对不同的光缆线路采取不同的设置方法。首先应正确设定被测光纤的折射率、估计长度。其次用宽脉冲粗测光纤长度，当光纤长度基本明确后，调整脉宽和测试量程，使量程为测试长度的 1.5～2 倍，脉宽小于事件盲区，这时的测试精度为最高。

光缆的维护对光网络的可靠运行十分重要。在已开通的光网络中，光缆的维护和监测应该是在不中断通信的前提下进行的。一般采用通过监测空闲光纤的方式来检测在用光纤的状态，更有效的方式是直接监测正在通信的光纤。为了缩短检测及修复时间，美国朗讯公司曾提出了新一代的光纤测试及监控系统，能在 1 秒内发出故障报警，3 分钟内找到故障点，且工作人员可以遥控操作，据称该系统还将开发故障预测及对断纤快速反应的能力。在施工和维护中，如何降低成本，节省劳动力和时间，推广先进的施工方法，完善光缆网络的自动监测维护系统，提高光缆网络的不中断维护水平已是众心所望。

（4）光纤端接面的故障检测

灰尘以及其他的污染是影响光纤链路的主要因素。由于光纤设备的连接器通常密闭安装在前面板或背板上，检测起来比较困难。如果插入一个受污染的连接跳线，在设备内部的接触点也将受到污染并造成信号衰减。千兆位以太网标准规定对光纤链路损耗的余量只有2.38dB，稍微不洁就可以造成严重的影响。

在诊断光缆故障时，通常采用适当的测试工具，例如视频放大镜、OTDR 测试仪等，可以有效地缩短故障诊断时间，从而缩短网络出故障的时间，减少由于网络中断而造成的损失以及由于测试对连接端面造成的新的污染。

此外，OTDR 测试仪也被用来测试连接器，熔接点以及弯曲过度的故障。在很多情况下，也可以将 OTDR 曲线和 OLTS（损耗测试）一道来验证所安装的光缆有无过度弯曲、不良的熔接以及不良连接器。

7.3 测 试 仪 器

测试仪器是综合布线系统测试的重要工具。测试仪器的功能、技术指标、测量等级、权威认证等在综合布线系统测试过程中起着不可替代的作用。布线系统现场认证测试使用的测试仪器在技术上非常复杂，要保证认证测试准确、快捷和测试结果的权威性，就需认真选择适合用户需求的测试仪器。从国内众多综合布线商所采用的测试仪器情况看，较权威的测试仪器是 Fluke 公司生产的网络测试仪系列。

7.3.1　测试仪器的类型

自从各种综合布线系统测试标准颁布实施以来，全球有许多公司生产了各种相关的测试仪，用于测试网络中光纤和电缆的参数，如 Fluke 公司的 DSP-100、DSP-2000、DSP-4000、Micro Scanner Pro；Scope Communication 公司的 Wirescope-155；Wavetek 公司的 Lantek Pro XL等均是广泛使用的电缆测试仪。

综合布线系统工程所涉及的测试仪器有许多类型，其功能和用途也不尽相同。从所测试的对象上可以分为铜缆类测试仪和光纤类测试仪两大类；而铜缆类测试仪又可分为 5 类线缆测试仪和 6 类线缆测试仪等类型；从使用级别上可分为简易测试仪、综合测试仪和认证分析仪等类型；从测试仪的大小上又可分为手持式和台式等类型。

（1）按照测试仪表使用的频率范围分类

若按照测试仪表使用的频率范围，可将其分为通用型测试仪表和宽带链路测试仪表两种类型。

① 通用型测试仪

通用型测试仪主要用于 5 类以下（含 5 类）链路测试，测量单元的最高测量频率极限值不低于 100MHz，在 0～100MHz 测量频率范围内能提供各测试参数的标称值和阈值曲线。

② 宽带链路测试仪

宽带链路测试仪不仅用于 5e 类以上链路的测试，还可用于 6 类缆线及同类别或安装更高类器件（接插部件、跳线、连接插头和插座）的宽带链路测试，链路测试系统最高测量工作频率可扩展至 250MHz。在 0～250MHz 测试频率范围内提供各测试参数的标称值和阈值曲线。

（2）按照测试仪表适用的测试对象分类

若按照测试仪表适用的测试对象分类，可分为电缆测试仪、网络测试仪和光缆测试仪。

① 电缆测试仪

电缆测试仪具有电缆的验证测试和认证测试功能，主要用于检测电缆质量及电缆的安装质量。验证测试包括测试电缆有无开路、断路，UTP 电缆是否正确连接，对串扰、近端串扰故障进行精确定位，同轴电缆终端匹配电阻连接是否正确等基本安装情况测试。认证测试则完成电缆满足 ANSI/TIA/EIA 568-A、ANSI/TIA/EIA TSB-67 等有关标准的测试，并具有存储和打印有关参数的功能。比较典型的产品如 Fluke DSP-100、Fluke DSP-2000 测试仪、Fluke 620 电缆测试仪及 Fluke DSP-4000 系列测试仪等。

Fluke DSP-100 采用数字测试技术，能测试包括 UTP、STP 在内的各种电缆，遵从 ANSI/TIA/EIA、IEEE、ISO 等各种测试标准，测试速度快；能测试阻抗、链路长度、串扰、衰减等多项指标，并能定位故障。

Fluke DSP-2000 测试仪采用数字技术测试电缆。它不仅完全满足 ANSI/TIA/EIA TSB-67 所要求的 II 级精度标准，而且还具有更强的测试和诊断功能。

Fluke DSP-4000 系列测试仪采用先进的数字测试技术，其测试的带宽可以达到 350MHz。它不仅可以支持 5e 类电缆标准，还可以支持 6 类测试标准。

这些电缆测试仪能检测同轴电缆、非屏蔽双绞电缆和光纤等传输介质，一般要求为：

● 测试功能：验证测试和认证测试。

● 测量精度：TSB-67 标准 II 级精度。

● 测试频率：100MHz 以上。

● 测试结果输出方式：屏幕显示和打印。

● 测试电缆种类：3 类、5 类、5e 类、6 类 UTP 电缆以及光纤。

② 网络测试仪

网络测试仪主要用于计算机网络的安装调试、网络监测、维护和故障诊断。网络测试仪具有迅速准确地进行网络利用率、碰撞率等有关参数的统计，网络协议分析、路由分析、流量测试，以及对电缆、网卡、集线器、网桥、路由器等网络设备进行故障诊断，并存储和打印有关参数的功能，比较有代表性的产品如 Fluke 67X LAN 测试仪、Fluke 68X 企业级 LAN 测试仪等。

这些网络测试仪的相关要求是：

● 测试功能：网络监测和故障诊断。

● 测试结果输出方式：屏幕显示和打印。

● 测试网络类型：以太网、令牌环网等。

③ 光纤测试仪

最常用的光纤测试仪器是光功率损耗测试（OLTS）和光时域反射计（OTDR）。此外，也有部分用户使用可视故障定位仪（VFLS）来检测光纤极性、断点以及衰减。例如，配线架上光缆的过紧捆扎等。某些 VFLS 可以产生两个光源，一个稳定一个振荡，来帮助识别微型接口（SFF）的光纤极性。有时 OTDR 也被用来定位连接器、熔接点以及弯曲过度的故障。在很多情况下，用户也可用 OTDR 曲线和 OLTS 一起来保证所安装的光缆没有过度弯曲、不良的熔接等。

有些电缆测试仪也可与光纤测试套件配套使用，如 Fluke DSP-2000 测试仪与 Fluke DSP-FTK 光纤测试套件配套使用，实现光纤的安装测试，并符合 ANSI/TIA/EIA 568-A 关于“多模光纤的安装及光功率损耗的测试”中的有关要求。光缆测试套件通过 RJ-45 适配器与 DSP-2000 连接，可以把测试数据储存至 Fluke DSP-2000，可与测试仪内置的相关测试标准进行比较，得到所测光纤性能是否达标的报告。把 Fluke 提供的测试和认证单模、多模光纤布线系统的光纤测试适配器产品选件，与 Fluke DSP-4000 系列数字式电缆分析仪配合使用，可组成高性能、高效率的光纤测试仪器。

7.3.2　Fluke DSP-4000 系列电缆测试仪

Fluke 公司的 DSP 系列数字式电缆分析仪是目前业界公认的较好的网络电缆测试分析仪器，如图 7.1 所示。由于该仪器采用了 Fluke 数字式电缆测试技术，因而在电缆测试产品中具有较快的测试速度和较高的测试精度。

美国 Fluke 网络公司生产的 DSP-4000 系列测试仪享有各种专利测试技术，已经被用户广泛使用。Fluke DSP-4000 系列测试仪继续保持了测试速度快、精度高等优点。此外，它的故障诊断能力不但非常独特，而且是用户真正需求的功能。Fluke DSP-4000 系列数字式电缆分析仪可提供给用户一套完整的测试、验证电缆

图 7.1　Fluke 电缆测试仪

和光缆，并进行文档备案的方案。同其他 Fluke 公司的网络测试仪一样，DSP-4000 系列数字式电缆测试仪坚固耐用，可以用于恶劣环境的布线工程。

1. Fluke DSP-4300 系列电缆测试仪的特点

Fluke DSP-4000 系列数字式电缆测试仪有 4300、4100、4000PL 以及 4000 4 种型号可供选择。

在 Fluke DSP-4000 系列数字式电缆测试仪中，典型产品是具有 6 类布线系统完整认证测试解决方案的 DSP-4300 电缆测试仪。这种测试仪配置了新型的永久链路适配器，能够彻底解决测试连接线对测试结果的影响，轻松完成信道测试；适配器末端的可更换个性化模块（PM01、PM02 和 PM03）支持 6 类布线标准；方便的电缆 ID 下载功能增加了测试的准确性和效率；系统软件和内置标准的可升级设计能最大限度保护用户的投资和利益。

2. Fluke DSP-4300 电缆测试仪的主要性能指标

Fluke DSP-4300 电缆测试仪主要有如下一些性能。

（1）满足 5 类、5e 类和 6 类线测试所要求的Ⅲ级精度要求，并同时获得 UL 和 ETL SEMKO 的认证（ETL-Electric Testing Laboratories Inc），ETL SEMKO 提供了对产品安全性的检测和认证。

（2）随机提供 6 类信道适配器和一个信道/流量适配器，与 DSP 配合使用可以对网络诊断及故障排除执行流量监测，这是其他任何一种电缆测试仪所不具备的功能。使用它可监测 l0Base-T 和 l00Base-TX 以太网的网络流量，检查和测量脉冲噪声。该适配器也可帮用户识别交换机端口的连接，检测这些连接所支持的标准。以前信道/流量适配器作为一个选件，现在标准的 Fluke DSP-4300 包含了该适配器。

（3）自动诊断电缆故障，时域测量可迅速得到精确的、图形化的故障诊断信息，同时以米（m）或英尺（ft）为单位准确显示故障位置。

（4）在 Fluke DSP-4300 中包含 DSP-LIA101S 永久链路接口适配器。DSP-LIA101S 永久链路接口适配器将 Fluke DSP-4000 系列电缆测试仪的基准精度拓展到测试线的最远端，使双绞电缆布线现场测试符合标准要求，并且获得非常好的测试结果。

（5）扩展的 16MB 主板集成存储卡可存储 300 个测试结果，还可以将测试结果存储在外置的多媒体卡中。

（6）允许将符合 ANSI/TIA/EIA 606 标准的电缆 ID 下载到 Fluke DSP-4300 数字式电缆测试仪中，节省时间同时确保了数据的准确性。

（7）随机提供电缆测试管理软件包。Fluke DSP-4000 系列数字式电缆测试仪包含功能强大的 Link Ware（电缆管理）软件（DSP-CMS），使用它可根据工作地点、用户、建筑物等快速组织、编辑、查看、打印、存储，或对测试结果进行存档；可以将测试结果合并到一个已经存在的数据库中，并根据任一字段或参数对这些数据进行排序、检索以及重组。

Fluke DSP-4000 系列产品的最新升级软件版本 3.9/4.9、数据库版本 5.0 和电缆管理软件（CMS）最新版本 4.8，已随 6 类标准的正式颁布而推出。这次版本的升级，不但提供了 6 类标准的最终极限值，而且还引入了 ISO/IEC 11801 和 EN 50173 标准所描述的 3dB 原则（所有的近端串扰、综合近端串扰、衰减串扰比和综合衰减串扰比的结果在衰减值小于 3dB 的频率范围内均可忽略）；CMS 软件也相应增加、更新了数据库。通过这次升级，Fluke DSP-4000 测试仪将能更好地满是使用要求，其软件界面对于操作者来说也越来越友好。在用户界面中不但增加了主机和远端的电量显示，而且还显示了在这样的电量下测试人员可以完成的测试数目。

7.3.3 光纤测试仪的组合使用

在高速网络日益普及的今天，光缆在多媒体建筑、多媒体小区和校园网中大量应用，准确快捷的测试和认证光缆链路的解决方案已经十分重要。为千兆位以太网而敷设的单模光缆和多模光缆正在快速地增长。这些高速的网络使用各种不同类型的光源作为传输源，这就对光缆的测试和认证提出了新的挑战。

1. 专业方案

OptiFiber 是业内首台集成了适用于局域网光缆布线故障诊断和认证测试平台的光时域反射仪（OTDR）。它不仅功能强大，而且是适用于现场测试的坚固紧凑型测试仪。OptiFiber 的主要特点有：1m 的死区是定位故障的精度；创新的 Channel Map 信道图；自动 OTDR 分析；自动 OTDR 端口质量检查；单键完成损耗/长度认证测试；Fiber lnspector Pro 提供端口洁净度视频图像；支持 Link Ware 电缆测试报告管理软件等。

无论是集成商还是网络用户，也无论是否有光缆测试的经验，现在都可以方便快速地对短距离、多连接的光缆链路进行故障诊断，而且还可以依照 TIA TSB-140 标准中 1 级和 2 级的要求进行认证测试和测试报告存档。然而，OptiFiber 的价格比较昂贵。测试仪器如图 7.2 所示。

图 7.2　optifiber 光纤测试仪及清洁工具

2. 经济方案

Fluke 公司在 DSP-4300 系列电缆测试仪上配套光缆测试适配器的解决方案，是一种较为方便、集成度高的经济方案。这种结构紧凑的适配器可以确保被测试的光缆和网络的传输光源相匹配，可以自动进行双光缆、双波长的测试和认证，它们使 DSP-4300 迅速变成了全功能的网络测试仪。较好地体现了现代光纤测试的技术水平。整个仪器的特点如下。

（1）一个测试仪就可完成铜缆和光缆的测试，认证和文档备案。

（2）自动计算光缆余量并根据标准报告通过/不通过。

（3）自动地在两个波长上同时测量两条光缆。

（4）存储铜缆和光缆的测试结果。

（5）有多种型号光缆测试适配器与不同的光纤类型相对应：DSP-FTA440S/430S/420S 等。

有关具体设备的使用请参考随机说明书的操作指南。

思考与练习题

1．为什么不能用网络的调试来检验电缆的传输性能？

2．什么是电缆的验证测试和认证测试？电缆认证测试的标准或规范有哪些？

3．综合布线系统主要有哪些测试参数？电缆测试中的 NEXT 参数是什么？

4．什么是基本链路？什么是永久链路？什么是信道？

5．简述综合布线系统的测试模型。

6．综合布线系统的测试仪器主要有哪些类型？

7．举例说明市场上常见的综合布线的测试仪器。

8．双绞电缆布线的常见故障有哪些？

9．分析测试近端串扰未通过的可能原因。

10．有哪些标准测试光纤链路？

11．在光纤链路测试中有哪几个主要指标？

12．OTDR 测试技术的特点是什么？

13．简述超 5 类、6 类线测试有关标准。

14．简述双绞线测试错误的解决办法。

第8章 综合布线系统工程验收

综合布线工程验收是综合布线系统工程中最重要的工作之一，当然也是最复杂的工程，因为综合布线工程验收涉及施工方、业主甚至是第三方论证单位。综合布线工程验收是施工方将该工程向业主移交的正式手续，也是业主对整个布线工程的认可（主要是功能和质量方面）。验收依据可参考《综合布线系统工程验收规范》（CB 50312-2007）。综合布线工程验收工作实际上是贯穿于整个施工过程的，从开工之日起就开始进行随工验收，直至工程结束时进行竣工验收。而不只是布线工程竣工后的工程电气性能测试及验收报告。

8.1 综合布线系统工程验收概述

在进行综合布线工程验收时，认证测试实际上是对整个施工过程的最后检验。对于用户来说，要想保证综合布线工程质量，必须经过综合布线系统工程的验收。由于布线施工方与用户所处的角度不同，理想的情况是选择施工方和用户都认可的第三方布线认证测试公司进行认证测试，这对用户和施工方来说也都是公正的。布线认证测试公司不仅能提供专业的认证测试仪器及专业测试人员，而且能提供完整的认证测试文档报告，有利于以后用户对网络的维护管理；但在实际认证测试过程中，由于诸多客观原因，多数由用户与施工方双方进行认证测试，这就要求用户对测试仪的选择、测试模式及测试结果的解释有一定的了解，否则很难保证综合布线工程的质量。

综合布线系统工程验收主要是施工环境、施工器材、设备安装、线路敷设、线缆终接及相关文档等项目进行验收。分为工作质量检查、随工检验和竣工验收等工作。施工质量检查包括环境检查、器材及测试仪表工具检查；随工检验主要是设备安装检验、线缆的敷设和保护方式检验、线缆终接等；竣工验收包括工程电气测试、管理系统验收和工程验收工作。

综合布线系统施工、测试和试运行一段时间后要进行工程验收。一般综合布线系统工程采取三级验收方式。

（1）自检自验。由施工单位自检、自验，发现问题及时改进与完善。

（2）现场验收。由施工单位和建设单位联合验收，并作为工程结算的根据。

（3）鉴定验收。上述两项验收后，施工方提出正式报告作为正式竣工报告，由双方共同呈报上级主管部门或委托专业验收机构进行工程鉴定。

8.1.1 综合布线工程的验收内容

对综合布线系统工程验收是施工方向用户方移交工程的正式手续之一，也是用户对工程的认可。在验收前已经对系统进行了测试。在此基础上的验收可视为竣工验收。综合布线工程的验收分为环境检查、器材验收、设备安装验收、线缆敷设与保护方式验收、检查线缆终接和管理系统验收等几个方面。

1. 环境检查

综合布线系统对环境有较高的要求，在进行工程验收时，要检查环境是否符合综合布线的设计要求，对管理间、设备间、工作区的建筑和环境条件进行检查，检查的内容如下。

（1）管理间、设备间、工作区、水平配线、垂直配线等布线工程完全竣工。

（2）房屋预埋的地槽、暗管、孔洞和竖井的位置、数量、尺寸应符合设计要求。

（3）敷设活动地板的场所，抗静电措施和接地应符合设计要求

（4）管理间、设备间应提供 220V 单相接地电源插座。

（5）管理间、设备间应提供可靠的接地装置，其接地电阻值应符合设计要求（小于 4 欧姆），同时其面积、通风及温度、湿度符合设计要求。

（6）引入线缆采用的敷设方式符合设计要求。

（7）进线间的位置、面积、高度、电源、照明、接地、防水、防火等符合设计要求。

（8）设备的安装符合抗震要求。

2. 器材验收

（1）器材验收的一般要求

① 工程中所用线缆器材的型号、规格、数量、质量在施工前要进行检查，无出厂检验证明材料或与设计标准不相符者不得在工程中使用。

② 经过检验的器材要进行登记记录，对不合格的器材要坚决予以剔除，不允许进入施工现场。

③ 工程中使用的线缆、器材应与订货合同或封存的产品在规格、型号、等级上相符合一致。

④ 备用品、备件及各类资料应齐全。

（2）器材、管件与铁件的验收要求

① 各类器材的材质、规格、型号应符合设计文件的规定，表面应光滑、平整，不得变形、断裂。预埋金属线槽、过线盒、接线盒及桥架表面涂覆或镀层均匀、完整、不得变形或损坏。

② 管材采用钢管、硬质聚氯乙烯管时，其管身应光滑、无伤痕、管孔无变形，孔径、壁厚应符合设计要求。金属管材要进行防腐处理，塑料管槽必须使用阻燃管槽，外壁有明显的阻燃标记。

③ 管道使用水泥管时，应按照通信管道工程施工及验收中的相关规定进行检验。

④ 各类铁件表面处理光滑，不得有毛刺、扭曲，断裂和破损，其材质、规格均应符合相应的质量标准，同时便于施工。

（3）线缆验收要求

① 工程使用的线缆和光缆型号、规格及线缆的防火等级应符合设计的规定和合同要求。

② 线缆所附标志、标签内容应齐全、清晰。

③ 线缆外包装和外护套应完整无损，如外包装损坏严重，则应测试合格后再在工程中

使用；线缆应附有出厂质量检验合格证以及本批产品技术指标。

④ 线缆的电气性能指标抽检应从本批线缆中的任意三盘中各截取 100m 长度，加上工程中所选用的接插件进行抽样测试，并做测试记录。

⑤ 光缆开盘后要先检查光缆外表有无损伤，光缆端头封口是否良好。必要时测试光缆的衰减和长度。

⑥ 光纤接插软线（光跳线）两端的活动连接器应装配有合适的保护盖帽，每根光纤接插软线中光纤的类型应有明显的标识，选用应符合设计要求。

（4）接插件的验收

① 配线模块和信息插座及其他接插件的部件应完整，电气和机械性能等指标符合质量要求；检查塑料材质应符合设计要求并具有阻燃性能。

② 保安单元过压、过流保护装置各项指标应符合有关规定。

③ 光纤插座的连接器和适配器型号、数量、位置应与设计相符。

（5）配线设备的验收

① 光、电缆交接设备的型号、规格应符合设计要求，其编排及标志名称与设计相符，各类标志名称应统一、标志位置应正确、清晰。

② 双绞电缆电气性能、机械性能、光缆传输性能及接插件的具体技术指标和要求，应符合设计要求。

3．设备安装验收

（1）机柜、配线架安装验收要求

① 机柜、配线架、理线器安装完成后，垂直偏差要小于 3mm，位置安装符合设计要求。各种零部件不得有脱落和碰坏，机柜表面漆面如有脱落要进行补漆处理，各种标志应完整、清晰。

② 机柜、机架的安装应牢固，如有抗震要求时，应按照施工图的抗震设计进行加固。

（2）各类配件部件安装验收要求

① 各部件应完整，安装就位，标志齐全。

② 各类安装螺丝要拧紧，面板应保持在一个平面上。

（3）模块安装验收要求

① 模块安装在活动地板或地面上时，应固定在接线盒内，应具有防水、防尘、抗压功能。接线盒应与地面齐平。

② 墙上的模块安装应符合设计标准，离地面高度达到 30cm 以上，1.5m 以下。固定螺丝要拧紧，不应有松动现象。

③ 各种插座面板应有标识，以颜色、图形、文字表示所接终端设备类型。

（4）电缆桥架及线槽安装验收要求

① 桥架及线槽的安装位置应符合施工图规定，左右偏差不应超过 50mm。水平度每米偏差不应超过 2mm，垂直度偏差不应超过 3mm。

② 线槽截断处及两线槽拼接处应平滑、无毛刺。

③ 吊架及支架安装应保持垂直，整齐牢固、无歪斜现象。

④ 金属桥架和线槽节与节之间应接触良好，安装牢固。

⑤ 机柜、机架、配线设备屏蔽层及金属管、线槽、桥架的接地应与设计要求相符，还

应遵循接近接地的原则，并保持电气连接良好。

4．线缆敷设与保护方式

（1）线缆敷设检查

① 布线工程中所使用的线缆型号、规格应符合设计要求。

② 线缆的敷设方式、布线距离和与其他系统的敷设间距符合设计要求。

③ 布放的线缆应自然平直，不得有接头、扭绞、打圈等现象，不受捆扎和下垂等外力的挤压和损伤。

④ 应保持屏蔽线缆屏蔽层良好接地。

⑤ 线缆两端应有明显的标识，标签的书写规范、统一、清晰并且端正。

⑥ 在终结点，线缆要留有足够的富余量，便于进行维护施工。

⑦ 布线线缆与电力线的间距要求：在两者平行敷设时，其间距要达到 30cm 以上；交叉敷设时要达到 25cm 以上。

⑧ 在有安全保密要求的单位施工工程中，应按照保密级别设置规定选择综合布线系统的线缆规格，并保持与电力电缆、接地线之间的间距。

⑨ 线缆敷设弯曲半径应符合要求。具体为对于非屏蔽双绞线弯曲半径至少为电缆半径的 4 倍；屏蔽双绞电缆为其外径的 8 倍；主干双绞电缆为其外径的 10 倍；光缆的弯曲半径要达到其外径的 15 倍要求。

（2）检查预埋线槽和暗管

① 预埋线槽和暗管的两端要有明显的标识，便于辨认其用途。

② 预埋的线槽和管道应使用防腐处理过的金属材料或具有阻燃性能的聚氯乙烯硬质材料，布放光缆时其线槽和管道的横截面利用率限制在 50%以内；若布放双绞电缆时其截面的利用率限制在 30%以内。

（3）检查线缆桥架和线槽敷设线缆

① 在密封的线槽内布放的线缆要顺直，不扭绞和交叉，在线缆进出线槽的部位进行捆扎固定，防止线缆的受力损伤。

② 对水平桥架中敷设的线缆进行捆扎，按照所传输信号的类型分别进行绑扎，绑扎的距离限制在 3m 范围之内，但不宜绑扎得过紧。

③ 在线缆进出桥架的接口处使用蛇形管进行接续，使线缆平滑进入设备间、管理间或工作区中。

④ 对垂直布放的线缆，在其上端及向下每隔 1.5m 的间距处进行固定，保证线缆均匀受力，免受损伤。

⑤ 在所有线缆的首、尾、转弯处进行捆扎。

（4）检查配线子系统线缆敷设保护

① 在水平配线子系统中使用直埋管道布线时，管道直埋超过 30m 或管道路由中有转弯、交叉时，应设置过线盒，以便于穿线和日后检修。

② 过线盒盖应与墙面齐平并可以开启，盒盖通常使用 PVC 制作，具有抗压和防尘、防水功能。

③ 预埋在墙体内的金属或 PVC 暗管外径应不超过 50mm，楼板中的暗管外径应不超过 25mm，室外管道进入建筑物的最大管道外径不应超过 100mm，并进行封堵。

④ 暗管的转弯角度不应有直角，其角度最小应大于 100 度，同时每个暗管在路径上的转弯角不要超过两个，避免出现"S"形弯。如果弯管的长度超过 20m 时，在转弯处应设置拉线盒。

⑤ 直管布线时每隔 30 米设置拉线盒。暗管布放时应在暗管中设置钢丝，用于拉线。

⑥ 暗管管口要设置保护物，以防止混凝土的进入堵塞管口。

⑦ 对于明铺的管道，应使用管卡对管道进行固定，固定点间隔不大于 1m。

⑧ 管道在弯曲时，其弯曲半径应为暗管外径的 10 倍。

⑨ 暗管中布线的条数应控制在暗管容量的 30%。

（5）检查干线子系统线缆敷设

① 不得将干线子系统的线缆布放在电梯间、供水间、供暖管道和强电路由中。

② 管理间、设备间和进线间的布线路由应该贯通。

③ 在线缆竖井中使用线槽布放线缆，线缆应竖直，所有线缆应分别进行捆扎固定。

（6）检查建筑群子系统线缆敷设

① 建筑群子系统的布线应与设计要求相符。对于架空布线，要考虑布线高度符合要求，一般不小于 5m，在穿越马路时，其高度要在高一些。其吊钩安装间距合理，不使线缆有下垂的受力。

② 对于直埋线缆布线，所挖的线缆沟槽深度要达到 0.8m 以上，特定的地方其深度要达到 1.2m，并保证地沟内的平整，不要让线缆在地下受力。挖沟完成后进行检查。

③ 直埋管道布线时，每隔 500m 要设置检修井。管内的线缆容量不要超过管道容量的 50%。

④ 对于从建筑物外面进入的建筑物内的线缆，要使用相应的适配器或信号浪涌保护器对通信链路进行保护。

5. 检查线缆终接

① 线缆中间不允许有接头，不允许使用直通或"Y"形连接件。

② 线缆终接处必须固定牢固，接触良好。

③ 双绞电缆在终接时，按照其线号、线位色标与接插件连接，不得有颠倒或错接。扭绞松开的长度不大于 15mm。

④ 屏蔽双绞电缆的屏蔽层必须与接插件终结屏蔽罩可靠接触。

⑤ 使用光纤熔接盒对光纤与尾纤的连接处进行连接保护，熔接损耗符合设计要求。光纤盒中光纤的弯曲半径符合安装工艺要求。其光纤连接盒面板应有标识。

⑥ 各类跳线与接插件接触良好，接线正确、标志齐全。双绞电缆的跳线长度不超过 5m，光纤的跳线长度不超过 10m。

⑦ 所有终接的线缆标识正确、清晰。

6. 管理系统验收

① 需要管理的每个部分都要设置符合要求的标签，其标识符具有唯一性。

② 管理系统的记录文档应完整并详细，不得有遗漏现象。

③ 使用通用的表格形式或电子文档形式进行管理，在系统安装完毕后所有资料应齐全，有扩充的余地，以便于整个系统的管理与维护。

④ 所有线缆终接位置、线缆管道、专干线缆路由、水平配线路由、连接器件、安装场所、接地等设施都设置有专用的标识，其标识符必须唯一。

⑤ 每根线缆在终接处都要设置标签，室外的线缆每隔一定的距离都要设置标记。

⑥ 在管理间、设备间和进线间对每一根线缆都要进行标识。

⑦ 接地体要有明显的标志。

⑧ 标签的内容要清晰，标签材料符合工程应用环境要求，具有抗恶劣环境、耐磨且附着力好。标签的规格有粘贴型、插入型等，以便于在不同的介质和线缆上使用。

⑨ 管理信息报告中应记录有安装场地、管道路由、线缆、接地等内容，无论是纸质文件还是电子文档，其内容必须完整，详实。

8.1.2　布线工程验收的组织准备

在综合布线工程完成之后，由项目经理与用户方协商进行竣工验收。其工程验收的组织准备工作主要包括：施工方为竣工验收提供相关的文档资料、相关验收标准文档、用户和施工方共同确认的测试仪器、用户和施工方共同组成的验收小组成员名单，以及验收时抽样检查规则等。最后形成以下几种报告。

1. 综合布线工程建设报告

该报告由施工方提供给验收小组。内容主要涉及工程概况、工程设计与实施方案（包括布线工程设计目标、布线工程设计指导思想、综合布线的设计与实施概述、设计要求、实施方案和布线示意图、布线工程的质量和测试、布线系统管理信息等）、工程技术和工艺特点、各类工程文档，包括综合布线工程技术方案、系统设计图、工程施工报告、测试报告、施工图、设备连接报告、物品清单等。

2. 综合布线工程测试报告

该报告由测试小组提供给验收小组。综合布线工程测试报告包含测试标准和测试仪器选用、施工前的线缆和辅助材料检验、预埋管道等隐蔽工程的阶段检验、建筑物之间直埋线缆的检验、水平配线路由安装及布线阶段检验、垂直干线路由安装及布线等测试结果记录、整个布线系统测试的结论、测试小组成员签名等内容。

3. 综合布线工程资料递交报告

该报告由施工方向验收小组提供。重点是施工方为用户方提供的网络系统布线工程方案、工程施工报告、网络系统布线工程测试报告、综合布线方案、楼宇间站点位置图和接线图、计算中心主跳线柜接线表和主配线柜端口/位置对照表、布线系统测试结果等文档。有时还包括阶段性的、隐蔽工程的检测、验收项目报告。

4. 综合布线工程用户意见报告

该报告是由用户方提供的试运行报告，主要内容包含：系统设计是否合理、性能是否可靠；网络拓扑结构是否能方便灵活地进行调整而无需改变布线结构；该系统是否为用户的局域网管理提供了良好的基础；在布线系统上进行高、低速数据混合传输试验时系统是否表现了很好的传输性能；以及用户试用阶段的最终结论等内容。

5. 综合布线工程验收报告

该报告从工程系统规模、工程技术先进性和设计合理性、施工质量达到的设计标准、文档资料齐全和鉴定结论等方面，对该综合布线工程做出结论。

8.2　布线工程验收

一般情况下，验收工作分为布线工程现场（物理）验收和文档验收两个重点部分进行。

8.2.1　布线系统工程现场（物理）验收

综合布线系统的现场（物理）验收应由施工方和用户方共同组成一个验收小组，对已竣工的综合布线系统工程进行验收。在现场（物理）上验收，通常按综合布线系统的各个子系统分别进行。验收要点如下。

1. 工作区验收

对于众多的工作区不可能逐一验收，通常是由用户方抽样挑选工作区进行。验收的重点为：

（1）线槽走向、布线是否美观大方，符合规范。

（2）信息插座是否按规范进行安装。

（3）信息插座安装是否做到高、平一致，且牢固。

（4）信息面板是否都固定牢靠。

（5）活动地板的敷设是否符合标准。

（6）信息插座是否通畅，相关技术参数指标是否达到设计标准。

2. 水平配线子系统验收

对于配线子系统，主要验收点为：

（1）线槽安装是否符合规范。

（2）线槽与线槽、线槽与槽盖是否接合良好。

（3）托架、吊杆是否安装牢固。

（4）配线子系统线缆与干线、工作区交接处是否出现裸线。

（5）配线子系统干线槽内的线缆是否固定好。

3. 垂直干线子系统验收

垂直干线子系统的验收除了类似水平配线子系统的验收内容之外，重点要检查建筑物楼层与楼层之间的洞口是否封闭，以防出现火灾时成为一个隐患点。还要检查线缆是否按间隔要求固定，拐弯线缆是否符合最小弯曲半径要求等。

4.　设备间、管理间和管理系统验收

设备间验收主要检查设备安装是否规范整洁，各种管理标识是否明晰；竖井、线槽、打洞的位置是否符合要求，与楼层之间的洞口是否封闭；进入房间的线缆是否预留足够的长度；接地和避雷系统是否符合标准。验收工作不一定到工程结束才进行，有些工作往往需要随时验收。

管理系统的验收侧重 3 个方面：一是管理系统级别是否符合设计要求；二是标识符与标签设置情况，需要管理的每个组成部分均设置标签，并由唯一的标识符进行表示，标识符与标签的设置应符合设计要求；三是记录和报告。管理系统的记录文档应详细完整并汉化，包括每个标识符相关信息、记录、报告、图样等。

5.　系统测试验收

系统测试验收是对信息点进行有选择的测试，检验测试结果。测试综合布线系统时，要认真详细地记录测试结果，对发生的故障、参数等都要逐一记录。系统测试验收的主要内容为：

（1）电缆传输信道的性能测试

① 5 类线要求。接线图、长度、衰减、近端串扰要符合规范。

② 5e 类线要求。接线圈、长度、衰减、近端串抗、传播时延、时延偏差要符合规范。

③ 6 类线要求。接线图、长度、衰减、近端串扰、传播时延、时延偏差、综合近端串扰、回波损耗、等电平远端串扰、综合远端串扰要符合规范。

④ 系统接地电阻要求小于 4 欧姆。

（2）光纤链路的性能测试

① 类型。单模/多模、根数等是否正确。

② 衰减。

③ 反射。

（3）测试报告

测试报告可由一组记录或多组连续信息组成，以不同格式介绍记录中的信息。测试报告应包括相应记录、补充信息和其他信息等内容。综合布线系统测试完毕，施工方应提供包含如下内容的测试报告：测试组人员姓名，测试仪表型号（制造厂商、生产系列号码），生产日期，光源波长（仅对多模光纤布线系统），光纤光缆的型号、厂商、终端（尾端）地点名、测试方向、相关功率测试得出的网段光功率衰减、合格值的大小等。

8.2.2　布线系统工程文档验收

技术文档、资料是布线工程验收的重要组成部分。完整的技术文档包括电缆的标号、信息插座的标号、管理间配线电缆与干线电缆的跳接关系、配线架与交换机端口的对应关系等。在条件许可的情况下，要尽可能地按照《建设电子文件与电子档案管理规范》（CJJ/T117-2007），建立电子文档，便于以后维护管理使用。

为了便于工程验收和管理使用，施工单位应编制工程竣工技术文件，按协议或合同规定的要求交付所需要的文档。工程竣工技术文件主要包括以下几个方面：

1. 竣工图样

综合布线系统工程竣工图样应包括说明及设计系统图、反映各部分设备安装情况的施工图。竣工图样应表示以下内容：

（1）安装场地和布线管道的位置、尺寸、标识符等。

（2）设备间、管理间、进线间等安装场地的平面图或剖面图及信息插座模块安装位置。

（3）线缆布放路径、弯曲半径、孔洞、连接方法及尺寸等。

2. 工程核算书

综合布线系统工程的施工安装工程量核算，如干线布线的线缆规格和长度，楼层配线架的规格和数量等。

3. 器件明细表

将整个布线工程中所用的设备、配线架、机柜和主要连接器件分别统计，清晰地列出其型号、规格和数量。列出网络接续设备、主要器件明细表。

4. 测试记录

布线工程中各项技术指标和技术要求的随工验收、测试记录，如线缆的主要电气性能、光纤光缆的光学传输特性等测试数据。

5. 隐蔽工程

直埋线缆或地下线缆管道等隐蔽工程经工程监理人员认可的签证；设备安装和线缆敷设工序告一段落时，常驻工地代表或工程监理人员随工检查后的证明等原始记录。

6. 设计更改情况

在布线施工中有少量修改时，可利用原布线工程设计图进行更改补充，不需重作布线竣工图样，但对布线施工中改动较大的部分，则应另作竣工图样。

7. 施工说明

在布线施工中一些重要部位或关键网段的布线施工说明，如建筑群配线架和建筑物配线架合用时，它们连接端子的分区和容量等。

8. 软件文档

在综合布线工程中，如采用计算机辅助设计，应提供程序设计说明及有关数据、操作使用说明、用户手册等文档资料。

9. 会议、洽谈记录

在布线施工过程中由于各种客观因素变更或修改原有设计或采取相关技术措施时，应提供设计、建设和施工等单位之间对于这些变动情况的洽谈记录，以及布线施工中的检查记录等资料。

总之，布线竣工技术文件和相关文档资料应内容齐全、真实可靠、数据准确无误，语言通顺，层次条理，文件外观整洁，图表内容清晰，不应有互相矛盾、彼此脱节、错误和遗漏等现象。因为它是作为双方结算的重要依据。

8.3　工程验收总表及合格标准

1. 综合布线系统工程验收的详细总表

综合布线系统工程检验项目及详细内容参考如表 8.1 所示。

2. 综合布线系统验收合格标准

综合布线系统工程应按照表 8.1 所示的内容进行检验，其检测结论作为工程资料的组成部分和工程验收的依据。

（1）综合布线系统工程安装质量合格标准

在验收中，不可能对所有的工程安装都进行检验验收，通常是有选择的进行，每一个项目抽取选择其中的 10% 进行检验验收。所抽取工程项目的各项指标符合设计要求，则该工程项目的检查结果为合格。所有抽取项目的合格率为 100%，此认定该工程项目的验收为合格。

表 8.1　　　　　　　　　　　　综合布线工程验收项目及内容

阶　段	验　收　项　目	验　收　内　容	验　收　方　式
施工前检查	环境要求	1. 土建施工情况 2. 土建工艺、机房面积、预留孔洞 3. 施工电源 4. 地板敷设	施工前检查
	设备材料检验	1. 外观检查 2. 规格、数量 3. 电缆电气性能测试 4. 光纤特性测试	施工前检查
	安全、防火要求	1. 消防器材 2. 危险物放置 3. 预留孔洞防火措施	施工前检查
设备安装	管理间、设备间 机柜、配线间	1. 规格、外观 2. 安装垂直、水平度 3. 标识是否完整齐全 4. 各种螺丝是否紧固 5. 抗震加固措施 6. 接地措施	随工检查
	配线架及 8 位模块式通用插座	1. 规格、位置、质量 2. 螺丝必须拧紧 3. 标志齐全 4. 安装复合工艺要求 5. 屏蔽层可靠连接 6. 离地面 30cm 以上	随工检查

阶　段	验收项目	验收内容	验收方式
电、光缆布放（楼内）	电缆桥架及线缆布放	1．安装位置正确 2．安装、布放符合工艺要求 3．接地	随工检查
	线缆暗敷（暗管、线槽、地板）	1．线缆规格、路由、位置 2．符合布放线缆工艺要求 3．接地	随工检查
电、光缆布放（楼间）	架空线缆	1．吊线规格、位置、装设规格 2．吊线垂度 3．线缆规格 4．卡、挂间隔 5．线缆的引入符合要求	随工检查
	管道线缆	1．使用管孔位置 2．线缆规格 3．线缆走向 4．线缆的防护措施及质量	隐蔽工程签证
	直埋式电缆	1．线缆规格 2．敷设位置、深度 3．线缆的防护措施及质量 4．灰土夯实质量	隐蔽工程签证
	隧道线缆	1．线缆规格 2．安装位置、路由 3．土建符合设计工艺要求	隐蔽工程签证
	其他	1．通信线路与其他设施的间距 2．进线间的安装、施工质量	随工检查
线缆终接	8位模块式通用插座	应符合工艺要求	随工检查
	配线部件	应符合工艺要求	
	光线插座	应符合工艺要求	
	各类跳线	应符合工艺要求	
系统测试	工程电气性能测试	1．接线图 2．线缆长度 3．衰减 4．近端串扰 5．设计中特殊规定的要求内容	竣工检验
	光纤特性测试	1．衰减 2．长度	竣工检验
工程总验收	竣工技术文件	清点、交接各种技术文件	竣工检验
	工程验收评价（鉴定）	考核工程质量、确定验收结果	

（2）综合布线系统性能检测合格标准

原则上应对所有的布线链路、光纤信道进行检测验收。若验收时系统已经运行了一段时间，也可以选择其中一部分进行检测验收，抽选的比例不小于 10%。应以最远布线点作为抽检的重点。

对于性能测试的指标由多个构成，比如双绞线的性能指标有衰减、近端串扰、时延差等，若其中一个指标不合格，则视为该双绞线链路为不合格。只有全部指标都合格后，才视为该链路是合格的。

（3）竣工验收综合合格标准

对所抽选的各类项目，如果被抽样检测项目不合格的数量不大于被测项目数的 1%，则抽检监测为通过，并应对不合格的项目进行修复并复检达到合格；如果被测项目不合格的数量大于 1%，则视为一次抽样检测未通过，此时要进行加倍抽样，如果加倍抽样不合格比例不大于 1%，则可视为抽样检测通过；如果被测项目不合格的数量大于 1%，并且有的不合格项目不能修复，则视为此次验收为不合格，必须进行返工处理或重新施工，然后再对该不合格的项目进行重新检验验收。

思考与练习题

1. 简述综合布线系统物理验收的要点。
2. 简述综合布线系统文档验收的要点。
3. 简述器材验收时应注意解决的问题。
4. 简述设备安装验收时应注意的问题。
5. 简述对隐蔽工程验收时要做哪些工作。
6. 简述对线缆验收时要做的主要工作。
7. 简述工程验收文档的组成。
8. 工作区验收涉及哪些内容？
9. 水平配线子系统验收涉及哪些内容。
10. 认识并理解综合布线系统验收合格标准。

第9章 综合布线系统工程方案实例

综合布线系统从 20 世纪 80 年代起步至今，已成为一个比较成熟的行业，有许多成功案例可供参考借鉴。本章是按照前面工程设计所述格式，给出某智能化分公司参加投标的一个实际的某学校校园网络综合布线系统工程方案，说明综合布线系统设计的思路、方法和内容。限于篇幅，为突出综合布线系统工程方案的关键内容，在此只选择其中部分内容，供读者参考。

9.1 综合布线系统工程方案概述

本设计方案按照中华人民共和国国家标准《综合布线系统工程设计规范》（GB/T50311-2007）和《综合布线系统工程验收规范》（GB 50312-2007），并根据××学校的招标要求及建筑楼层的分布情况，围绕××学校的应用需求，从综合布线的重要性、长远性、可扩展性以及所采用的综合布线系统产品特点而设计。

本方案的布线范围为《××招标书》要求的范围，功能主要以满足计算机网络通信、语音通信、各弱电系统的联网通信及网络视频系统传输为主。

设计方案的内容包括综合布线系统用户需求分析、布线系统方案设计目标、标准和原则、综合布线系统的施工组织以及服务等部分。在方案设计部分比较详细地描述了该综合布线系统的总体结构和各子系统的设计细节，包括综合布线系统的需求分析、布线路由、器件选型、材料清单和系统检测等部分。服务部分论述了工程的品质保证和乙方所要提供的培训及工程文档等。商务标书包括资质证明文件的复印件、工程预算、公司简介及项目参与人员情况等。

9.1.1 建筑物结构基本情况

××学校是为培养社会所需要的新型人才而创建的现代化新型学校，目前正处在施工阶段，主要建筑物有：教学楼、宿舍、实验室、管理中心及图书馆等，详见校园规划设计图。从校园规划设计图可以看到，无论是在规划设计方面，还是在整个学校基础教育设施的建设方面，都具有一定的前瞻性，处在我国校园建设的前列。作为其中重要组成部分之一的计算机网络综合布线系统工程是其关键所在，要把它作为整个校园建设中的基础设施来抓实抓好。

9.1.2 综合布线系统用户需求分析

该学校校园网综合布线系统建设的目标，是将校园内各种不同应用的信息资源通过高性能的网络（交换）设备相互连接起来，形成校园园区内部的 Intranet 系统，对外通过路由设备接入广域网。

1. 综合布线系统的功能需求分析

具体说来，该校园网综合布线系统的目标是建设一个以办公自动化、计算机辅助教学及现代计算机校园文化为核心，以计算机网络技术为依托，技术先进、扩展性强、能覆盖全校主要楼宇，结构合理、内外沟通的校园计算机网络系统。建立起能满足教学、科研和管理工作需要的软硬件环境，为学校各类人员提供网络通信服务。

（1）总体需求

① 满足干线 1000Mbit/s、水平配线 100Mbit/s 交换到桌面的数据传输要求。

② 主干光纤的配置冗余备份，满足将来扩展的需要。

③ 信息点功能可视需要灵活调整。

④ 兼容不同厂家、不同品牌的网络接续部件、网络互联设备。

（2）基本功能要求

① 电子邮件系统。主要用于信息交流、开展技术合作、学术讨论等活动。

② Internet 服务。学校建立自己的主页，利用 Web 外部网页对学校进行宣传，提供各类咨询信息等；利用内部网页进行管理，例如发布通知、征集学生意见等。

③ 图书馆访问系统。用于计算机查询、计算机检索、计算机阅读等。

（3）相关技术要求

① 数据处理、通信能力强，响应速度快。

② 网络运行安全性强、可靠性高。

③ 系统易扩充，易管理，便于增加用户。

④ 主干网支持多媒体、图像传输接口等应用。

⑤ 系统开放性、互联性好。

2. 信息点数量及分布

按照校园土建建设施工图样设计，包括教学楼、实验室、管理中心、图书馆及宿舍等建筑。其中，教学楼 3 栋，每栋 4 层，有 600 个数据通信信息点；实验室 2 栋楼，有 500 个数据通信信息点；图书馆 1 栋，有 300 个数据通信信息点；综合办公楼 1 栋，有 700 个数据通信信息点；学生宿舍楼 5 栋，有 1500 个数据通信信息点；教工宿舍楼 10 栋，有 1400 个数据通信信息点。所有建筑物在内的视频、语音及数据通信信息点共计约 8500 个。其中视频信息点约 800 个，语音信息点约 2700 个，数据通信信息点约 5000 个。

9.1.3　综合布线系统设计目标

该校园综合布线系统设计预期目标为：

（1）能适应现在和将来技术的发展，实现数据通信、语音通信和图像传输。

（2）采用模块化设计，综合布线系统中除建筑物内的缆线之外，其余所有的接插件都是模块化的标准件，以方便将来扩充及重新配置。

（3）能够支持 100MHz 的数据传输，可支持 100 Base-T、100 Base-VG、1000 Base-T、FDDI、ISDN 等网络应用。

（4）能满足灵活应用的要求，即任一信息点能够连接不同类型的计算机或数据终端设备。

（5）借助于不同颜色的跳接线和配线架的端口标识，使网络管理员能方便地进行系统的线路维护。

9.1.4　设计标准及规范

本设计方案所采用的标准、计算依据、施工及验收遵循以下标准或规范：
（1）《GB 50311-2007 综合布线系统工程设计规范》
（2）《GB 50312-2007 综合布线系统工程验收规范》

9.1.5　设计原则

（1）开放性。系统设计立足于开放性原则，既支持集中式系统，又支持分布式系统；既支持目前不同厂家不同类型的计算机及网络产品，又支持视频信号传输；在将来网络技术升级或网络设备产品更新换代时仍然能使用现有的布线产品，并易于技术更新及网络扩展。

（2）灵活性。所有配线子系统采用相同类型、规格的传输介质；所有通信网络设备的开通及更改均不需改变系统布线，只需在管理间或设备间进行必要的跳线管理即可；系统组网也灵活多样，各部门既可独立组网又可方便地互联。

（3）经济性。充分考虑学校的经济实力，选择"够用、好用、适用、实用"的网络技术。水平配线子系统的数据、语音传输采用 5e 类非屏蔽双绞电缆布线，按照 8 芯配置；垂直干线子系统采用 6 芯多模室内光纤作为主干线，同时建议每层增加 1 条 5e 类屏蔽双绞电缆作为光纤主干的备用线路。合理地构成一套完整的布线系统。

（4）可靠性。采用高品质传输介质，以组合压接的方式构成高标准数据传输信道，每条信道均采用专用仪器测试，以保证电气性能良好，布线系统采用星形拓扑，点到点端接，任何一条线路故障均不影响其它线路的正常运行；同时为线路的运行维护及故障检修提供方便，保障系统可靠运行。

（5）先进性。以"满足用户的需求"为第一前提，统一规划，适当超前；在楼层中采用先进而成熟的桥架或金属线槽布线技术，在高速网络环境或复杂的电磁环境下，具有较佳的传输可靠性、抗电磁干扰能力，并符合 EMC 电磁辐射控制的国家标准。

（6）安全性。在工作区中使用的信息模块面板采用"防尘装置"，以避免信息点意外损伤及因灰尘而产生数据传输障碍；关键部门的水平配线使用金属桥架或金属管道进行布线，具有信息不被窃取、不丢失的基本保障机制。

9.2　综合布线系统工程设计方案

9.2.1　总体方案说明

××校园网综合布线系统是一个具有三层布线结构的设计方案，其系统拓扑结构如图 9.1 所示。

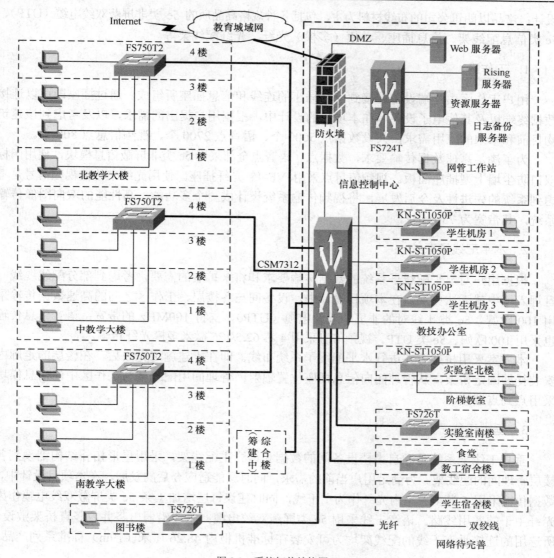

图 9.1　系统拓扑结构图

　　第一层结构：由网络中心机房到各个设备间交换机柜，采用单（多）模光纤（100m 短距离内也可采用 5e 类屏蔽双绞电缆）。

　　第二层结构：由设备间交换机柜到各个楼层管理间交换机柜，采用多模光纤（100m 内可采用屏蔽双绞电缆）。

　　第三层结构：由楼层管理间交换机柜内的配线架到用户端信息点接口，采用 5e 类非屏蔽双绞电缆与用户端设备进行连接。

9.2.2　综合布线系统工程设计方案

　　该综合布线系统分为工作区、水平配线子系统、垂直干线子系统、建筑群子系统、设备间和管理间以及管理 6 个部分。采用开放式布线系统设计思想，对所有建筑物进行综合布线设计；产品以朗讯公司的布线材料为主，包括各种规格高品质的 5e 类非屏蔽双绞电缆（UTP）、5e 类信息配线架、信息插座、单模（多模）光纤、光纤配线架等。

1. 工作区

用户工作区由终端设备连接到信息插座的连线和信息插座所组成。通过插座即可以连接数据终端以及其他电子设备。在本项目的设计中，根据用户提出的需求，以及考虑到该建筑物目前和未来的应用需求，共设数据点 5000 个、语音点 2700 个、视频信息点 800 个。

为了满足高速数据传输要求，数据点、语音点全部采用 5e 类非屏蔽信息模块，使用国标双口防尘墙上型插座面板。视频信息点采用 VF-45 光纤插座。使用光纤来传输视频信号是考虑到系统的先进性及今后发展，将视频传输系统设计成一个多功能、高性能的双向图像传输系统，其带宽为 750MHz。

2. 水平配线子系统

根据用户对水平配线子系统的数据传输要求和将来扩展的需要，考虑到部分配线缆线一旦埋入墙中就无法更换，在本项目设计中，设备间与各楼层、工作区之间的高速数据传输采用 100 欧姆、5e 类 4 线对的非屏蔽双绞电缆（UTP），支持 100MHz 的带宽；语音信息传输也采用 100 欧姆、5e 类 UTP。视频信息采用 4 芯 62.5/125 微米多模光纤传输。

本方案采用桥架方式进行水平配线子系统布线。即在土建施工完成后，在楼层的走廊内安装托架固定桥架，从管理间向信息插座位置辐射；管理间用配线架与工作区中的信息模块采用点到点端接。

3. 垂直干线子系统

垂直干线子系统是源自大楼设备间的数据和语音主配线架，采用星形拓扑结构铺设到各楼层管理间的配线架。为满足用户当前的需求，同时又能适应今后的发展，在本项目设计中，数据传输采用 6 芯多模室内光纤作为主干线，同时建议每层增加 1 条 5e 类屏蔽双绞电缆作为光纤主干的备用线路。语音干线采用 5e 类屏蔽双绞电缆；干线沿弱电竖井内竖直桥架敷设。所选用的连接垂直干线的配线架均为可安装在标准机柜内 48.26 厘米（19in）标准系列产品。

4. 建筑群子系统设计

建筑群子系统的中心配线架设置在网络中心大楼设备间，大楼之间采用电缆通道布线法铺设光缆。电缆通道布线隐蔽安全，线路工作稳定，施工简单，检修故障及扩建较为方便。

各大楼之间通信网络系统的连接，主要采用室外光缆、室外大对数通信电缆以及避免延及其它建筑的铜线漏电的保护设备；推荐使用注胶缆线以避免线芯受潮。

5. 管理间和设备间

在建筑物的每层设置一个管理间，将该层中所有的工作区进行汇接；设备间是整个建筑物布线系统的中心单元，每栋大楼设置一个设备间，实现每层中的管理间汇接于此，实现缆线的最终管理。设备间也同时连接到网络中心。计算机中心设在实验北楼的一层，电话主机房也设在实验北楼的一层。

设备间由主配线机柜中的电缆、连接模块和相关支撑硬件组成，它把网络中心机房中的公共设备与各管理子系统的设备互连，从而为用户提供相应的服务。

主配线间设在计算机中心机房，语音和数据各用一个配线机柜，所有语音干线和数据干线全部连到各自的配线机柜相应模块配线架上。配线机柜规格为 48.26cm（19 英寸）42U，除安装配线设备外，还可放置网络互连设备；机柜材料选用金属喷塑，并配有网络设备专用配电电源端接位置。此种安装模式具有整齐美观、可靠性高、防尘、保密性好、安装规范等特点。

（1）计算机中心主机房主要设备

42U 标准机柜两个，24 口模块配线架，24 口光纤配线架，ST 光纤耦合器，ST 光纤接头，100 对 110 配线架。

（2）对计算机中心主机房和设备间的整体要求

① 计算机中心所在房间按计算机机房标准装修，并考虑接地、防雷措施及配套的 UPS 电源。采用独立接地方式，接地电阻阻值小于 1Ω。

② 室内天花板高度不应小于 2.6m。

③ 机房室内应铺设高约 0.2～0.25m 的防静电架空地板，为配线提供方便；活动地板平均荷载不小于 500kgf/m^2。

④ 机房内设置空调，室温应保持在 18～27℃之间、相对湿度保持在 30%～50%;，室内照明不低于 150lx。

⑤ 机房室内应洁净、干燥、通风良好。防止有害气体等侵入，并有良好的防尘措施。面积不小于 16m^2，

⑥ 机房内的电源插座按计算机设备电源要求进行工程设计，以利于交换机、服务器等设备使用。

（3）楼层管理间的具体要求

① 对于教学楼和实验楼，每层设置一个房间作为配线集中的所在地，房间的面积不宜过大，也可以和相关的办公室合用。必须配备一台标准机柜。对于宿舍楼，可使用标准壁挂式机柜，设置在楼道的某一端。

② 所有管理间都要设置机柜设备所需要的电源装置。

6. 管理

为避免跨楼层布线，管理设在各楼层分设的管理间进行。管理间主要放置各种规格的配线架，用于实现配线、主干缆线的端接及分配；由各种规格的跳线实现布线系统与各种网络、通信设备的连接，并提供灵活方便的线路管理。所选择的配线架均能够支持垂直干线、水平配线子系统所选用缆线类型之间的交接。主配线架位于中心机房内，用来调配和管理每层楼的信息点和语音点。主设备机房设置一台 72 口朗讯光纤跳线箱和两台 24 口朗讯光纤跳线箱，通过多模光纤连接各层管理间的光纤跳线箱，组成一套完整的光纤管理系统。

电话语音系统由数字程控电话交换机、中继线、用户分机和直接外线组成。通过综合布线系统提供的传输通路构成电话系统的连接。并通过综合布线系统的管理子系统向所有用户进行分配。

根据标准编排和制作主干缆线的编号，并使用防水塑料薄膜进行保护；同时在各管理间的桥架中，用塑料标签牌标注，以便于查找。

7. 接地系统

为保证信号传输不受电磁和静电干扰，对综合布线接地系统设计如下：①在金属铁管或

金属槽内布线时，各段铁管或金属桥架都应有牢靠的电气连接并接地；②与布线系统有关的有源设备的外壳、干线电缆屏蔽层和接地线均采用等电位连接；③保护地线的接地电阻值，单独设置接地体时不大于 4Ω；采用联合接地体时不大于 1Ω。

8. 系统升级的考虑

根据本方案设计实施完成后的综合布线系统，对未来的升级特别是对数据传输具有很好的开放性。数据传输采用超 5 类 4 对双绞电缆缆线，保证以太网在 100m 链路范围内能正常通信（不小于 100Mbit/s）。如将来需要提高数据传输速率时，因主干光缆已备有较大的扩容余地，所以水平配线子系统的缆线不需作任何改变即可支持更高的数据传输速率；对其他系统设备的升级同样也只是改变一下跳线方式，就可以完全支持。

9.2.3　综合布线系统设备材料

本综合布线系统工程部分设备材料根据各个子系统的设计，其规格型号、数量、价格等内容清单，参见表 9.1、表 9.2、表 9.3。

表 9.1　　　　　　　　　　　工作区工程材料清单

序　号	设备或材料名称	规格和型号	数量	单　位	单　价	金　额
1	5e 类非屏蔽模块	朗讯 6372-1	5150	个		
2	插座面板	PM8701	5100	个		
3	RJ-45	朗讯 6371	23000	个		
4	电话模块	朗讯 5201-1	3090	个		
5	RJ-11	朗讯 5202	13800	个		
6	面板	朗讯 5203	3050	个		
7	视频插座	朗讯	1100	个		
8	莲花端子	朗讯	4600	个		
9	视频面板	朗讯	1050	个		
10	5e 类跳线	朗讯	25000	米		
11	5e 电话跳线	朗讯	20000	米		
12	视频线跳线	朗讯	10000	米		

表 9.2　　　　　　　　水平配线、垂直干线子系统工程材料清单

序　号	设备或材料名称	规格和型号	数　量	单　位	单　价	金　额
1	6 芯多模光纤	GJFGV6	4000	m		
2	5e 类双绞线	朗讯-GC-501004	2616	箱		
3	5 类 25 对数线	朗讯-2501	15	卷		
4	PVC 线槽	20*25	25000	m		
5	桥架	XQJT1-100*50	2400	m		
6	桥架	XQJT1-100*200	1400	m		

表 9.3　　　　　　　　　　　　　　　设备间、管理间工程材料清单

序　　号	设备或材料名称	规格和型号	数　　量	单　位	单　　价	金　　额
1	5e 类配线架	朗讯 24 口	248	个		
2	条线管理器	GB110C	248	个		
3	光纤耦合器	多模 FD10M-SC	15	个		
4	光纤跳线架	24 口 FD2024	36	个		
5	40U 标准机柜	PB288940	6	个		
6	24U 标准机柜	PB28924	26	个		
7	200 对安装架	110-200B	18	个		
8	4 对连接块	G110C	550	个		
9	光纤跳线箱	朗讯 72 口	2	台		
10	光纤跳线箱	朗讯 24 口	1	台		

将每一种设备或材料根据当前市场的行情给出单价，算出金额。最后将所有金额累计即是本项目的工程材料费，作为本项目的材料预算费用，供用户方参考。

9.3　某校园网智能化系统施工组织设计

9.3.1　工程组织方案

1. 工程概述

该校智能化系统工程是意识超前、技术含量较高的高科技工程。该工程对安装要求严格，施工专业性强，必须精心组织设计。施工单位和用户方要全面配合，方可保证该智能化系统具有高度的安全性、可靠性和稳定性，以及设备安装的整体美观，方便实用，维护便利。

以我公司多年来对多个智能弱电系统工程施工安装的成功经验，保证在贵单位规定的工期内完成各系统的施工安装，调试，使用人员培训，并达到优良工程标准。我公司将针对该智能弱电系统工程成立专项的工程项目组，为该工程精心编制出一套行之有效且完善的施工组织方案，并认真落实到售前、售中、售后服务的全过程中。

2. 编制依据

本《施工组织设计》的编制依据如下：
（1）《计算机机房设计规范》GB50174-93
（2）《建筑物防雷设计规范》GB50057-94
（3）《低压配电设计规范》GB50054-95
（4）《建筑与建筑群综合布线系统工程施工及验收规范》GB/T50312-2007
（5）国家和行业现行的有关设计、施工与验收规范、标准

3. 工程人员组织

××项目部名单参见表 9.4。

表 9.4　　　　　　　　　　　××项目部名单

序　号	姓　名	职　务	电　话	备　注
1	陈功	项目经理	0351-xxxxxxx	
2	苏杰	质检员	135xxxxxxxx	

为确保优质、按时、安全的完成该工程项目，我公司针对该工程制定了详细的人员组织结构安排，人员组织结构图如图 9.2 所示。

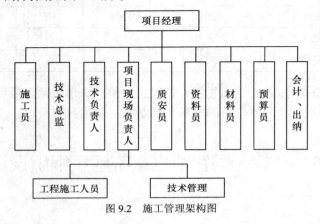

图 9.2　施工管理架构图

（1）工程负责人员组成

我公司将对该项目成立以上人员组织。以公司总经理为核心，把公司的各项专业技术精英放在该项目上，在财力、物力、人力方面保证工程顺利完成。

（2）主要人员岗位职责

① 经理

负责整个工程的人员组织安排和处理工地现场重大事件，保证工程进度。

② 项目经理岗位职责

全面负责该项工程的质量、进度、成本、机具、人员的安排调配，是工地安全生产、防火、防盗的第一责任人。协调工地各方的关系，代表单位全面处理、办理工程的变更签证。在组织工程项目施工过程中。主动接受业主、监理工程师、单位领导和上级有关部门的工作检查。认真贯彻执行国家有关劳动保护法令及制度和本单位安全生产的规章制度。

认真贯彻"安全第一，预防为主"的方针，按规定搞好安全防范措施，把安全生产落到实处。在各种经济承包中首先包括安全生产。做到讲效益必须讲安全，抓生产首先抓安全。定期组织进场施工人员进行安全学习。

定期对照建筑施工安全检查表、形象进度表、质量报检表，经常检查生产进度，生产现场的人、财、物全面管理，认真检查及时处理事故隐患。制定分级安全管理技术措施，确保施工全过程的安全生产。

发生重大伤亡事故，重大未遂事故，要保护现场，立即报告，参加事故调查。处理填表上报，落实整改措施、不隐瞒、不虚报、不拖延报告，更不能擅自处理。

工地建立安全岗位责任制和防火措施，督促有关人员做好施工安全各项技术资料。

③ 技术总监岗位职责

直接对用户负责，对工程、物料、设备的质量和供应状况，工程质量的定期考察，监管，并提出质量、进度的合理化建议和意见。

④ 专业工程师岗位职责

对项目经理负责：对其所设计的系统进行全面专业的技术支持、技术协调、调试及试运行，深化施工图设计，技术变更。对施工图纸包括系统图、平面图、安装接线端子图、设备材料表等所有技术文件的执行。指导施工并负责单机、联机设备调试。负责整理各类验收必备的图纸文件审核，负责操作人员培训，系统维护等。确保系统一次调试成功，性能指标达到设计、使用要求。

⑤ 施工主管岗位职责

施工员作为长驻工地代表，直接对项目经理负责，在保证工程质量前提下抓好生产进度，对施工质量负责，在项目经理授权下协调现场有关施工单位的施工问题。遵守工序质量制度，严格执行"三检制"，保证不合格工序未整改前不进入下道工序，对工序管理引起的质量问题负责，对工序质量做好记录定期上报。

参与图纸会审和技术交底，配合项目经理安排好每天的生产工作，对班组成员进行全面的技术交底。按规范及工艺标准组织施工，保证进度及施工质量和施工安全。组织隐蔽工程验收和分项工程质量评定。对因设计或其它变更引起的工程量的增减和工期变更进行签证，并及时调整部署。

严格控制进场材料的质量，坚决杜绝不合格材料进入施工现场。每月5日前，特殊要求时每周填写上报各种报表，并作好工人的考勤及施工工作记录填写施工日志。组织好生产过程的各种原始记录及统计工作，保证各种原始资料的完整性、准确性和可追溯性。填写施工进度日志、质量报表、工程进度表、施工过程的各种原始记录、施工责任人签到表、工程领料单等进行核对、整理、收集，保证其完整性、准确性和可追溯性。

⑥ 物料仓管员岗位职责

负责对工地工具、材料、设备的码放，对出入库物资进行账簿登记，做到账物相符。注意标识、储存和防护（防潮、防鼠、防盗、防损坏）。施工中一时不能用完的材料设备可退库或在库房另保存，做好记录。发现不合格产品分开存放，及时上报或退回公司库存。负责工具领用、更换、损耗、损坏产品退换的手续，及时向供应部要求补货。

⑦ 质量安全检查员岗位职责

在项目经理领导下，负责检查监督施工组织设计的质量保证措施的实施，组织建立各级质量监督体系。严格按图施工、以标准规定检验工程质量，判断工程产品的正确性，做出合格的结论，对因错、漏检造成的质量问题负责。对不合格产品按类别和程度进行分类，做出标识，及时填写不合格品通知单、返工通知单、废品通知单，做好废品隔离工作。监督施工过程中的质量控制情况，严格执行"三检制"，并做好被检查品和部位的检验标识，发现质量问题及时反映：正确填写工序质量表，做好各种原始记录和数据处理工作，对所填写的各种数据、文字问题负责。

检查督促我公司制定的生产安全、防火、防盗，安全措施的落实执行，并作安全学习记录及早消除隐患。按时统计汇报工程质量情况，按时填写质量事故报表，并其对准确性负责。严格监督进场材料的质量、型号和规格。监督班组操作是否符合规范。

⑧ 资料员岗位职责

负责我单位下发的各种资料文件如：管理文件、通知单、有关技术文件、施工技术标准、工艺标准、施工规范、图集、施工图纸、施工组织设计、工程项目质量计划等的整理与保管。施工过程中形成的资料如：施工技术交底、工程联系单、变更签证单、工程洽商记录、会议记要、工序检查表、设备安装检查表、调试记录、工程隐（预）检记录、设计变更的整理、保存和归档。资料编写，工程预结算书等文本的处理。

⑨ 施工生产工人岗位职责

严格按图纸、施工规范的要求进行操作，对不执行工艺和操作规范而造成的质量事故和不合格产品负责。保证个人质量指标的完成，出现质量问题及时向施工主管或项目经理反映，对不及时自检和不及时反映问题造成不合格品负责。注意保护成品，控制材料使用；保证安全生产，严防出现安全生产事故，遵守安全用电规定，电动工具和登高用具的安全操作规程。

（3）主要人员配备表

采用表格化管理施工中的人员，使得施工方和用户方都能有针对性地安排相关的工作，做到人人有事做，事事有人做，不窝工，各负其责，提升工作效率，并由经理对所涉及工程的所有人员的学历、参加工作时间、从事该工作的时间进行审核。

① 项目经理简历表

姓名		性别		职务	项目经理	职称	
参加工作时间			从事项目经理时间			学历	
工作简历							

② 施工项目部主要人员简历表

姓名		性别		职务	项目部	职称	
参加工作时间			从事项目部时间			学历	
工作简历							

③ 项目现场负责人简历表

姓名		性别		职务	项目现场	职称	
参加工作时间			从事项目现场时间			学历	
工作简历							

④ 技术工程师简历表

姓名		性别		职务	技术工程师	职称	
参加工作时间			从事技术工程时间			学历	
工作简历							

⑤ 技术总监简历表

姓名		性别		职务	技术总监	职称	
参加工作时间			从事技术总监时间			学历	
工作简历							

⑥ 设备供应负责人简历表

姓名		性别		职务	设备供应	职称	
参加工作时间			从事设备供应时间			学历	
工作简历							

⑦ 质检员简历表

姓名		性别		职务	质检员	职称	
参加工作时间			从事质检时间			学历	
工作简历							

⑧ 安全员简历表

姓名		性别		职务	安全员	职称	
参加工作时间			从事安全员时间			学历	
工作简历							

⑨材料设备管理员

姓名		性别		职务	设备管理	职称	
参加工作时间			从事设备管理时间			学历	
工作简历							

9.3.2 质量管理

××工程有限公司是建设部核准的建筑弱电集成专项工程甲级设计资质企业，是建管局下发的三级建筑弱电企业，是××公安厅核准的安防一级资质企业。作为弱电系统专业工程商，××工程有限公司拥有完善的管理制度和强大的综合优势。职工队伍的相对稳定是工程服务连续性的保证，进货渠道的合法性是产品原厂正宗工程质量的保证。我们的宗旨是："诚信为本，求实创新"。

1. 我们的三大优势：信誉、技术、经验

（1）信誉优势

我公司是一级企业单位，是集设计、施工、调试、售后服务为一体的综合工程单位。从没有发生过烂尾工程，服务恶劣等不良状况记录。全心全意为客户服务，真正做到建造一个工程树立一个样板，让用户放心客户满意。

（2）技术优势

我公司现有职工50多人，硕士学位获得者5人，项目经理20人，专业技术人员达85%。拥有一支知识面广、层次高、业务精、责任心强、勇于开拓进取的专业技术队伍。在工程实践中锻炼出了一支相对稳定、经验丰富、各类工种齐备、多专业的工程队伍，具有较强人才优势。

（3）经验优势

我公司集多项智能化系统工程的丰富经验，无论在专业技术，设备仪器，还是工程管理方面，不断努力、不断创新、不断学习、不断总结。不仅具有一批高素质、高责任心、经验丰富稳定高效的设计施工队伍，还造就了一批工程上讲质量、施工上讲完全、工作上讲效率、生产上讲效益、在综合管理上卓有成效的人员。我们将多年来的探索和成熟的经验有效地运用到本工程上，使本项目工程多了一重有效的保障。

2. 质量保证体系

公司严格按"施工组织设计质量管理体系"进行施工，它是工程施工的质量保证。我们的运作程序包括：客户需求分析、系统方案设计、系统工程设备施工安装与调试、客户培训、系统交付运行、跟踪服务等，给客户提供全方位优良的全过程服务。以"用户的利益高于一切"的宗旨、"珍惜员工才干，人尽其才"的用人原则、"踏踏实实做事，老老实实做人"的敬业精神都说明了今天辉煌。

（1）编制工程项目质量大纲

施工质量管理是施工组织设计重要的一环。本智能化弱电系统工程建设要上一个新台阶，必须大力加强质量意识的建设。质量不断改进和提高，是我公司经营管理工作中一个永恒的主题，也是工程项目建设永远不老的课题。当今的时代是决策者重视质量的时代，"质量是打开世界市场的金钥匙"（美桑德霍姆）。一个公司工程质量的好坏，从侧面反映了一个企业的素质。质量是我公司的生命，质量出信誉，靠信誉闯市场，靠市场增效益。搞好质量管理是我公司立足市场的基石，是我公司竞争举足轻重的筹码。

根据工程的实际情况，我们编写了工程施工质量大纲。工程项目的质量大纲是实施质量管理和质量保证的纲领性和行动准则，适用于工程设计、施工、安装、调试交付使用、维修保养全过程的质量管理和质量控制。

编制依据

① 《中华人民共和国建筑法》

② 《建设工程项目管理规范》GB/T50326-2001

③ 建设单位和相关部门提供的主要设计依据和要求

④ 《建设工程质量管理办法》

⑤ ×××发展公司质量管理文件

⑥ 施工文件和资料控制程序等

（2）质量管理组织机构设置及岗位责任制

① 组织结构

第一把手负责，项目经理主管，质量安全员执行，各专业配合，各班组自检、自查，供应部密切配合，做到全员行动，全面管理。实行每周质量安全例会，天天小检查，周周大检查，奖罚分明，责任到人。

② 质量安全岗位责任制

● 项目管理部质量岗位职责

负责现场的协调管理工作，还包括与单位内部各专业间、部门间的协作，保证施工用物料的及时供应、技术支持、质量安全监督等的顺利开展，保证对工程质量、安全进度的有效控制。

● 项目经理质量岗位职责

负责现场具体事务，包括与现场项目各方的协调，作为工程质量的直接负责人，合理安排调配人力、物力，组织各项工作的计划与实施，对进度、工艺、安全等全面控制，定期向总经理汇报，解决施工过程中的各种问题，保证工程按计划进行。

● 项目现场负责人质量岗位职责

协助项目经理开展各项安全质量工作。

● 质量安全检查员岗位职责

在项目经理领导下，负责检查监督施工组织设计的质量保证措施的实施，组织建立各级质量监督体系。严格按图施工、以标准规定检验工程质量，判断工程产品的正确性，做出合格的结论，对因错、漏检造成的质量问题负责。对不合格品按类别和程度进行分类，做出标识，及时填写不合格品通知单、返工通知单、废品通知单，做好废品隔离工作。监督施工过程中的质量控制情况，严格执行"三检制"，并做好被检查品和部位的检验标识，发现质量问题及时反映；正确填写工序质量表，做好各种原始记录和数据处理工作，对所填写的各种数据、文字问题负责。

检查督促我公司制定的生产安全、防火、防盗，安全措施的落实执行，并作安全学习记录及早消除隐患。按时统计汇报工程质量情况，按时填写质量事故报表，对准确性负责。严格监督进场材料的质量、型号和规格。监督班组操作是否符合规范。

● 技术部、财务部质量岗位职责

分别负责技术支持及财务方面的工作，不符合技术要求，即退货，没有验收合格的不付款。我公司严格按照"质量管理体系"认证，以 ISO9001—2001 要求为蓝本建立了质量管理体系，并编写了《质量手册》，它是工程施工的质量保证。我单位建立健全的技术质量文件、财务管理条例是从源头保证了工程质量。技术部和财务部严格执行有关规定，并对技术和资金的运作质量负责。

（3）质量控制

① 施工准备阶段质量控制的程序是：自审设计图纸、设计图纸多方面会审，现场复核，选择分承包人，编制作业指导书和施工手册，提出开工报告。

② 施工阶段质量控制的程序是：技术交底，测量、材料、设备、计量、变更设计、环境保护控制，项目质量计划，持续改进，安装调试，项目竣工评价。

③ 交工阶段质量控制的程序是：最终检验和试验，质量缺陷处理，整理质量记录，编制交工文件，承包人自检，发包人验收，交工验收报告。

（4）设计质量的控制

不断满足用户对工程产品的要求，采用新技术、新材料、新工艺而设计出用户委托的、具体高水平和适用能力强的工程，开展全面质量策划。听取各专业人员的合理化建议，搞好优化设计。根据用户和现场的实际情况，搞好变更设计的论证和协调工作，管好设计图纸和资料。设计工作应满足技术上先进、经济上合理、施工上可行的要求，符合规范、法规、法律规定要求。工程项目设计往往是多专业协作的作业活动，针对各方面相互关系和接口，明确规定有关职责、职权，并形成文件，保证设计工作协调进行。项目设计的各级主管人员在事前在指导文件中对全部设计输入予以规定，如设计要求和相关法规内容，设计原始资料，有关施工及安装重要信息，特殊设计需要。对各设计阶段，所需原始资料的内容及控制方法与用户商定后形成文件。客户所提供的原始资料在合同中明确规定，如客户不能全部及时提供，在备忘录中加以记录，并规定解决办法；对客户不完善、含糊或矛盾的设计要求经协商、研究后解决，并予记录归档。对设计输入内容整理、编目、归档作出文件规定。

有关职能部门代表和有关专业人员对设计结果进行正式的审核，填写"设计图纸评审表"。验证结果以文件报告形式做出。项目部施工人员在施工过程的各阶段需要对设计进行确认。

设计更改是指设计完成起至工程竣工前整个期间的任何更改。包括用户对某些设计要求的变更；施工、安装及运行过程中的合理变更；设计原始资料发生变更；相关的法令、法规、规范要求发生变更；设计后续阶段发现前阶段设计中有缺陷或不合理问题等。设计更改应包括：设计更改的依据、评审、批准、输出及存档等。填写设计变更通知，经总工程师审批，设计变更通知一式四份，建设、施工设计、监理、工程总监室各存档一份。

（5）文件资料质量的控制

保证质量体系文件和资料处于受控状态，及时获取并使用所有文件的有效版本，防止文件机密泄露、丢失、误传，保证质量体系正常，有效运行。文件资料如：施工组织设计、施工方案、季节性施工方案、施工技术措施、工程项目质量计划、施工技术交底、工程洽商记录、工程隐（预）检记录等质量保证施工资料及竣工资料的收集、整理、归档保存。借阅时做好登记手续。

确保质量体系文件的符合性、有效性，以满足质量保证要求。更改文件和资料时，要在文件的更改处加盖"更改章"，并将更改后的内容写入更改记录表。更改内容较大时，需要换页更改，并做好换页记录，换页后原页收回。

（6）材料、设备采购的质量认证制度

采购验证制度：通过对影响采购质量的关键环节实施控制，确保采购物资符合质量标准要求。首先建立供应商档案，包括：所供物资的资质证明、合格证、检验试验报告、价格、功能、质量等有关资料并进行综合分析，分类建立供应商信息档案，选择合格的供应商。其次对物资的验证、保管、发放要加以控制；验收人员在验收时发现物资质量与要求不符，数量有误，品种、规格不对，技术资料以及手续不全，要认真填写《物资验收记录》，并作好标识妥善保管及时通知采购人员。经验收不合格品，验收人员及时与采购人员联系，将不合格品隔离，执行《不合格品的控制工作程序》。

（7）采购物资供应运输质量控制制度

根据设计要求和施工组织设计的规定，按质、按时、按期采购材料设备，保障按质、按量、按时供应到施工现场。做到材料、设备质量证明文件的收集，并保证真实、齐全、完整，与工程施工同步。产品采购质量原则是质量第一，质量优先。不合格材料和设备，三无产品不进入现场，证随货走，货证同步，选择合格可靠的供货单位，进货的质量记录及质量证明或试验报告，包括：产品证明书、质量标准、产品鉴定报告及出厂检验合格证书、质量保证文件等。设备进场时要提供三套保证文件（一套正本、两套副本）。各系统主机、分机入场前要进行模拟调试，特别是新软件、新设备。非标设备合同中可能没有具体要求，但是保证美观及可靠，未经检查不准运到工地安装。要求防火的材料如导线、电缆、接线盒等除前面的要求外，要有防火材料销售许可证和消防主管部门颁发的消防产品生产许可证。

（8）建立产品标识和可追溯性制度

制定标识方法和可追溯性控制，对产品或服务进行标识和记录，用户对不满意的产品或服务投诉时可进行追溯。在有追溯要求时，合同中应明确规定可追溯的范围，并由项目经理指导进行标识，特殊部位应重点加以标识。在施工、安装和交付的过程中，如有标识移动情况，应按程序文件《产品标识和可追溯性工作程序》规定的方法，手续进行标识的移置并更正记录。

（9）施工质量控制

我们的质量目标是创优良工程，满足用户对工程产品的质量要求和期望。施工质量控制是项目管理的重要内容，以先进的技术和经济的方法将各种生产要素有效的组合，按施工规范要求、设计意图，根据公司质量控制文件对施工的全过程进行有效的控制。

（10）施工过程的质量职能

严格贯彻执行工程质量计划和施工组织设计，落实"三按"施工（即按设计纲要、按施工组织设计、按标准）。严格工序管理，使工序质量处于受控状态，确保分项工程质量一次合格，以责任制为中心，抓好现场管理。控制施工进度，组织均衡施工，加强信息反馈，强化施工指挥和决策汇集工程资料。进行质量职能活动，明确各类人员的质量责任制，组织质量培训，建立工序质量控制点，建立质量信息网络，落实质量记录和质量评定，健全质量例会制度，贯彻工艺纪律。

① 施工质量控制的基本方法

以工序质量为目的，动态地控制工序的因素，按质量责任制办事，各施其职，各负其责。以预防为主开展一月一次合格工程活动，加强工序"三检制"（即自检、互检、专职检验）。抓点连线带片，对关键工序设立质量管理点，实行重点控制，如：施工开始建立样板布管布线工程、样板控制箱，以后施工按样板施工。严守工程质量第一的原则，提高质量意识，在保证质量的前提下优化工期。

② 施工质量要点控制

质量因素的控制

对人的控制

材料质量的控制；

设备质量的控制；

方法控制；（指项目实施方案、工艺、组织设计、技术措施等等）

环境控制。

质量控制的数理统计方法有：直方图法、因果分析图法（如图9.3所示），主次因素排列图法、控制图法。

在工程施工过程中项目部坚持全面质量管理方针，做到质量管理深入到全过程，全员参加质量管理工作。在施工过程中加强质量监控，由质检员和主管工程师负责质量检查，克服质量通病，我们的具体做法如下。

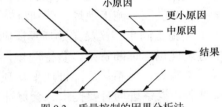

图9.3　质量控制的因果分析法

抓两个重点：即抓管、槽、线的敷设，保证线路敷设符合设计图纸要求、线路不断路、不短路、线间和线对地的绝缘电阻符合设计要求；抓系统的设备安装、调试，要求其功能符合合同和设计要求。

抓三个阶段：即抓施工准备阶段：组织编制施工组织计划、施工预算、编制施工进度计划、施工图设计和会签、施工现场的勘察、人力配备、设备材料、工具准备进入现场前的技术交底、施工人员的安全生产培训等；抓施工阶段：对进场的原材料、半成品和成品进行检查、检查安装施工质量是否符合规范要求；抓成品验收阶段：通过检测和审评完工和系统工程是不是达到规范和合同要求。使用四个手段，即：检查、测量、试验、指令性文件。

③ 工程质量管理制度

弱电系统工程对工程质量有严格的要求，施工如出质量问题会造成不可弥补的损失。我们在施工管理中严格执行质量抽样检测、质量监督，对发生的质量问题及时处理。

每一个系统完成的每一阶段，都必须经过技术指标测试，完全合格后才允许进入下阶段系统的全面施工，各系统进入全面施工后对一些长度较长、弯曲较多或比较典型的系统组合，进行抽样检测，抽测率在工程开始初期一般不抵于 10%，正常情况下一般不低于 5%，抽样检测工作出现场施工管理员负责完成，并将有关资料存档。

质量监督由施工队、项目部和监理小组共同负责。施工队的责任要求每一个施工人员按照操作规范进行施工，项目部现场管理员除了完成抽样检测之外，还要检查各施工小级的管理工作和实际操作是否按要求执行，监理小组定期对施工队和现场施工管理员的工作进行检查，对所发生的质量事故做出处理决定。质检员执行完善的质监制度，对不负责任的施工人员教育批评处罚、返工，严重者开除处理。发文要求及时采取补救措施确保工程按时、按质、按量完成。

当发生质量问题和质量事故时，由现场施工管理员通知同类子系统的施工暂停，由现场施工管理员和施工队领导一起进一步验证和查找质量问题出现的原因。原因查明后由施工队和施工管理员共同提出解决办法。当原因不明时施工管理员应及时向工程部报告，由工程部组织有关方面的技术人员到现场进行技术分析，直到查明原因。质量问题查明后，由项目部下发复工通知；如发生质量事故造成经济损失除要进行上述工作外，施工队还要填报事故报告，项目部和监理小组对事故做出处理决定。

（11）竣工验收阶段的质量控制

弱电工程竣工后，必须进行最终检验和试验。项目技术负责人按编制竣工资料的要求收集、整理质量记录；项目技术负责人组织有关专业人员按最终检验和试验规定，根据合同要求进行全面验证；对查出的施工质量缺陷，按不合格控制程序进行处理；项目经理部组织有关专业技术人员按合同要求编制工程竣工文件，并做好工程移交准备；在最终检验合格和试验合格后，对弱电工程成品采取防护措施；工程交工后，项目经理部编制符合文明施工和环境保护要求的撤场计划。

① 更改和完善质量持续改进计划的程序

项目经理负责阶段分析和评价项目管理现状，识别质量持续改进区域，确定改进目标，实施选定的解决办法；质量持续改进按全面质量管理方法进行；坚持"PDCA（计划—执行—检查—处理）"循环的工作方法，持续改进过程控制和产品质量。

② 项目经理部对不合格控制按下列规定进行处理：

● 按我公司的不合格控制程序，控制不合格物资进入施工现场，严禁不合格工序未经处置而转入下道工序。

● 对验证中发现的不合格产品和过程，按规定进行鉴别、标识、记录、评价、隔离和处理。

● 对产品进行评审。

● 对不合格处置根据不合格严重程度，按返工、返修或让步接收、降级使用、拒绝或报废四种情况进行处理。构成等级质量事故的不合格，按国家法律、行政法规进行处置。

● 对返修或返工后的产品，按规定重新进行检验和试验，并应保存记录。进行不合格让步接收时，项目经理部应向发包人提出书面让步申请，记录不合格程度和返修的情况，双方签字确认让步接收协议和接收标准。

● 对影响建筑主体结构安全和使用功能的不合格，应邀请发包人代表或监理工程师、设计人，共同确定处理方案，报建设主管部门批准。

● 检验人员必须按规定保存不合格控制的记录。

（12）纠正措施执行条例

① 对发包人或监理工程师、设计人、质量监督部门提出的质量问题，应分析原因，制定纠正措施。

② 对已发生或潜在的不合格信息，应分析并记录结果。

③ 对检查发现的工程质量问题或不合格报告提及的问题，应由项目技术负责人组织有关人员判定不合格程度，制定纠正措施。

④ 对严重不合格或重大质量事故，必须实施纠正措施。

⑤ 实施纠正措施的结果应由项目技术负责人验证并记录；对严重不合格或等级质量事的纠正措施和实施效果应验证，并应报企业管理层。

⑥ 项目经理部或责任单位进行定期评价纠正措施的有效性。

（13）预防措施执行条例

① 项目经理部在每周召开的质量分析会上，对影响工程质量潜在原因，采取预防措施。

② 对可能出现的不合格，应制定防止再发生的措施并组织实施。

③ 对质量通病采取预防措施。

④ 对潜在的严重不合格，坚决实施预防措施控制程序。

⑤ 项目经理部每月评价预防措施的有效性。

9.3.3 安全生产制度

1. 建立项目经理负责制的施工生产管理责任制

本工程施工设计完全按国家规律制定的建筑安全规程和技术规范操作，保证工程施工的安全性。我公司在编制施工组织设计时，是根据智能弱电工程的特点制定相应的安全技术措施；对专业较强的工程项目，编制了专项安全施工组织设计，并采取安全技术措施。

我公司在项目施工中，始终贯彻"以防为主，安全第一"的安全生产方针，建立健全安全生产保证措施。预防工伤事故的发生，做到"防微杜渐，防患于未然"加强劳动保护，不出重伤、死亡事故。为实现工程目标，在保证人身及设备安全的基础上，全面落实我单位下达的各项指标，为此，在施工中必须贯彻安全措施。

2. 严格执行《安全生产法》

建立项目经理负责制的施工安全生产管理。

建立健全安全生产的责任制度的群防群治制度。

在施工现场采取维护安全、防范危险、预防火灾等措施：如高空作业的安全吊带，焊工的防火器材，各工种的劳保用品等随第一批物资到达工地；甲方有条件的，应当对施工现场实行封闭管理。

施工现场对毗邻的建筑物、构筑物和特殊作业环境可能造成损害的，我施工单位建议用户方配合采取安全防范措施。

用户方应当向我施工单位提供与施工现场相关的地下管线资料，建筑施工方应当采取措施加以保护。

我们应当遵守有关环境保护和安全生产的法律、法规的规定，采取控制和处理施工现场的各种粉尘、废气、废水、固体废料以及噪声、振动对环境的污染和危害的措施。

有下列情形之一的，用户方应当按照国家有关规定办理申请批准手续：

（1）需要临时占用规划批准范围以外场地的；

（2）可能损坏道路、管线、电力、邮电通讯等公共设施的；

（3）需要临时停电、停水、中断道路交通的；

（4）需要进行爆破作业的；

（5）法律、法规规定需要办理报批手续的其他情形。

依照建设行政主管部门负责建筑安全生产的管理，并依法接受劳动行政主管部门对建筑安全生产的指导和监督的法规，我方依法接受有关部门的管理，同时对建筑安全生产加强管理，执行安全生产责任制度，采取有效措施，防止伤亡和其他安全生产事故的发生。

我单位的法定代表人对本企业的安全生产负责。施工现场安全由我单位负责。实行施工总承包的，由总承包单位负责。分包单位向总承包单位负责，服从总承包单位对施工现场的安全生产管理。

我方建立有健全劳动安全生产教育培训制度：每周进行安全学习和总结，加强对职工安全生产的教育培训；未经安全生产教育培训的人员，不得上岗作业。领导和作业人员在施工过程中，遵守有关安全生产的法律、法规和建筑行业安全规章、规程，绝不违章指挥或违章作业。作业人员有权对影响人身健康的作业程序和作业条件提出改进意见，有权获得安全生产所需的防护用品。作业人员对危及生命安全和人身健康的行为有权提出批评、检举和控告。

我方为从事危险作业的职工办理了意外伤害保险，支付保险费。

涉及建筑主体和承重结构变动的装修工程，用户方应当在施工前委托原设计单位或者具有相应资质条件的设计单位提出设计方案，没有设计方案的，不得施工。

施工中发生事故时，我单位采取紧急措施减少人员伤亡和事故损失，并按照国家有关规定及时向有关部门报告。

建立安全保证体系，将安全生产作为生产管理者的首要职责，抓紧抓好。设备人员进场后，先进行全员安全教育，建立健全安全生产责任制、交接班制、设备机具维护保养制度。

工地配备专职安全员，经常检查安全生产情况，督促工地全体员工严格遵守安全生产规定，正确使用防护设施和劳保用品。各种机械操作及特殊工种必须持证上岗，严禁无证上岗、违章作业。施工危险区域设置醒目的警戒标志。

3．施工安全保证

严格执行《建筑安装工程安全技术规定》和《建筑安装工人安全操作规程》，组织制定或修订工地安全制度和安全技术规程，编制本工地安全技术措施计划，并组织实施。每周组织工人安全学习，对新进场工人，进行上岗前安全技术教育，并签名存档，施工管理人员在下达任务单的同时，必须作安全技术交底记录，在施工过程中加强检查监督，进入施工现场必须戴安全帽，禁止穿拖鞋、硬底鞋和带钉、易滑鞋，或光脚进入现场。

在安全生产中，我们贯彻全民安全意识，人人为安全着想，每周由项目经理主持，质检员组织进行安全学习及安全总结，对遵守安全规范者进行批评教育，视情节轻重进行处罚，对遵法守纪者评为积极分子或先进工作者，给予一定的奖励。

凡进入工地现场人员，必须戴安全帽；电工作业时要穿绝缘鞋；高空作业系好安全带。不得站在悬吊物下，不得站在竖井开口、梯口嬉闹玩耍。

4．落实各种设备安全使用措施

（1）冲击钻（电钻）安全使用措施：经常检查其绝缘线是否良好，使用时外壳经地线接地，防止触电事故。装拆钻头使用电钻夹头钥匙，不能使用其它东西敲打。使用时检查钻头要夹紧、冲击钻（电钻）要拿稳、人要站稳，防止钻头断裂伤人。使用中换向器与电刷之间发生较大火花时，应清除换向器污垢，检查弹簧压力，更换已磨损的电刷。定期更换轴承润滑油，滚动轴承和齿轴箱最好使用锂基润滑脂，滑动轴承采用 15 号车用机油。

（2）角向磨光机（切割）安全使用措施：检查整机外壳电源线，要求不得有破损，砂轮防护罩完好牢固。右手握住角向磨光（切割）机，左手拨动机身尾部开关拔到"关"的位置。接通开关，通电转几分钟，关机检查转动部分是否灵活。使用过程中，砂轮与工件的角度为 15 至 30 度，注意保护眼睛，防止磨砂入眼睛，当转动速度变慢，马上停机检查。不用手提电缆线，更换砂轮片时使用专用板手。

（3）电焊机安全使用措施：设备使用前检查是否良好，电源线、电焊钳的绝缘线绝缘是否良好，接头不应超过 3 处，外壳接地是否良好。电焊机引入电源应使用自动开关，有漏电保护器。室外作业注意防雨。电焊机接通电源的情况下，不要将电焊钳夹在腋下或把电焊绝缘线挂在脖子上。焊接时要戴好手套。

（4）台钻安全使用措施：经常检查台钻绝缘线是否良好，用时外壳经地线接地，接地线可靠，防止触电事故。装拆钻头使用电钻夹头钥匙，不能使用其它东西敲打。钻头一定要夹紧正确，使用时检查钻头，钻头要夹紧确保无误。左手拿工件要拿稳（或把工件夹紧在工作台面上），右手握手柄，压力要适当，严防钻头断裂或工件飞出伤人。台钻用后，清除铁屑，保持清洁，旋转部份定期上润滑油。

（5）砂轮机安全使用措施：使用砂轮机时必须待其转速稳定后再用，一般先空转几次，操作者必须立于机旁，不得正对砂轮机，以防发生危险。

（6）设备接电前安全措施：在系统的安装调试过程中，在给设备送电前必须分清设备性能，方可接线。送电前应测量电源电压等级及极性，避免造成人为的设备和人身伤死亡事故。

（7）安全防火措施：施工现场和库房禁止存放自燃物品，合理配置灭火器材。禁止用明火直接加热易燃液体，在有燃烧爆炸危险的场所不使用明火、严禁吸烟或携入火柴等危险物。使用设备时严防短路、过载、接触不良等。潮湿作业使用 36V 安全照明电压，接头用绝缘布包扎好。使用临时电源时注意安全，引出线从配电箱内经开关后引出，不能混乱，并做好标记。布线时严禁将导线缠绕在铁钉、铁丝上；严禁用铜、铁丝代替保险丝；严禁直接把导线裸头端插在插座上；禁止乱拉乱接用电设备，造成过载运行；保持移动电动工具有良好的保护层。保证电气安装施工质量。清除导线和导线与电气设备之间和连接点中的金属氧化层、油层等杂物，并接紧接牢。保护零线与工作零线不能混接，保证工作接地与重复接地符合要求。焊接作业中，做好防火工作，清扫工作场地的易燃、易爆的材料并准备好消防器材（如：灭火器材、防毒面具等）安全员进行定期检查。平时注意清理走人通道，火灾万一发生，应迅速阻止火灾的扩大，并立即组织抢险救灾和人员、财物的疏散，减少火灾造成的损失。工地办公室和显著的地方挂上"火警 119"、"急救 120"、"报警 110"及就近医院的救伤电话标牌。如发生意外事故，立即救护并保护现场，及时向上级汇报。

5. 文明施工制度

认真贯彻执行×××省有关文明施工的规定，保持施工现场干净文明，搞好环境卫生，接受环保监察及其他有关部门的监督、检查。施工现场用料按计划分批进场，在指定位置堆放。

遵守国家和×××省的治安法规，搞好与各管理单位和协作单位的关系。

施工现场不宜设置职工宿舍，必须设置时应尽量和施工场地分开。现场备有必要的医务急救药品，在办公室内显著地方张贴 119 火灾电话：120 急救电话号码。根据天气和环境采取防暑降温、防寒和消毒、防毒措施。施工作业区与办公室分区明确。现场设置卫生的饮用水设施。

项目经理部每周对现场管理进考评，考评办法依照××市文明公约结合我单位文施工条例执行。

根据《中华人民共和国环境保护法》以及政府有关城市施工现场管理的规定等法规条例，特制定有关文明施工措施。树立"以人为本"，以安全、环保、爱民作为主要内容的文明施工教育，树立和牢固全体员工的安全文明施工意识，自觉执行安全文明施工的措施。在施工现场，必须做到工完地清，操作地点周围整齐干净，散料、垃圾及时处理，实行文明施工奖罚制度。

施工现场的文明专项措施有：

在工地办公室内设置黑板报做好文明施工宣传教育工作。施工人员入场前，项目经理要对其进行文明施工制度学习，并有学习记录和签认手续。进入现场施工的所有人员统一着装，挂牌上岗（包括：工作鞋、工作帽、工作服、工作牌式样甲方认正）工地施工主管每月 1 日和 15 日要对工地文明施工进行一次大检查，并在施工日志中作详细记录，有不符合施工要求的及时处理。工地项目经理每月月尾要对工地文明施工进行一次检查并作好详细记录，有不符合项目要求的及时整改。材料、设备库房要求分类存放整齐，领用、管理方便。材料、设备库房要求良好的卫生环境，每天收工后要进行卫生扫除，施工场工地不乱甩线头、断槽、断管、设备包装纸等垃圾杂物，每天施工完后要清场，保持良好的施工环境，并形成习惯。注意成品保护，施工过程中不得乱动或损坏其它施工单位已施工的成品，施工工位如与其它施工单位发生冲突时，应该通过施工主管进行协商解决。宿舍卫生整洁，通风、采光良好，周围环境卫生、安全。合理配置灭火器材，宿舍不得使用电炉和电热器。维护治安、不留外人住宿，特殊情况报工地施工主管批准。宿舍不得赌博、不得打架斗殴，不随地大小便。

9.3.4　工程管理

1.　施工管理方法

本工程采用项目法流水式施工方法，并结合平行式施工法以在必要时加快进度。流水式施工以节省人、财、物，提高质量并合理使用资源。项目法施工是以工程项目为对象，按客观规律的要求，对项目需要的各生产要素进行最优化的搭配，通过观察、分析、综合、求进等方法，对产生技术经济的各项工作制定工作标准，让一切生产活动有条不紊地进行，使人力、资金和设备都发挥到最大的作用，达到最佳效果、最高目的。项目法施工的最大好处是可以缩小用户方和施工单位的距离，项目管理经理部既是决策机构，又是责任机构，是施工单位对工程项目实施的全权代表，这样就便于保证施工项目按照规定的目标高速优质低耗地全面完成，保证各生产要素在项目经理的授权范围内做到最大限度的优化配置。

2.　施工流程图

施工流程要做具体安排，具体流程如图 9.4 所示。

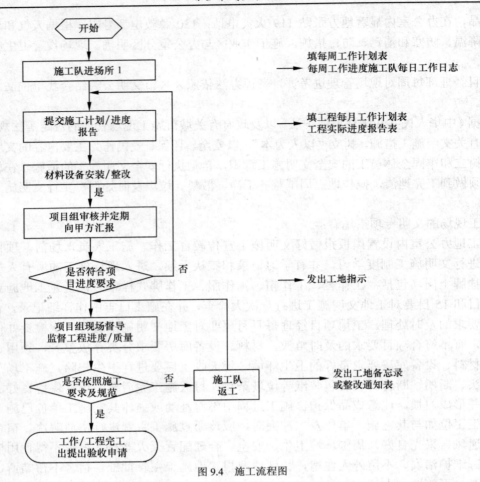

图 9.4　施工流程图

3．强化计划管理

工程计划管理，在现场施工管理中包含 3 个内容：要组织连续地均衡地施工，要全面完成各阶段的各项计划任务或指标，要以最低的消耗取得最大效益。主要措施如下：

（1）施工计划与实际情况对比分析

根据总体网络计划，关键路线计划，日、周工程计划，在实施施工过程中，将实际完成情况记录下来，并与原计划进度进行对比分析，及时发现薄弱环节和矛盾，提出补救措施，预测完成将要进行的工程量的所需时间，提出加快某些施工工序的具体方案。

每周定期举行计划协调例会，收集上周现场施工、计划落实等各种信息，研究问题，下达下周的施工任务。

（2）加强实质性监管

加强现场的督促检查，包括检查施工准备，施工计划和合同的执行情况，检查和综合平衡劳动力、物质供应和机械设备，督促有关部门，督促各类资源的供应。

4．施工项目进度控制

项目进度控制的目的是提前完成预定的工期。进度控制将有限的投资合理使用，在保证工程质量的前提下按时完成工程任务，以质量、效益为中心搞好工期控制。施工控制难度最大，问题最多，必须使用正确的方法和对策，进行及时有效的控制。

（1）施工进度的前期控制：

工期预控制是对工程施工进度进行控制，达到项目要求的工期目标。施工顺序要安排合理、均衡有节奏才能实现计划工期。根据合同对工期的要求、设计计算出的工程量，根据施工现场的实际情况、总体工程的要求、施工工程的顺序和特点制定出工程总进度计划。根据工程施工的总进度计划要求和施工现场的特殊情况而制定月进度计划，制定设备的采、供计划。施工现场的勘测，作好施工前的准备，为施工创造必要的施工条件，作好施工前的一切准备工作，包括人员、机具、材料、施工图纸等。

（2）施工进度的中间控制

在施工进行进度检查、动态控制和调整，及时进行工程计量，掌握进度情况，按合同要求及时联系进行工程量的验收。对影响进度的诸因素建立相应的管理方法，进行动态控制和调整，及时发现及时处理。由于本工程许多系统同时施工，相互影响因素较多，现场作业条件和现场作业情况的变化及土建、装修现场条件的改变，相应的对施工进度作出及时调整。落实进度控制的责任，建立进度控制协调制度，有问题进行及时的协调；落实施工过程中的一切技术支持，增加同时作业的施工面，采用高效的施工方法、施工新工艺、新技术、缩短工艺间和工序间的间歇时间；对施工进度提前的、对应急工程及时的实行奖励，以及确保施工使用资金的及时到位；按合同要求及时协调有关各方面的进度，以确保工程符合进度的要求。每月要检查计划与实际进度的差异、形象进度、实物工程量与工作量指标完成情况的一致性，提交工程进度报告。当实际计划与进度计划发生差异时，分析产生的原因，提出调整方案和措施，如进度计划、修改设计、材料、设备、资金到位计划等，必要时调整工期目标（所有文件都要编目建档）。

（3）施工进度的后期控制

进度的后期是控制进度的关键时期，当进度不能按计划完成时，分析原因采取措施，改进工艺，实行流水立体交叉作业，增加人员，增加工作面，加强调度。工期要突破时，制定工期突破后的补救措施，调整施工计划，资金供应计划、设备材料等，组织新的协调。

（4）多方沟通和紧密配合

各方的配合是讲求材料、设备、供应、人员、机具的科学调配。我方与装饰工程的配合，与土建的配合，与用户方和监理的配合默契，才能使互相制约的工程变为步调一致，减少工时，节约成本，达到按需求时间完成工程的目的。多方及时沟通；准时参加工程例会，发现问题主动积极与有关单位协作解决，不推卸责任，不回避问题。及早发现，及时解决。以用户为主的合理安排施工。

（5）不可预测情况的紧急应对

在以防为主的管理措施下，当出现特殊情况时我们采取有效的应急处理对策。当遇有关单位如土建、机安、水、电、装饰单位未能按期交出作业面等，非我单位所能控制的局面时，可申报停工延期及退场，以节约工时，若遇施工条件变化时，如地震、恶劣天气环境、高温、洪水、下沉等不可抗力时，我们根据具体情况采取：抢救成品、及早转移物资，尽量减少损失，尽早复工，加班加人保质量补工期。若遇技术失误时，如施工过程中，在应用新技术，新材料，新工艺、新产品缺乏经验时，不能保证质量，并影响施工进度时。我们成立攻关小组加大人力的投入，或建议甲方更换品牌或型号等对策和相关措施。

5. 技术保证制度

我们除了具有一批高素质的工程技术管理人员，精良的仪器、工具、设备外。在该系统所选用的产品都是质量过硬的国际知名品牌或经过多个工程上的实践，在多个项目上运行性能稳定的产品。我们更与供应商署售后技术服务《使用保障承诺书》、技术服务授权书和《产品授权书》，得到厂商对我单位全方位的强大的技术扶持。

工程的技术管理包括施工图纸会审、编制施工组织设计、技术交流，技术检查、拟定各项技术措施和实施各种技术规程、提出合理化建议、加强工程技术监督管理，这些工作有助于确保工程质量和进度。工程中推广应用先进的技术，合理的施工工艺，可以给工程带来良好的经济效益，主要措施如下。

（1）建立健全技术管理制度，包括技术责任制度，图纸会审制度，技术交底制度，材料、设备进场检验制度，施工技术日志，工程质量验收制度，工程技术档案制度，在施工中严格执行。

（2）制定奖励条例，鼓励技术人员。管理干部在施工过程提出合理化建议，对原设计进行优化，对经过实践证明保证质量前提下可以提前工期，降低工程造价的给予奖励。

（3）科学设计完善的施工计划。施工进度计划可使用动态的网络计划技术，或网络图用时标网络计划，也可用横道图表示。它是现代化科学管理的重要组成部分，把施工过程中有关工作组成一个有机整体，把整个项目作为一个系统去加以处理，使系统中各个环节相互配合，协调一致，使任务完成得既快又好又省。根据现有资料分析，将项目的各项任务的各个阶段和先后顺序，关键和非关键的工作通过网络形式对整个系统统筹规划，区分轻重缓急进行协调，使此系统对资源进行合理的安排，有效地加以利用，达到预定工期目标。

（4）该弱电项目工程施工将完全按合同规范和高标准设计要求进行施工，由于该系统的结构复杂，受外界影响因素较大，加上需要的协调配合单位多，不可预测的因素多。工程施工受工程开工时间、其他单位的竣工时间、施工过程中的各阶段工作面的实际情况及建设资金等方面的影响，所以使年度、季度、月度计划之间难做到均衡性。我单位将加强搞好计划的衔接，及时把握、控制和对计划进行及时调整和综合平衡，保证在工期内顺利完成。

6. 资金与合同保证制度

（1）资金管理

资金是工程实施的基本保障，如果资金运作不良，工程进度将难以得到保证。为确保弱电工程项目的正常运作，制定如下资金使用保障措施。

① 使用的 3 个阶段：前期资金用于工程施工图设计，施工用各种管、槽、线及施工机械、工具的准备，并作为购买设备的预付款。中期资金用于每个月的工程进款、设备到货款、材料款及人工施工费用。后期资金用于设备货款、各系统检验、调试费用。

② 使用必须以工程进度为依据，由项目经理根据工程总体计划提出详细的工程量表，并结合工程进展分月度提出下一阶段调整工作量计划。

③ 工程量计划由工程总监审核批准，并报供应部门和财务部门核算，拟制人工、材料、设备等费用计划报总经理批准，经批准的文件作为调拨资金的基本凭证。

④ 对于本项目所收工程款，实行专款专用，不得挪用于其他工程。

⑤ 对于本项目出现之临时资金问题，我公司将调拨工程备用金或向建设单位临时借款，确保工程之正常使用。

（2）合同管理

合同管理是工程项目管理中最重要的工作之一，是建设单位和施工单位关系的桥梁和纽带，需要双方共同遵守和配合。合同内容清楚的明确了双方权利义务和约束双方的行为，有关的协调双方关系条款、保证工程质量条款、保证合同实施条款，都是对工程施工顺利完成至关重要的。因此我们遵循工程承包惯例，重视合同管理工作，严格执行合同条款。并以项目经理及合同管理人员专门处理各种合同有关事宜，以确保工程合同顺利的履行，保证双方的利益得到实现。

加强工程合同变更、设计修改、工程暂停及复工、费用索赔、工程延期及工程延误、合同争议的调解及合同解除的处理和管理工作，合同管理人员对以上工程的变更、修改等进行紧密跟踪，收集资料，保存书面记录备案。及时将有关变更的工程量签证单提交甲方和监理审批，确保工程按时顺利进行。

9.3.5 施工前准备工作

1. 准备工作

业务部与工程部进行商务正式移交后，由项目经理组织工程部、技术部、供应部和质监部，分项或同时进行如下工作安排。

（1）现场勘察和图纸现场签证记录

如发现施工的条件与设计图纸条件不符或者有错误，又或者因为材料、设备规格质量、场地不能满足设计要求，可以大家探讨合理化的改进意见，并遵循技术核定和设计变更签证制度，进行图纸的施工现场变更签证。如对投资影响较大时，要报请项目的原批准单位批准。所有变更改动资料，都要有正式的文字记录，归入拟建工程施工档案，作为施工、竣工验收和工程估算的依据。

（2）图纸会审

联系用户方、监理、总包、装饰、机安等工地现场有关单位，尽快完成图纸会审工作。图纸会审一般由用户方组织，监理主持，由设计单位和在场施工单位、协作单位参加，多方进行图纸会审。图纸会审时，首先由设计单位的工程设计者向与会者说明拟建工程的设计依据、意图和功能要求，并对特殊结构、新工艺、新材料、新产品和新技术提出设计施工要求。然后施工单位根据自审记录以及对设计意图的了解，提出对设计图纸的疑问和建议；最后在统一认识的基础上，对所探讨的问题逐一地做好记录，由监理形成"图纸会审纪要"，由建设单位正式行文，参加单位共同会签、盖章，作为设计文件并与技术文件一起用于指导施工的依据，以及建设单位与施工单位进行工程估算的依据。图纸会审完成即提交开工报告，办理建筑材料报验。

（3）物资器械准备

材料、构（配）件、订制品、机具和设备是保证施工顺利进行的物资基础，这些物资的准备工作必须在工程开工之前完成。根据各种物资的需要量计划，分别落实货源，安排运输和储备，使其满足连续施工的要求。物资准备工作主要包括建筑材料的准备；构（配）件和制品的加工准备，建筑安装机具的准备和生产工艺设备的准备。

（4）施工材料准备

主要是根据施工预算进行分析，按照施工进度计划要求，按材料名称、规格、使用时间、材料储备额和消耗定额进行汇总，编制出材料需要量计划，为施工备料、确定仓库、场地堆放所需的面积的组织运输等提供依据，必要时搭建临时仓库。

（5）构（配）件、制品的加工准备

根据工程预算提供的构（配）件、制品的名称、规格、质量和消耗量，确定加工方案和供应渠道以及进场后的储存地点和方式，编制出其需要量计划，为组织运输、确定堆场面积等提供依据。

（6）安装机具的准备

根据各子系统的技术方案和合同进度要求，安排施工进度，确定施工机械的类型、数量和进场时间，确定施工机具的供应办法和进场后的存放地点和方式，编制建筑安装机具的需要量计划，为组织运输，确定堆场面积等提供依据。

（7）生产工艺设备的准备

按照拟建工程生产工艺流程及工艺设备的布置图，提出工艺设备的名称、型号、生产能力和需要量，确定分期分批进场时间和保管方式，编制工艺设备需要量计划，为组织运输，确定堆场面积提供依据。

（8）技术交底

由项目经理亲自主持编写施工手册。设计人员与施工队进行技术交底，由设计人员向施工队阐明要点、难点、各系统工程的注意事项，组织施工人员学习设计方案并熟识施工图，所有参与人员签名记录备案。按照施工总平面图的布置，建造临时设施，为正式开工准备好生产、办公、生活居住和储存等临时用房。

（9）安装、调试施工机具

按照施工机具需要量计划，组织施工机具进场，根据施工总平面图将施工机具安置在规定的地点或仓库。对于固定的机具要进行就位、搭棚、接电源、保养、调试和安全检查等工作。对所有施工机具都必须在开工之前进行检查和试运转。

（10）做好工程构（配）件、制品和材料的储存的堆放

按照施工材料、构（配）件和制品的需要量计划组织进场，根据施工总平面图规定的地点和指定的方式进行储存和堆放。

（11）及时提供系统器材的软、硬件试验申请计划

按照施工材料、设备的需要量计划，及时提供材料的试验申请计划（如：系统的机械性能和电器性能等理化试验及老化试验、软件模拟试验等）。

（12）做好冬季、雨季施工安排

按照施工进度的月份预测及设备的电器性能要求，落实冬、雨季施工的临时设施和技术措施。

（13）进行新技术项目的试制和试验

按照设计方案、设计图纸和施工技术要求，认真进行新技术项目的试制和试验。

（14）设置消防、保安设施

按照施工工地的实际上情况，根据施工总平面图的布置，建立消防、保安等组织机构和有关的规章制度，布置安排好消防器具、保安等措施。

2．工程材料、设备的运输

弱电工程材料设备不多，技术含量高，安装、调试要求严格。运输不当容易造成设备表面刮花，严重的损毁。在本施工过程中我们分为远程远送和现场运输两部分进行管理。

（1）材料、机具远程运送

材料（管、槽、线）将根据本工程的进度，工程需求量及工地仓库面积的大小，采用一次性、分批由厂家或供应商点对点地在工地仓库交货。尽量避免多重周转引起的破损、划伤、错漏和运输成本的增加。

生产工具和生产设备由供应部统一集中、清点，工程部逐一检查型号和核对数量打包装车送货，如数量多或路途远则请信誉好的搬家公司或专业运输单位负责运送。

（2）系统设备和机柜的远程运送

大件设备如：机柜、设备模块箱等，凡涉及美观和有特别安装要求的、特殊用途的、专业性强的，由厂家或供应商点对点送货。在生产现场（即建设单位使用现场）待条件成熟时，由专业人员就位安装。最大限度地保证设备的完整性、资料设备附件的齐整、外形美观、开箱报验等工程手续的齐备。

（3）材料、设备的现场运输

在土建未退场时货物尽量走垂直货梯。当工程进入二次装修没有电梯时，则走楼梯。如用户方允许使用客梯时，先用 5 公分厚夹板敷贴牢固保护好内装饰面后方进行使用。对长度超过三米以上或宽度大于楼梯四分三以上的物体，宜用两人抬杠运输。当运输过程有可能令墙体和材料、设备表面划损的还需用毛毯包裹后方可进行。

9.3.6　施工技术要求

1．弱电管、线、槽施工标准及要求

严格执行施工规范，按施工图，施工手册进行施工。未经总工签名、项目经理同意并向监理公司申报，不得随意改动施工方案。对施工完成部分要做好成品保护。管槽施工必须横平竖直。吊线、格墨、打平水、拉直线（预埋管线除外）。

板槽安装及注意事项如下。

（1）垂直敷设的线槽必须按底架安装，水平部分用支架固定。固定支点之间的距离要根据线槽具体的负载量在 1.5～2m。在进入接线盒、箱柜、转弯和变形缝两端及丁字接头不大于 0.5m。线槽固定支点间距离偏差小于 50mm。底板离终点 50mm 处均应固定。

（2）不同电压、不同回路、不同频率的强电线应分槽敷设，或加隔离板放在同一槽内。

（3）线槽与各种模块底座连接时，底座应压住槽板头。

（4）线槽螺杆高出螺母的长度少于 5mm。

（5）线、槽两个固定点之间的接口只允许有一个，所有接口跨接处均装上接地铜线或片，每层保证可靠的重复接地。

（6）线槽交叉、转弯、丁字连接要求：平整无扭曲，接缝紧密平直无刺无缝隙。

（7）接口位置准确，角度适宜。

（8）槽板应紧贴建筑墙面，排列整齐。

（9）导线不得在线槽内进行接头，接线在接线盒内进行。

（10）穿在管、槽、架内的绝缘导线，其绝缘电压不应低于 500V。

（11）管线槽架内穿线宜在建筑物的抹灰及地面工程结束后进行，在配线施工之前，将线槽内的积水和杂物清除干净。

2. 电缆桥架的安装

（1）电缆桥架必须根据图纸走向及现场建筑特性设计弯头、马鞍、长度等。

（2）电缆桥架安装必须横平竖直。

（3）电缆桥架安装必须根据桥架大小，精确计算出承托点受力情况。要求均匀、整齐美观及牢固可靠。

（4）桥架角弯必须有充分的弧度，防止将电缆拆散。

（5）电缆桥架必须至少将两端加接地保护，本工程要求每隔 20m 接地一次，由于图纸上无明确如何接地，建议在桥架内加设一条 16mm^2 的双色地线。

3. 线管的敷设

（1）视不同场合不同用途，选用镀锌管线管作线缆护套，室外裸露及天面部分，均采用自来水管作线管。镀锌管参照如下方法施工。

（2）金属管的加工要求

金属管应符合设计文件的规定，表面不应有穿孔，裂缝和明显的凹凸不平，内壁应光滑，不允许有锈蚀。

现场加工应符合下列要求：

为了防止在穿电缆时划伤电缆，管口应无刺和锐棱角。

为了减少直理管在沉陷时管口处对电缆的剪切力，金属管口宜做成喇叭形。

金属管在弯制后，不应有裂缝和明显的凹瘪现象。若弯曲程度过大，将减少线管的有效直径，造成穿线困难。

金属管的弯曲半径不应小于所穿入电缆的最小允许弯曲半径。

镀锌管锌层剥落处应涂防腐漆，以增加使用寿命。

（3）金属管的切割套丝

在配管时，应根据实际需要长度对管子进行切割。可使用钢锯、管子切割刀或电动切管机，严禁使用气割。管子和管子连接，管子和接线盒、配线箱连接，都需要在管子端部套丝。套丝可用管子丝板或电动套丝机。套完丝后，应随即清扫管口，将管口端面和内壁的毛刺用锉刀锉光，使管口保持光滑，避免破线缆护套。

（4）金属管弯曲

在敷设金属线管时应尽量减少弯头，每根金属管的弯头不宜超过 3 个，直角弯头不应超过 2 个，并不应有 S 弯出现，对于截面较大的电缆不允许有弯头，可采用内径较大的管子或增设拉线盒。

弯曲半径应符合下列要求：

明配管时，一般不小于管外径的 6 倍；只有一个弯时，可不小于管外径的 4 倍；整排钢管在转弯处，宜弯成同心圆形状。敷设于地下或混凝土楼板内时，应不小于管外径的 10 倍。

电线管的弯曲处不应有折皱、陷和裂缝，且弯扁程度不应大于管外径的 10%。

（5）金属管的连接

金属管连接应牢固，密封良好，两管口应对准。套接的短套管或带螺纹的管接头的长度，不应小于金属管外径的 2 倍。管接头处应以铜线作可靠连接，以保证电气接地的连续。金属管连接不宜采取直接对焊的方式。

金属管进入接线盒后，可用缩紧螺母或带丝扣管帽固定，露出缩紧螺母的丝扣为 2～4 扣。或者采用铜杯臣与梳结来连接金属管与接线盒。但都应保证接线盒内露出的长度要小于 5 毫米。

（6）金属管的敷设

金属管暗设时应符合下列要求：

预埋在墙体中间的金属管内径不宜超过 50mm，楼板中的管径宜为 15～20 毫米，直线布管 30 米处设暗线盒。

敷设在混凝土、水泥里的金属管，其地基应坚实平整。

金属管连接时，管孔应对准，接缝应严密，不得有水和泥浆渗入。

金属管道应有不小于 0.1% 的排水坡度。

建筑群间的金属管道埋设深度不应小于 0.8m；在人行道下面敷设时，不应小于 0.5m。

（7）金属管暗设时按下列要求施工

① 金属管应用卡子固定，支持点间的间距不应超过 3m。在距接线盒 0.3m 处，要用管卡将管子固定。在弯头的地方，两边也要固定。

② 光缆与电缆同管敷设时，应在暗管内预置塑料子管。将光缆敷设在子管内，使光缆和电缆分开布放，子管的外径应为光缆外径的 2.5 倍。

当弱电管道与强电管道平行布设时，应尽量使两者有一定的间距，以 13cm 左右为宜。

③ 当线路明配时，弯曲半径不宜小于管外径的 6 倍，当两个接线盒间只有一个弯曲时，其弯曲半径不宜小于管外径的 4 倍。

水平线垂直敷设的明配电线保护管，其水平垂直安装的允许偏差为 1.5%，全长偏差不应大于管内径的确良 1/2。

④ 钢管不应有折扁和裂缝，管内应无铁屑及毛刺，切断口应平整、管口应光滑。

薄壁电线管的连接必须采用丝扣连接，管道套丝长度不应小于接头长度的 1/2，在管接头两端应加跨接地线（不小于 $4mm^2$ 铜芯电线）。

⑤ 砼楼板、墙及砖结构内暗装的各种信息点接线盒与管连接应采用管卡固定。

暗敷与砼内的接线盒要求用湿水泥纸或塑料泡沫填满内部，不允许用水泥纸包外面。预埋在楼板、剪力墙内的钢管、接线盒应固定牢固，预防移位。

⑥ 当电线管与设备直接连接时，应将管敷设到设备的接线盒内；当钢管与设备间接连接时，应增设电线保护软管或可挠金属保护管（金属软管）连接；选用软管接头时，不得利用金属软管作为接地体。

镀锌钢管或可挠金属电线保护管的跨接接地线，宜采用专用接地线卡跨接，不应采用熔焊连接。明配钢管应排列整齐，固定点的间距应均匀，钢管管卡间的最大距离应符合规范的要求。

⑦ 天花吊顶内敷设的钢管应按明配管要求施工。

管内穿线前应将管内积水及杂物清除干净，导线在管内不得有接头，接头应在接线盒内进行，管口处应加塑料护咀，不同回路、不同电压等级、交流和直流的导线不应穿入同根管内。

⑧ 管线穿过建筑物伸缩缝时，应在伸缩缝两端留接线盒和接地螺栓。

4. 弱电电缆敷设

电缆敷设前须先核准电缆型号、截面是否与设计相同，进行目测和物理粗测。电缆敷设前必须详细勘查放缆现场环境，确定最佳放缆方案。对截面为 $25mm^2$ 及以上电缆，放缆时应增设电缆导向缆辘，以避免拉伤电缆。

电缆敷设应根据用电设备位置，在桥架内由里到外整齐排列。对于使用电缆规格相同的设备，放缆时应先远后近。电缆固定时，在转弯处弯曲半径不小于电缆直径的 6 倍。每放一个回路，都必须在电缆头、尾上绑挂电缆铭牌，铭牌上应编上每回路编号、电缆型号、规格及长度。也可用号码管作标识。

布放电缆的牵引力，少于电缆允许张力的 80%。对直径为 0.5mm 的双绞线，牵引拉力不能超过去时 100N；直径为 0.4mm 的双绞线，牵线力不能超过 70N。

对批量购进的四对双绞电缆，应从任意三盘中抽出 100 米进行电缆电气性能抽样测试。对电缆长度、衰减、近端串扰等几项指标进行测试。

5. 电缆头制作安装

电缆头制作前应校对，对其物理性能进行粗测；对不同功能的电缆可用摇表、万用表、电话机待设备进行测量。四对 UTP 双绞线，必要时打上模块实测。制作电缆头前，根据连接的设备、模块考虑电缆的预留余量。电缆进入配电箱（柜）内应剥去电缆外层保护皮，并用尼龙扎带等加以固定。铠装电缆引入电箱后应在铠钾上焊接好接地引线，或加装专门接地夹。

在配电箱内接线空间一般比较宽裕，选用压接铜线耳制作电缆头，在电视上一般使用开口线耳制作电缆头。采用压接线耳，在压接线耳两端朝不同方向和压接一次，采用开口线耳时，将开口处敲紧敲密，并涂上非酸性焊锡膏后灌锡减低接触电阻。压接线耳截面应与导线截面相同，开口线耳载流量不应低于导线载流量。

在有腐蚀性或对供电要求较高的场所，所有铜-铜接点都应搪锡或加涂导电膏，以减少接触面发热。线耳压接完毕后均应彻底清理干净，并包扎与相序一致的色带。控制电缆头两端导线压接接线端子后必须包扎良好。

9.3.7 施工部署与方法

1. 施工生产部署

整个××弱电系统工程的施工分系统、分层、分阶段地进行，施工过程依照先隐蔽后明设；先主干管网、后分支；先尾端后前端；先外围后机房的顺序进行。通过平衡协调、紧密地组织成一体。

（1）整个弱电系统工程施工主要有：预留预埋施工期；管线敷设施工期；线缆敷设施工期；前端设备安装施工期；机房设备安装施工期；子系统调试和整个弱电系统调试施工期。

（2）管线与线缆敷设施工期间，以结构化布线为主要进度控制项目，其它子系统的线缆施工应以此为主线。为便于保证质量、进度和节约材料，按统一布局敷设，所有系统的主干管线统一敷设施工。主项设备为重点控制部位。

（3）在系统调试施工期间，以弱电系统集成子系统为主。

2. 施工阶段划分

施工阶段的划分如下。

第一阶段：施工准备（包括现场准备、技术准备、物资准备等及预埋）；

第二阶段：主干管线施工（由建设方承担）；

第三阶段：电线电缆敷设施工；

第四阶段：前端设备安装；

第五阶段，机房设备安装；

第六阶段：分子系统调试与系统连调；

3. 主要项目施工方法及技术措施

（1）施工准备

完成管线预埋图后，根据工程项目总体进度计划的进展，组织各子系统施工单位部分施工人员到施工现场，配合土建完成前期的管线预埋工作。

土建工程进展到具备了大批弱电系统施工人员进场的条件后，项目经理部立即组织和协调施工人员进场，同时要组织完成如下工作：

① 组织专业技术人员熟悉图纸资料，深入理解设计意图、施工要点，综合勘察施工现场。

② 按照现场总平面部署组织施工队伍、施工机具及首批施工材料进场。

（2）主干管线与分支管线的施工

在弱电系统工程中，线缆是大动脉，各类线缆是神经，弱电系统网络是中枢，施工质量是保证，各部分环环相通，相互依存，缺一不可。必须精心设计、精心组织、精心施工才能最终保证系统的畅通无阻、运行自如。

弱电系统工程因子系统多，故管线施工量大。系统的主线管和分支线管由安装方预埋，按照所出的施工图施工。主干线管与分支线管的施工是最影响工程工期的关键工序，因此必须与施工单位配合，以保证施工工期。

在楼层内，除弱电系统的主干线管与分支线管外，还有强电部分的供电线管、给排水系统的上下水管道、消防工程的主干管道等等。因此在进行该项施工时，必须与其他施工单位密切配合、相互协调，尽量避免"管线打架"相互扯皮，而造成返工，根据小让大的原则，弱电系统的主干线的最好在上述管道基本完成后再进行（可分区进行）。

（3）线缆敷设

① 弱电系统工程施工中采用的各系统中的电源线、控制线、信号线、根据不同的用途分门别类的放入相应的区域，以免造成相互干扰。

② 所有线缆敷设后，要分门别类整理，绑扎成束，在改变路由处还应做好相应标记并记录在册。10 根以上的线缆应留有备用线。

③ 所用的线缆均应一缆到底，中间不允许有接续。

④ 在线缆敷设完成后，要对线缆进行相应的测试。对各类电源线、信号线、控制线要做相应的通断测试和绝缘电阻测试。

线缆的敷设路由与施工图纸相一致，并一一做好记录，以备复核和检查。并将超出管线以外的线缆绑扎起来，做好半成品的现场保护工作，以防交叉施工中砸伤或人为破坏。

主干管线与分支管线施工及线缆铺设完成后，应及时组织向工程监理报验，待监理检查合格并办理有关手续后进行下一道工序的施工。

（4）前端设备的安装

前端设备的安装，应根据施工图纸设计要求的坐标点及其高度、角度等，预先膨胀螺栓或预埋吊挂件。要求定位准确、安装牢固、造型美观。

上述这些前端设备在正式安装前，要进行技术复核，再次对照设备订货单及施工图纸核对所用设备是否正确：能够单机通电试验的设备一定要通电测试调整后再行安装。终端的配置是否符合要求等。确保质量无误后方可进行安装。施工实施证明，这些细致的工作对保证系统的一次开通具有相当重要的意义。

若线缆敷设工序与设备安装工序相隔时间较长，在设备安装前重新复测线缆的性能。以保证系统的一次开通率和可靠性。

安装完毕后，应收集好前端设备的有关资料，如开箱单、产品合格证、使用说明书等。并应做好相应的调试和安装记录，以备检查或复核。

前端设备安装完成后，及时组织向工程主管报验，待监理检查合格并办理有关手续后方或进行下一道工序的施工。

（5）机房设备的安装

各个系统的控制机柜均安装在机房内，机柜安装应牢靠平稳，多个机柜并排安装时应排列整齐，机柜周围应留有一定的空间，便于操作。最后所有系统的线缆都汇集到机房内。可能比较杂乱无章，应分门别类的整理顺畅，按不同支路绑扎成束，并做好标记。引入、引出机柜的线缆应有一定的冗余度。所有线缆接头应按规定做好标记和编号，并做好相应的记录。弱电系统的设备大部份采用 UPS 不间断电源或稳压电源集中供电。所用线缆应满足用功率的要求，应满足电气设备规范。

安装完毕后，收集好机房设备的有关资料，如开箱单、产品合格证、使用说明书等，并应做好安装记录，以备检查或复核。

（6）系统的调试和统调

前端设备和机房设备安装完成后，即可根据设计图纸、施工图纸及系统技术要求和编制的调试规范分子系统进行调试。调试工作应由有经验的专业工程师承担。子系统的调试必须达到设计指标，经反复调整仍不能达到指标的，找出原因进行整改或返工，直至满足设计要求为止。

系统的各分项工程完成后，最后要进行系统的连机统调。首先要制定好统调方案，按照预定的方案检查系统的运行是否正常、系统及各种参数指标是否满足设计要求，系统间的通信是否畅通，与系统联动的设备控制是否灵活，有时要反复调整多次，才能使系统工作在最佳状态。

设备安装调试过程中，参加安装和调试的人员要认真做好各项记录，包括单机、子系统和系统统调的各种记录测试结果等。

为了验证系统的可靠程度，还要进行系统的运行试验，确认系统在功能方面的完备性、可靠性、并做好系统试运行记录。这些记录均是工程验收和日后维修、维护所不可缺少的技术文件资料。

设备安装开始邀请业主方的技术人员、操作人员和维护人员参加，使其熟悉设备的安装位置、安装方法、调试过程及性能要求，以利于这些人员迅速掌握设备的操作使用方法、故障诊断技巧，更有利于今后的检修维护工作。这也是最好的一种培训方式——现场培训。

4. 系统验收

系统验收前，我们要编制好竣工报告，由×××主管部门组织验收。施工单位及有关部门参加做好交验准备，提供下列资料。

（1）设计文件和相关的技术标准。

（2）各子系统的验收规范和标准。

（3）系统的评估办法。

（4）施工图纸、竣工图纸及施工中各类设计变更单。

（5）各种施工记录，包括管线敷设记录、设备安装调试记录、试运行记录等。

按竣工交验程序，分别对系统功能、施工质量、竣工资料等项目进行检查和验收。最后施工单位限期整改。

系统初验后，经试运行一段时间（一般约一个月）一切正常，即可组织相关部门验收。

设立专项工程组织管理

工程管理组：由具体的资料管理员负责工程的变更、工程的洽商、施工的管理并协调甲方及其它施工方（如：二次装修、家具供应商等）的关系。

项目实施组：按照工程实施的内容，主要为综合布线部分，这主要由具体的施工员负责。

施工计划

根据具体的工程情况，作好施工计划：

本工程分为三个阶段；

第一阶段 设计阶段：分为布线系统的概念设计和施工工艺设计；第二阶段 工程实施阶段：分穿线、端接、测试；第三阶段 系统认证和文档管理

5. 其他系统设备软、硬件的安装

（1）系统安装的主要目标包括：

① 所有系统和设备能够接通并正常运转；

② 所有软件能够在相应平台上正常运行；

③ 对系统运行进行监控测试，保证系统优化运行。

（2）硬件设备的安装内容、方法和步骤

① 开箱验货：根据设备装箱单逐一清点所到货物。

② 准备安装

● 确认包装内没有遗漏的部件。

● 阅读安装指南。

● 检查安装环境是否符合要求。

● 准备好安装必须的设备，包括防静电腕套、安装所需螺丝钉等。

● 确保交流电源符合供电要求。

● 严防静电伤害。要采取一些措施如带上防静电腕套；安装模块时只拿着边缘；模块没有安装时要把它放在原始的包装带内。

● 加电运行系统自检程序。

③ 完成硬件连接：将系统的各种设备正确安装上去，连接其它外部设备。

④ 硬件加电测试：仔细观察指示灯，如果有硬件出错，填写相应报告，对设备进行返修。

⑤ 填写安装调试报告。

⑥ 讨论遗留问题，尽快提交解决方案。

由于编幅有限和涉及我公司的专有技术、工艺及秘密等（本段略），详见我公司施工手册。

6. 机房设备的布置及接地

在建筑物的各管理控制中心，各类设备按照分区摆放、相互之间连线方便、互不干扰的原则，将产生尘埃及废物的设备摆放在远离对尘埃敏感设备（如磁盘机、磁带机和磁鼓）的地方，并集中放置在靠近机房排风的地方。另外，各通信远端模块、交换机柜、各类服务器的摆放位置应考虑墙的距离不能小于 800 毫米、周围要留有足够的检修操用空间。具体布置略。

我们对弱电系统的线缆采取有别于强电系统的独立接地系统，保证对系统进行防雷接地、工作接地、保护接地、防静电接地、屏蔽接地、直流接地（信号接地、逻辑接地）等措施，并使电子设备中的电子线路有一个基准电位，保证电子设备能稳定、可靠地工作。

7. 系统测试与统调

（1）测试前准备

待全部设备安装完成后，检查线路敷设和按线全部符合设计图纸要求。各设备按系统检查，进行单机运行正常；与各系统的联动、信息传输和线路敷设满足设计要求。

（2）弱电系统工程施工和调试使用的仪表

① 接线电阻测量仪。ZC-29，用于土壤电阻率、接地电阻测量。

② 万用表，有数字式、指针式多种型号，可测电阻、电压、电流。灵敏高，频率范围广，用于线路测量、系统调试。

③ 摇表。额定电压 500V，用来测量和检查线路设备或线路的绝缘电阻。

④ 直流电桥。用来测量精密直流电阻值。

⑤ 场强仪，用于测量电磁场强度。

⑥ 数字毫伏表。用于测量从低频、高频小电压。

⑦ 示波器。用于系统调试中测量信号快速变化的波形。

⑧ 逻辑笔。用于系统调试中测量数字电路或系统中某点的逻辑状态。

⑨ 数字式查线仪。DKX-24 用于线路查线，查断线、查短路、查绝缘等。

⑩ 选频电压表。用于测量传输衰减、串音衰减、放大器的增益、滤波器的频率衰减我特性等。

⑪ 光纤测量设备。HP 背向反射仪（直观检测光纤切面），光源 850，电功率计 1300，发射光缆和带 ST 连接器（光纤衰减测量）。

⑫ 网络电缆测试仪。Fluke4000 测试自动与标准进行比较，并且显示通过（Pass）或错误（Fail）信息，同时有声音提示，用 RS-232 打印出报告。

⑬ 简易综合布线测量仪，用于测量 UTP 双绞线。

（3）系统测试

系统测试在测试小组开展，在测试环境中实施，由测试经理统一负责。分为系统测试准备，系统测试实施。测试遵循测试规程进行。

① 应用软件测试准备。测试经理测试编制系统计划（包括系统测试的目的、测试环境、

测试范围、测试人员和测试进度安排）和测试用例。

② 检查测试环境。确认测试环境（包括硬件、网络、操作系统、数据库系统软件、数据库服务器、客户机等）。

③ 测试实施。新系统测试准备好后，测试经理组织测试人员按照测试计划和测试规程实施。使用典型业务用例。

④测试问题解决。当测试中发现问题时，测试经理提交《测试问题报告》。组织有关人员分析后，进行处理。处理完成后，提交处理结果说明。测试经理组织测试人员对处理结果进行检查，同时进行回归测试，确认所有问题得到解决。回归测试中发现的问题时，将提交新的测试问题报告。解决的问题将关闭测试问题报告。回归测试采用同样的测试用例。

⑤ 测试结束。当系统测试或回归测试问题降低到一定程度时，结束测试，测试经理提交《测试分析报告》，软件、文档纳入版本管理系统。

说明：

应用系统的测试和移植保证在要求的时间内完成，所以移植和测试工作并行，准备和总结工作需要做得充分一些。测试完成进行连续试运行一段时间。由于编幅有限及技术保密的要求，其它系统的调试请参看我方施工手册。

9.3.8 工程检验与验收

1. "验收规范"和"质量评定标准"

我们参照下列"标准"的有关规范进行评估。

（1）建筑工程施工质量验收统一标准（GB50300-2001）；

（2）电子计算机机房施工及验收规范（SJ/T30003-93）；

（3）电气装置安装工程施工及验收规范；

（4）建设工程施工现场供用电安全规范；

（5）《建筑与建筑群综合布线工程验收规范》GB/T50312-2007；

（6）工程设计文件（包括：施工图纸、设计说明书、设计变更洽商记录、各种设备说明书等）；

（7）专家评审报告。

2. 系统全过程检验、验收

我公司开创智能化弱电施工测试、验收之先河。全面引入 IS09000 及 TQC 的标准化操作模式，对工程全过程进行监控、检测。实行 100%自检、自测、连续试运行，并作详细的调试记录。

（1）施工图的验收：图纸必须经过 ISO 小组、总工、总监组织各专业工程师、供应部、项目经理、施工员进行审查。经评定质量合格，填写图纸质量评审表，确认合格方可交出施工图。经多方会审通过方可用于施工。

（2）进场材料单证齐备，经质检员认可并向监理填写材料报验单，获得批准方可使用。

（3）分项工程：经自检合格、总监复查认可向监察院填写分项工程报检表获准，方可进行下一道工序。

（4）隐蔽工程：经多方检验合格，向监理填写隐蔽工程报验表，合格后才可隐蔽。

（5）线缆敷设经各种测试合格、标色齐全，方可接入设备。

（6）设备到货外观完好无损，三方会检证实配件齐全、主机完整、证书齐备，填写开箱报验表获批，并在条件成熟方可安装。

（7）设备安装验收按现行国家标准《电气装置工程施工及验收规范》的规定执行，并符合设计特殊要求。所有线、管、槽的安装应牢固、整齐、无破裂。

（8）其他系统按照各自的标准执行。

（9）系统运行验收

当设备安装完毕并调试运行无误后，由乙方派支持人员进行系统联调，并向甲方提交调试报告。乙方认为所承担的工程项目全部完成后，书面通知甲方进行系统运行验收。

（10）系统自检100%合格，连续试运行正常，方可作竣工报验。填写《智能弱电工程竣工验收证明书》。在自检合格后，我公司在竣工验收前10天，向建设单位、监理单位申报。工程竣工验收由建设单位组织进行。建设单位、监理单位（也可会同专家组）验收完毕并确认工程符合竣工标准和合同条款规定要求以后，签以"竣工验收证明书"。

（11）验收合格后，建设单位操作人员经我单位上岗培训合格，方可移交建设单位使用，并发出移交通知书。

（12）最后将工程资料、文件、图表等整理成册移交建设单位存档。

（13）工程移交：办理"建筑安装工程施工资料移交书"，并由双方负责人签章，并附"技术资料移交明细表"。内容包括：中标通知书、竣工工程一览表、工程竣工图、施工图会审记录、工程设计变更记录、施工变更洽商记录、工程开工报告、隐蔽工程验收记录、系统调试记录、分项工程质量检验评定、分部工程质量检验评定、单位工程设备安装质量检验评定、系统运行记录、工程质量事故发生的情况和处理结果、竣工验收申请单、竣工验收证明书、操作人员培训记录表等。工程所使用的各种重要材料、设备安装记录或出厂证明文件、新工艺、新材料、新技术、新设备的试验、验收和鉴定记录或证明文件。向业主和集成商办理工程移交手续。固定资产移交、竣工结算和竣工决算、工程保修等手续，并签认交接验收证明书。工程完工验收后，办理工程结算手续，由我单位编制工程决算，上报有关部门批准。

本章对综合布线工程中的设计部分和施工部分作了十分详尽的阐述，主要目的就是使设计和施工人员对这一工作要十分地重视。在设计阶段，所给出的方案，一定要符合用户的需求，并在新技术的使用上有超前的意识；在施工阶段，一定要注意到工程施工过程中的方方面面，特别是安全工作，万万不得马虎。这一案例可以作为实际工程中的一个范例，请参照其中有关部分进行设计。

思考与练习题

1．根据所在学校的实际建筑物，做出综合布线的具体设计方案。

2．在设计方案的基础上，做出设计方案实施的施工组织方案。

附录 A 综合布线系统工程设计规范

GB 50311-2007

中华人民共和国建设部公告第 619 号

建设部关于发布国家标准《综合布线系统工程设计规范》的公告

现批准《综合布线系统工程设计规范》为国家标准，编号为 GB 50311-2007，自 2007 年 10 月 1 日起实施。其中，第 7.0.9 条为强制性条文，必须严格执行。原《建筑与建筑群综合布线系统工程设计规范》（GB/T 50311-2000）同时废止。

本规范由建设部标准定额研究所组织中国计划出版社出版发行。

中华人民共和国建设部

二零零七年四月六日

前　　言

本规范是根据建设部建标 C20043 67 号文件《关于印发"二零零四年工程建设国家标准制订、修订计划"的通知》要求，对原《建筑与建筑群综合布线系统工程设计规范》GB/T 50311-2000 工程建设国家标准进行了修订，由信息产业部作为主编部门，中国移动通信集团设计院有限公司会同其他参编单位组成规范编写组共同编写完成的。

本规范在修订过程中，编制组进行了广泛的市场调查并展开了多项专题研究，认真总结了原规范执行过程中的经验和教训，加以补充完善和修改，广泛吸取国内有关单位和专家的意见。同时，参考了国内外相关标准规定的内容。

本规范中以黑体字标志的条文为强制性条文，必须严格执行。

本规范由建设部负责管理和对强制性条文的解释，信息产业部负责日常管理，中国移动通信集团设计院有限公司负责具体技术内容的解释。在应用过程中如有需要修改与补充的建议，请将有关资料寄送中国移动通信集团设计院有限公司（地址：北京市海淀区丹棱街 16 号，邮编：100080），以供修订时参考。

本规范主编单位、参编单位和主要起草人：

主编单位：中国移动通信集团设计院有限公司。

参编单位：中国建筑标准设计研究院、中国建筑设计研究院、中国建筑东北设计研究院、现代集团华东建筑设计研究院有限公司、五洲工程设计研究院。

主要起草人：张宜、张晓微、孙兰、李雪佩、张文才、陈琪、成彦、温伯银、赵济安、瞿二澜、朱立彤、刘侃、陈汉民。

第1章　总则

1.0.1 为了配合现代化城镇信息通信网向数字化方向发展，规范建筑与建筑群的语音、数据、图像及多媒体业务综合网络建设，特制定本规范。

1.0.2 本规范适用于新建、扩建、改建建筑与建筑群综合布线系统工程设计。

1.0.3 综合布线系统设施及管线的建设，应纳入建筑与建筑群相应的规划设计之中。工程设计时，应根据工程项目的性质、功能、环境条件和近、远期用户需求进行设计，并应考虑施工和维护方便，确保综合布线系统工程的质量和安全，做到技术先进、经济合理。

1.0.4 综合布线系统应与信息设施系统、信息化应用系统、公共安全系统、建筑设备管理系统等统筹规划，相互协调，并按照各系统信息的传输要求优化设计。

1.0.5 综合布线系统作为建筑物的公用通信配套设施，在工程设计中应满足为多家电信业务经营者提供业务的需求。

1.0.6 综合布线系统的设备应选用经过国家认可的产品质量检验机构鉴定合格的、符合国家有关技术标准的定型产品。

1.0.7 综合布线系统的工程设计，除应符合本规范外，还应符合国家现行有关标准的规定。

第2章　术语和符号

2.1　术语

2.1.1 布线 cabling：能够支持信息电子设备相连的各种缆线、跳线、接插软线和连接器件组成的系统。

2.1.2 建筑群子系统 campus subsystem：由配线设备、建筑物之间的干线电缆或光缆、设备缆线、跳线等组成的系统。

2.1.3 电信间 telecommunications room：放置电信设备、电缆和光缆终端配线设备并进行缆线交接的专用空间。

2.1.4 工作区 work area：需要设置终端设备的独立区域。

2.1.5 信道 channel：连接两个应用设备的端到端的传输通道。信道包括设备电缆、设备光缆和工作区电缆、工作区光缆。

2.1.6 链路 link：一个 CP 链路或是一个永久链路。

2.1.7 永久链路 permanent link：信息点与楼层配线设备之间的传输线路。它不包括工作区缆线和连接楼层配线设备的设备缆线、跳线，但可以包括一个 CP 链路。

2.1.8 集合点（CP）consolidation point：楼层配线设备与工作区信息点之间水平缆线路由中的连接点。

2.1.9 CP 链路 cp link：楼层配线设备与集合点（CP）之间，包括各端的连接器件在内的永久性的链路。

2.1.10 建筑群配线设备 campus distributor：终接建筑群主干缆线的配线设备。

2.1.11 建筑物配线设备 building distributor：为建筑物主干缆线或建筑群主干缆线终接的配线设备。

2.1.12 楼层配线设备 floor distributor：终接水平电缆、水平光缆和其他布线子系统缆线的配线设备。

2.1.13 建筑物入口设施 building entrance facility：提供符合相关规范机械与电气特性的连接器件，使得外部网络电缆和光缆引入建筑物内。

2.1.14 连接器件 connecting hardware：用于连接电缆线对和光纤的一个器件或一组器件。

2.1.15 光纤适配器 optical fibre connector：将两对或一对光纤连接器件进行连接的器件。

2.1.16 建筑群主干电缆、建筑群主干光缆 campus backbone cable：用于在建筑群内连接建筑群配线架与建筑物配线架的电缆、光缆。

2.1.17 建筑物主干缆线 building backbone cable：连接建筑物配线设备至楼层配线设备及建筑物内楼层配线设备之间相连接的缆线。建筑物主干缆线可为主干电缆和主干光缆。

2.1.18 水平缆线 horizontal cable：楼层配线设备到信息点之间的连接缆线。

2.1.19 永久水平缆线 fixed horizontal cable：楼层配线设备到 CP 的连接缆线，如果链路中不存在 CP 点，为直接连至信息点的连接缆线。

2.1.20 CP 缆线 cp cable：连接集合点（CP）至工作区信息点的缆线。

2.1.21 信息点（TO）telecommunications outlet：各类电缆或光缆终接的信息插座模块。

2.1.22 设备电缆、设备光缆 equipment cable：通信设备连接到配线设备的电缆、光缆。

2.1.23 跳线 jumper:不带连接器件或带连接器件的电缆线对与带连接器件的光纤，用于配线设备之间进行连接。

2.1.24 缆线（包括电缆、光缆）cable：在一个总的护套里，由一个或多个同一类型的缆线线对组成，并可包括一个总的屏蔽物。

2.1.25 光缆 optical cable：由单芯或多芯光纤构成的缆线。

2.1.26 电缆、光缆单元 cable unit：型号和类别相同的电缆线对或光纤的组合。电缆线对可有屏蔽物。

2.1.27 线对 pair：一个平衡传输线路的两个导体，一般指一个对绞线对。

2.1.28 平衡电缆 balanced cable：由一个或多个金属导体线对组成的对称电缆。

2.1.29 屏蔽平衡电缆 screened balanced cable：带有总屏蔽和/或每线对均有屏蔽物的平衡电缆。

2.1.30 非屏蔽平衡电缆 unscreened balanced cable：不带有任何屏蔽物的平衡电缆。

2.1.31 接插软线 patch cable：一端或两端带有连接器件的软电缆或软光缆。

2.1.32 多用户信息插座 muiti-user telecommunications outlet：在某一地点，若干信息插座模块的组合。

2.1.33 交接（交叉连接）cross-connect：配线设备和信息通信设备之间采用接插软线或跳线上的连接器件相连的一种连接方式。

2.1.34 互连 interconnect：不用接插软线或跳线，使用连接器件把一端的电缆、光缆与另一端的电缆、光缆直接相连的一种连接方式。

2.2 符号与缩略词

英文缩写	英文名称	中文名称或解释
ACR	Attenuation to Crosstalk Ratio	衰减串音比
BD	Building Distributor	建筑物配线设备
CD	Campus Distributor	建筑群配线设备
CP	Consolidation Point	集合点
dB	dB	分贝
d.c.	Direct Current	直流
EIA	Electronic Industries Association	美国电子工业协会
ELFEXT	Equal Level Far End Cross Talk Attenuation	等电平远端串音衰减
FD	Floor Distributor	楼层配线设备
FEXT	Far End Crosstalk Attenuation（loss）	远端串音衰减（损耗）
IEC	International Electrotechnical Commission	国际电工技术委员会
IEEE	The Institute of Electrical and Electronics Engineers	美国电气及电子工程师学会
IL	Insertion Loss	插入损耗
IP	Internet Protocol	因特网协议
ISDN	Integrated Services Digital Network	综合业务数字网
ISO	International Standardization Organization	国际标准化组织
LCL	Longitudinal to differential Conversion Loss	纵向对差分转换损耗
OF	Optical Fiber	光纤
PSNEXT	Power sum NEXT attenuation（loss）	近端串音功率和
PSACR	Power sum ACR	ACR 功率和
PS ELFEXT	Power sum ELFEXT attenuation（loss）	ELFEXT 衰减功率和
RL	Return Loss	回波损耗
SC	Subscriber Connector（optical fiber connector）	用户连接器（光纤连接器）
SFF	Small Form Factor Connector	小型连接器
TCL	Transverse Conversion Loss	横向转换损耗
TE	Terminal Equipment	终端设备
TIA	Telecommunications Industry Association	美国电信工业协会
UL	Underwriters Laboratories	美国保险商实验所安全标准
Vr.m.s	Vroot.mean.square	电压有效值

第 3 章　系统设计

3.1 系统构成

3.1.1 综合布线系统应为开放式网络拓扑结构，应能支持语音、数据、图像、多媒体业务等信息的传递。

3.1.2 综合布线系统工程宜按下列七个部分进行设计。

1．工作区：一个独立的需要设置终端设备（TE）的区域宜划分为一个工作区。工作区应由配线子系统的信息插座模块（TO）延伸到终端设备处的连接缆线及适配器组成。

2．配线子系统：配线子系统应由工作区的信息插座模块、信息插座模块至管理间配线设备（FD）的配线电缆和光缆、管理间的配线设备及设备缆线和跳线等组成。

3．干线子系统：干线子系统应由设备间至管理间的干线电缆和光缆，安装在设备间的建筑物配线设备（BD）及设备缆线和跳线组成。

4．建筑群子系统：建筑群子系统应由连接多个建筑物之间的主干电缆和光缆、建筑群配线设备（CD）及设备缆线和跳线组成。

5．设备间：设备间是在每幢建筑物的适当地点进行网络管理和信息交换的场地。对于综合布线系统工程设计，设备间主要安装建筑物配线设备。电话交换机、计算机主机设备及入口设施也可与配线设备安装在一起。

6．进线间：进线间是建筑物外部通信和信息管线的入口部位，并可作为入口设施和建筑群配线设备的安装场地。

7．管理：管理应对工作区、管理间、设备间、进线间的配线设备、缆线、信息插座模块等设施按一定的模式进行标识和记录。

3.1.3 综合布线系统的构成应符合以下要求。

1．综合布线系统基本构成应符合图 3.1.3-1 要求。

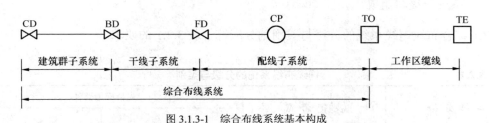

图 3.1.3-1　综合布线系统基本构成

注：配线子系统中可以设置集合点（CP 点），也可不设置集合点。

2．综合布线系统入口设施及引入缆线构成应符合图 3.1.3-2 的要求。

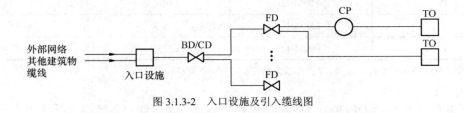

图 3.1.3-2　入口设施及引入缆线图

3．综合布线子系统构成应符合图 3.1.3-3 要求。

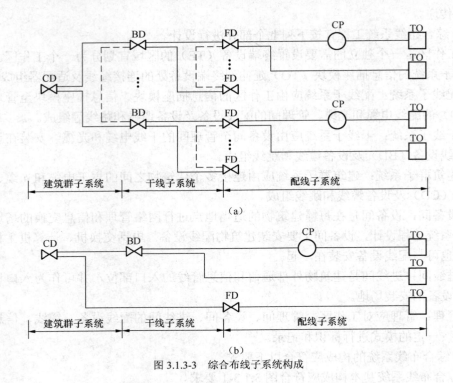

（a）

（b）

图 3.1.3-3　综合布线子系统构成

3.2　系统分级与组成

3.2.1 综合布线铜缆系统的分级与类别划分应符合表 3.2.1 的要求。

表 3.2.1　　　　　　　　　　　　　铜缆布线系统的分级与类别

系 统 分 级	支 持 带 宽	支持应用器件	
		电　缆	连 接 硬 件
A	100kHz		
B	1MHz		
C	16MHz	3 类	3 类
D	100MHz	5/5e 类	5/5e 类
E	250MHz	6 类	6 类
F	600MHz	7 类	7 类

注：3 类、5/5e 类（超 5 类）、6 类、7 类布线系统应能支持向下兼容的应用。

3.2.2 光纤信道分为 OF-300、OF-500 和 OF-2000 三个等级，各等级光纤信道应支持的应用长度不应小于 300m、500m 及 2 000m。

3.2.3 综合布线系统信道应由最长 90m 水平缆线、最长 10m 的跳线和设备缆线及最多 4 个连接器件组成，永久链路则由 90m 水平缆线及 3 个连接器件组成。连接方式如图 3.2.3 所示。

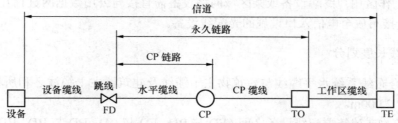

图 3.2.3 布线系统信道、永久链路、CP 链路构成

3.2.4 光纤信道构成方式应符合以下要求。

1. 水平光缆和主干光缆至楼层电信间的光纤配线设备应经光纤跳线连接构成（如图 3.2.4-1 所示）。

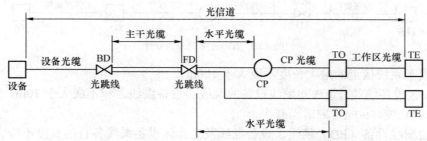

图 3.2.4-1 光纤信道构成（一）（光缆经电信间 FD 光跳线连接）

2. 水平光缆和主干光缆在楼层电信间应经端接（熔接或机械连接）构成（如图 3.2.4-2 所示）。

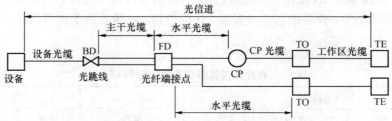

图 3.2.4-2 光纤信道构成（二）（光缆在电信间 FD 做端接）

注：FD 只设光纤之间的连接点。

3. 水平光缆经过电信间直接连至大楼设备间光配线设备构成（如图 3.2.4-3 所示）。

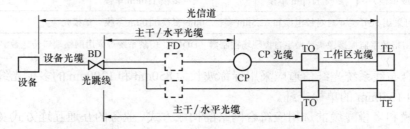

图 3.2.4-3 光纤信道构成（三）（光缆经平电信间 FD 直接连接至设备间 BD）

注：FD 安装于电信间，只作为光缆路径的场合。

3.2.5 当工作区用户终端设备或某区域网络设备需直接与公用数据网进行互通时，宜将光缆从工作区直接布放至电信入口设施的光配线设备。

3.3 缆线长度划分

3.3.1 综合布线系统水平缆线与建筑物主干缆线及建筑群主干缆线之和所构成信道的总长度不应大于 2 000m。

3.3.2 建筑物或建筑群配线设备之间（FD 与 BD、FD 与 CD、BD 与 BD、BD 与 CD 之间）组成的信道出现 4 个连接器件时，主干缆线的长度不应小于 15m。

3.3.3 配线子系统各缆线长度应符合图 3.3.3 的划分并应符合下列要求：

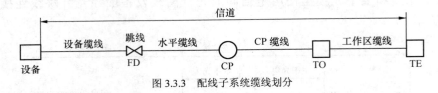

图 3.3.3　配线子系统缆线划分

1．配线子系统信道的最大长度不应大于 100m。

2．工作区设备缆线、管理间配线设备的跳线和设备缆线之和不应大于 10m，当大于 10m 时，水平缆线长度（90m）应适当减少。

3．楼层配线设备（FD）跳线、设备缆线及工作区设备缆线各自的长度不应大于 5m。

3.4 系统应用

3.4.1 同一布线信道及链路的缆线和连接器件应保持系统等级与阻抗的一致性。

3.4.2 综合布线系统工程的产品类别及链路、信道等级确定应综合考虑建筑物的功能、应用网络、业务终端类型、业务的需求及发展、性能价格、现场安装条件等因素，应符合表 3.4.2 要求。

表 3.4.2　　　　　　　　　　　　**布线系统等级与类别的选用**

业务种类	配线子系统		干线子系统		建筑群子系统	
	等级	类别	等级	类别	等级	类别
语音	D/E	5e/6	C	3（大对数）	C	3（室外大对数）
数据	D/E/F	5e/6/7	D/E/F	5e/6/7		
	光纤（多模或单模）	62.5μm 多模/50μm 多模/110μm 单模	光纤	62.5μm 多模/50μm 多模/110μm 单模	光纤	62.5μm 多模/50μm 多模/110μm 单模
其他应用	可采用 5e/6 类 4 对对绞电缆和 62.5μm 多模/50μm 多模/110μm 多模、单模光缆					

注：其他应用指数字监控摄像头、楼宇自控现场控制器（DDC）、门禁系统等采用网络端口传送数字信息时的应用。

3.4.3 综合布线系统光纤信道应采用标称波长为 850nm 和 1300nm 的多模光纤及标称波长为 1310nm 和 1550nm 的单模光纤。

3.4.4 单模和多模光缆的选用应符合网络的构成方式、业务的互通互连方式及光纤在网络中的应用传输距离。楼内宜采用多模光缆，建筑物之间宜采用多模或单模光缆，需直接与电信业务经营者相连时宜采用单模光缆。

3.4.5 为保证传输质量，配线设备连接的跳线宜选用产业化制造的电、光各类跳线，在电话应用时宜选用双芯对绞电缆。

3.4.6 工作区信息点为电端口时，应采用 8 位模块通用插座（RJ-45），光端口宜采用 SFF 小型光纤连接器件及适配器。

3.4.7 FD、BD、CD 配线设备应采用 8 位模块通用插座或卡接式配线模块（多对、25 对及回线型卡接模块）和光纤连接器件及光纤适配器（单工或双工的 ST、SC 或 SFF 光纤连接器件及适配器）。

3.4.8 CP 集合点安装的连接器件应选用卡接式配线模块或 8 位模块通用插座或各类光纤连接器件和适配器。

3.5 屏蔽布线系统

3.5.1 综合布线区域内存在的电磁干扰场强高于 3V/m 时，宜采用屏蔽布线系统进行防护。

3.5.2 用户对电磁兼容性有较高的要求（电磁干扰和防信息泄漏）时，或网络安全保密的需要，宜采用屏蔽布线系统。

3.5.3 采用非屏蔽布线系统无法满足安装现场条件对缆线的间距要求时，宜采用屏蔽布线系统。

3.5.4 屏蔽布线系统采用的电缆、连接器件、跳线、设备电缆都应是屏蔽的，并应保持屏蔽层的连续性。

3.6 开放型办公室布线系统

3.6.1 对于办公楼、综合楼等商用建筑物或公共区域大开间的场地，由于其使用对象数量的不确定性和流动性等因素，宜按开放办公室综合布线系统要求进行设计，并应符合下列规定。

1. 采用多用户信息插座时，每一个多用户插座包括适当的备用量在内，宜能支持 12 个工作区所需的 8 位模块通用插座；各段缆线长度可按表 3.6.1 选用，也可按下式计算。

$$C = (102 - H)/1.2 \qquad\qquad (3.6.1\text{-}1)$$
$$W = C - 5 \qquad\qquad (3.6.1\text{-}2)$$

式中 $C = W + D$——工作区电缆、管理间跳线和设备电缆的长度之和；

D——电信间跳线和设备电缆的总长度；

W——工作区电缆的最大长度，且 $W \leqslant 22m$；

H——水平电缆的长度。

表 3.6.1　　　　　　　　　　　　　各段缆线长度限值

电缆总长度（m）	水平布线电缆 H（m）	工作区电缆 W（m）	电信间跳线和设备电缆 D（m）
100	90	5	5
99	85	9	5
98	80	13	5
97	25	17	5
97	70	22	5

2. 采用集合点时，集合点配线设备与 FD 之间水平线缆的长度应大于 15m。集合点配线设备容量宜以满足 12 个工作区信息点需求设置。同一个水平电缆路由不允许超过一个集合点（CP）。从集合点引出的 CP 线缆应终接于工作区的信息插座或多用户信息插座上。

3.6.2 多用户信息插座和集合点的配线设备应安装于墙体或柱子等建筑物固定的位置。

3.7　工业级布线系统

3.7.1 工业级布线系统应能支持语音、数据、图像、视频、控制等信息的传递，并能应用于高温、潮湿、电磁干扰、撞击、振动、腐蚀气体、灰尘等恶劣环境中。

3.7.2 工业布线应用于工业环境中具有良好环境条件的办公区、控制室和生产区之间的交界场所、生产区的信息点，工业级连接器件也可应用于室外环境中。

3.7.3 在工业设备较为集中的区域应设置现场配线设备。

3.7.4 工业级布线系统宜采用星型网络拓扑结构。

3.7.5 工业级配线设备应根据环境条件确定 IP 的防护等级。

第 4 章　系统配置设计

4.1　工作区

4.1.1 工作区适配器的选用宜符合下列规定。

1. 设备的连接插座应与连接电缆的插头匹配，不同的插座与插头之间应加装适配器。

2. 在连接使用信号的数模转换，光电转换，数据传输速率转换等相应的装置时，采用适配器。

3. 对于网络规程的兼容，采用协议转换适配器。

4. 各种不同的终端设备或适配器均安装在工作区的适当位置，并应考虑现场的电源与接地。

4.1.2 每个工作区的服务面积，应按不同的应用功能确定。

4.2　配线子系统

4.2.1 根据工程提出的近期和远期终端设备的设置要求，用户性质、网络构成及实际需要确定建筑物各层需要安装信息插座模块的数量及其位置，配线应留有扩展余地。

4.2.2 配线子系统缆线应采用非屏蔽或屏蔽 4 对对绞电缆，在需要时也可采用室内多模或单模光缆。

4.2.3 电信间 FD 与电话交换配线及计算机网络设备之间的连接方式应符合以下要求。

1. 电话交换配线的连接方式应符合图 4.2.3-1 要求。

2. 计算机网络设备连接方式。

（1）经跳线连接应符合图 4.2.3-2 要求。

（2）经设备缆线连接方式应符合图 4.2.3-3 要求。

4.2.4 每一个工作区信息插座模块（电、光）数量不宜少于 2 个，并满足各种业务的需求。

4.2.5 底盒数量应以插座盒面板设置的开口数确定，每一个底盒支持安装的信息点数量不宜大于 2 个。

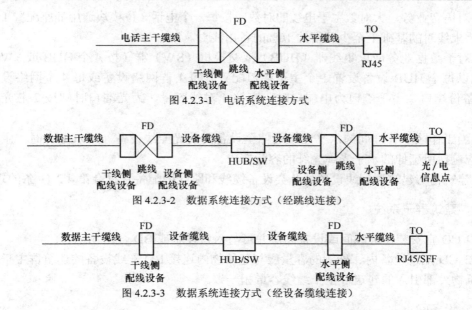

图 4.2.3-1   电话系统连接方式

图 4.2.3-2   数据系统连接方式（经跳线连接）

图 4.2.3-3   数据系统连接方式（经设备缆线连接）

4.2.6 光纤信息插座模块安装的底盒大小应充分考虑到水平光缆（2 芯或 4 芯）终接处的光缆盘留空间和满足光缆对弯曲半径的要求。

4.2.7 工作区的信息插座模块应支持不同的终端设备接入，每一个 8 位模块通用插座应连接 1 根 4 对对绞电缆；对每一个双工或 2 个单工光纤连接器件及适配器连接 1 根 2 芯光缆。

4.2.8 从管理间至每一个工作区水平光缆宜按 2 芯光缆配置。

光纤至工作区域满足用户群或大客户使用时，光纤芯数至少应有 2 芯备份，按 4 芯水平光缆配置。

4.2.9 连接至管理间的每一根水平电缆/光缆应终接于相应的配线模块，配线模块与缆线容量相适应。

4.2.10 管理间主干侧各类配线模块应按电话交换机、计算机网络的构成及主干电缆/光缆的所需容量要求及模块类型和规格的选用进行配置。

4.2.11 管理间采用的设备缆线和各类跳线宜按计算机网络设备的使用端口容量和电话交换机的实装容量、业务的实际需求或信息点总数的比例进行配置，比例范围为 25%～50%。

4.3   干线子系统

4.3.1 干线子系统所需要的电缆总对数和光纤总芯数，应满足工程的实际需求，并留有适当的备份容量。主干缆线宜设置电缆与光缆，并互相作为备份路由。

4.3.2 干线子系统主干缆线应选择较短的安全的路由。主干电缆宜采用点对点终接，也可采用分支递减终接。

4.3.3 如果电话交换机和计算机主机设置在建筑物内不同的设备间，宜采用不同的主干缆线来分别满足语音和数据的需要。

4.3.4 在同一层若干管理间之间宜设置干线路由。

4.3.5 主干电缆和光缆所需的容量要求及配置应符合以下规定。

1．对语音业务，大对数主干电缆的对数应按每一个电话 8 位模块通用插座配置 1 对线，并在总需求线对的基础上至少预留约 10%的备用线对。

2．对于数据业务应以集线器（HUB）或交换机（SW）群（按 4 个 HUB 或 SW 组成 1 群）；或以每个 HUB 设备设置 1 个主干端口配置。每 1 群网络设备或每 4 个网络设备宜考虑 1 个备份端口。主干端口为电端口时，应按 4 对线容量，为光端口时则按 2 芯光纤容量配置。

3．当工作区至管理间的水平光缆延伸至设备间的光配线设备（BD/CD）时，主干光缆的容量应包括所延伸的水平光缆光纤的容量在内。

4．建筑物与建筑群配线设备处各类设备缆线和跳线的配备宜符合第 4.2.11 条的规定。

4.4 建筑群子系统

4.4.1 CD 宜安装在进线间或设备间，并可与入口设施或 BD 合用场地。

4.4.2 CD 配线设备内、外侧的容量应与建筑物内连接 BD 配线设备的建筑群主干缆线容量及建筑物外部引入的建筑群主干缆线容量相一致。

4.5 设备间

4.5.1 在设备间内安装的 BD 配线设备干线侧容量应与主干缆线的容量相一致。设备侧的容量应与设备端口容量相一致或与干线侧配线设备容量相同。

4.5.2 BD 配线设备与电话交换机及计算机网络设备的连接方式亦应符合第 4.2.3 条的规定。

4.6 进线间

4.6.1 建筑群主干电缆和光缆、公用网和专用网电缆、光缆及天线馈线等室外缆线进入建筑物时，应在进线间成端转换成室内电缆、光缆，并在缆线的终端处可由多家电信业务经营者设置入口设施，入口设施中的配线设备应按引入的电、光缆容量配置。

4.6.2 电信业务经营者在进线间设置安装的入口配线设备应与 BD 或 CD 之间敷设相应的连接电缆、光缆，实现路由互通。缆线类型与容量应与配线设备相一致。多部接入业务及多家电信业务经营者缆线接入的需求，并应留有 2～4 孔的余量。

4.7 管理

4.7.1 对设备间、管理间、进线间和工作区的配线设备、缆线、信息点等设施应按一定的模式进行标识和记录，并宜符合下列规定。

1．综合布线系统工程宜采用计算机进行文档记录与保存，简单且规模较小的综合布线系统工程可按图纸资料等纸质文档进行管理，并做到记录准确、及时更新、便于查阅；文档资料应实现汉化。

2．综合布线的每一电缆、光缆、配线设备、端接点、接地装置、敷设管线等组成部分均应给定唯一的标识符，并设置标签。标识符应采用相同数量的字母和数字等标明。

3．电缆和光缆的两端均应标明相同的标识符。

4．设备间、管理间、进线间的配线设备宜采用统一的色标区别各类业务与用途的配线区。

4.7.2 所有标签应保持清晰、完整，并满足使用环境要求。

4.7.3 对于规模较大的布线系统工程，为提高布线工程维护水平与网络安全，宜采用电子配线设备对信息点或配线设备进行管理，以显示与记录配线设备的连接、使用及变更状况。

4.7.4 综合布线系统相关设施的工作状态信息应包括：设备和缆线的用途、使用部门、组成局域网的拓扑结构、传输信息速率、终端设备配置状况、占用器件编号、色标、链路与信道的功能和各项主要指标参数及完好状况、故障记录等，还应包括设备位置和缆线走向等内容。

第5章 系统指标

5.0.1 综合布线系统产品技术指标在工程的安装设计中应考虑机械性能指标（如缆线结构、直径、材料、承受拉力、弯曲半径等）。

5.0.2 相应等级的布线系统信道及永久链路、CP 链路的具体指标项目，应包括下列内容。

1. 3 类、5 类布线系统应考虑指标项目为衰减、近端串音（NEXT）。

2. 5e 类、6 类、7 类布线系统，应考虑指标项目为插入损耗（IL）、近端串音、衰减串音比（ACR）、等电平远端串音（ELFEXT）、近端串音功率和（PS NEXT）、衰减串音比功率和（PS ACR）、等电平远端串音功率和（PS ELEFXT）、回波损耗（RL）、时延、时延偏差等。

3. 屏蔽的布线系统还应考虑非平衡衰减、传输阻抗、耦合衰减及屏蔽衰减。

5.0.3 综合布线系统工程设计中，系统信道的各项指标值应符合以下要求。

1. 回波损耗（RL）只在布线系统中的 C、D、E、F 级采用，在布线的两端均应符合回波损耗值的要求，布线系统信道的最小回波损耗值应符合表 5.0.3-1 的规定。

表 5.0.3-1　　　　　　　　　　　信道回波损耗值

频率（MHz）	最小回波损耗（dB）			
	C 级	D 级	E 级	F 级
1	15.0	17.0	19.0	19.0
16	15.0	17.0	18.0	18.0
100		10.0	12.0	12.0
250			8.0	8.0
600				8.0

2. 布线系统信道的插入损耗（IL）值应符合表 5.0.3-2 的规定。

表 5.0.3-2　　　　　　　　　　　信道插入损耗值

频率（MHz）	最大插入损耗（dB）					
	A 级	B 级	C 级	D 级	E 级	F 级
0.1	16.0	5.5				
1		5.8	4.2	4.0	4.0	4.0

续表

频率（MHz）	最大插入损耗（dB）					
	A 级	B 级	C 级	D 级	E 级	F 级
16			14.4	9.1	8.3	8.1
100				24.0	21.7	20.8
250					35.9	33.8
600						54.6

3. 线对与线对之间的近端串音（NEXT）在布线的两端均应符合 NEXT 值的要求，布线系统信道的近端串音值应符合表 5.0.3-3 的规定。

表 5.0.3-3　　　　　　　　　　信道近端串音值

频率（MHz）	最小近端串音（dB）					
	A 级	B 级	C 级	D 级	E 级	F 级
0.1	27.0	40.0				
1		25.0	39.1	60.0	65.0	65.0
16		19.4	43.6	53.2	65.0
i00				30.1	39.9	62.9
250					33.1	56.9
600						51.2

4. 近端串音功率和（PS NEXT）只应用于布线系统的 D、E、F 级，在布线的两端均应符合 PS NEXT 值要求，布线系统信道的 PS NEXT 值应符合表 5.0.3-4 的规定。

表 5.0.3-4　　　　　　　　　　信道近端串音功率和值

频率（MHz）	最小近端串音功率和（dB）		
	D 级	E 级	F 级
1	57.0	62.0	62.0
16	40.6	50.6	62.0
100	27.1	37.1	59.9
250		30.2	53.9
600			48.2

5. 线对与线对之间的衰减串音比（ACR）只应用于布线系统的 D、E、F 级，ACR 值是 NEXT 与插入损耗分贝值之间的差值。

在布线的两端均应符合 ACR 值要求。布线系统信道的 ACR 值应符合表 5.0.3-5 的规定。

表 5.0.3-5　　　　　　　　　　信道衰减串音比值

频率（MHz）	最小衰减串音比（dB）		
	D 级	E 级	F 级
1	56.0	61.0	61.0
16	34.5	44.9	56.9

续表

频率（MHz）	最小衰减串音比（dB）		
	D 级	E 级	F 级
100	6.1	18.2	42.1
250		−2.8	23.1
600			−3.4

6. ACR 功率和（PS ACR）为表 5.0.3-4 近端串音功率和值与表 5.0.3-2 插入损耗值之间的差值。布线系统信道的 PS ACR 值应符合表 5.0.3-6 规定。

表 5.0.3-6　　　　　　　　　　　　**信道 ACR 功率和值**

频率（MHz）	最小 ACR 功率和（dB）		
	D 级	E 级	F 级
1	53.0	58.0	58.0
16	31.5	42.3	53.9
100	3.1	15.4	39.1
250		−5.8	20.1
600			−6.4

7. 线对与线对之间等电平远端串音（ELFEXT）对于布线系统信道值应符合表 5.0.3-7 的规定。

表 5.0.3-7　　　　　　　　　　　　**信道等电平远端串音值**

频率（MHz）	最小等电平远端串音（dB）		
	D 级	E 级	F 级
1	57.4	63.3	65.0
16	33.3	39.2	57.5
100	17.4	23.3	44.4
250		15.3	37.8
600			31.3

8. 布线系统永久链路的最小 PS ELFEXT 值应符合表 5.0.3-8 的规定。

表 5.0.3-8　　　　　　　　　　　　**永久链路的最小 PS ELFEXT 值**

频率（MHz）	最小 PS ELFEXT 值（dB）		
	D 级	E 级	F 级
1	55.6	61.2	62.0
16	31.5	37.2	56.3
100	15.6	21.2	43.0
250		13.2	36.2
600			29.6

9. 布线系统信道的直流环路电阻（d.c.）应符合表 5.0.3-9 的规定。

表 5.0.3-9 **信道直流环路电阻**

最大直流环路电阻（Ω）					
A 级	B 级	C 级	D 级	E 级	F 级
560	170	40	25	25	25

10. 布线系统信道的传播时延应符合表 5.0.3-10 的规定。

表 5.0.3-10 **信道传播时延偏差**

频率（MHz）	最大传播时延（μs）					
	A 级	B 级	C 级	D 级	E 级	F 级
0.1	20.00	5.00				
1		5.000	0.580	0.580	0.580	0.580
16			0.553	0.553	0.553	0.553
100				0.548	0.548	0.548
250					0.546	0.546
600						0.545

11. 布线系统信道的传播时延偏差应符合表 5.0.3-11 的规定。

表 5.0.3-11 **信道传播时延偏差**

等　级	频率（MHz）	最大时延偏差（μs）
A	f = 0.1	
B	0.1≤f≤1	
C	1≤f≤16	0.050①
D	1≤f≤100	0.050①
E	14≤f≤250	0.050①
F	14≤f<600	0.030②

注：① 0.050 为 0.045 + 4 × 0.00 125 计算结果。② 0.030 为 0.025 + 4 × 0.00 125 计算结果。

12. 一个信道的非平衡衰减[纵向对差分转换损耗（LCL）或横向转换损耗（TCL）]应符合表 5.0.3-12 的规定。在布线的两端均应符合不平衡衰减的要求。

表 5.0.3-12 **信道非平衡衰减**

等　级	频率（MHz）	最大不平衡衰减（dB）
A	$f \leq 0.1$	30
B	$0.1 < f \leq 1$	在 0.1MHz 时为 45；1MHz 时为 20
C	$1 < f \leq 16$	$30 \sim 5 \times \lg (f)$ f.f.S.*
D	$1 < f \leq 100$	$40 \sim 10 \times \lg (f)$ f.f.S.
E	$1 < f \leq 250$	$40 \sim 10 \times \lg (f)$ f.f.S.
F	$1 < f \leq 600$	$40 \sim 10 \times \lg (f)$ f.f.S.

*f.f.S.—For Further Study

5.0.4 对于信道的电缆导体的指标要求应符合以下规定。

1. 在信道每一线对中两个导体之间的不平衡直流电阻对各等级布线系统不应超过 3%。

2. 在各种温度条件下，布线系统 D、E、F 级信道线对每一导体最小的传送直流电流应为 0.175A。

3. 在各种温度条件下，布线系统 D、E、F 级信道的任何导体之间应支持 72V 直流工作电压，每一线对的输入功率应为 10W。

5.0.5 综合布线系统工程设计中，永久链路的各项指标参数值应符合表 5.0.5-1～表 5.0.5-11 的规定。

1. 布线系统永久链路的最小回波损耗值应符合表 5.0.5-1 的规定。

表 5.0.5-1   **永久链路最小回波损耗值**

频率（MHz）	最小回波损耗（dB）			
	C 级	D 级	E 级	F 级
1	15.0	19.0	21.0	21.0
16	15.0	19.0	20.0	20.0
100		12.0	14.0	14.0
250			10.0	10.0
600				10.0

2. 布线系统永久链路的最大插入损耗值应符合表 5.0.5-2 的规定。

表 5.0.5-2   **永久链路最大插入损耗值**

频率（MHz）	最大插入损耗（dB）					
	A 级	B 级	C 级	D 级	E 级	F 级
0.1	16.0	5.5				
1		5.8	4.0	4.0	4.0	4.0
16			12.2	7.7	7.1	6.9
100				20.4	18.5	17.7
250					30.7	28.8
600						46.6

3. 布线系统永久链路的最小近端串音值应符合表 5.0.5-3 的规定。

表 5.0.5-3   **永久链路最小近端串音值**

频率（MHz）	最小 NEXT（dB）					
	A 级	B 级	C 级	D 级	E 级	F 级
0.1	27.0	40.0				
1		25.0	40.1	60.0	65.0	65.0
16			21.1	45.2	54.6	65.0
100				32.3	41.8	65.0
250					35.3	60.4
600						54.7

4. 布线系统永久链路的最小近端串音功率和值应符合表 5.0.5-4 的规定。

表 5.0.5-4　　　　　　　永久链路最小近端串音功率和值

频率（MHz）	最小 PSNEXT（dB）		
	D 级	E 级	F 级
1	57.0	62.0	62.0
16	42.2	52.2	62.0
100	29.3	39.3	62.0
250		32.7	57.4
600			51.7

5. 布线系统永久链路的最小 ACR 值应符合表 5.0.5-5 的规定。

表 5.0.5-5　　　　　　　永久链路最小 ACII 值

频率（MHz）	最小 ACR（dB）		
	D 级	E 级	F 级
1	56.0	61.0	61.0
16	37.5	47.5	58.1
100	11.9	23.3	47.3
250		4.7	31.6
600			8.1

6. 布线系统永久链路的最小 PSACR 值应符合表 5.0.5-6 的规定。

表 5.0.5-6　　　　　　　永久链路最小 PS ACR 值

频率（MHz）	最小 PSACR（dB）		
	D 级	E 级	F 级
1	53.0	58.0	58.0
16	34.5	45.1	55.1
100	8.9	20.8	44.3
250		2.0	28.6
600			5.1

7. 布线系统永久链路的最小等电平远端串音值应符合表 5.0.5-7 的规定。

表 5.0.5-7　　　　　　　永久链路最小等电平远端串音值

频率（MHz）	最小 ELFEXT（dB）		
	D 级	E 级	F 级
1	58.6	64.2	65.0
16	34.5	40.1	59.3
100	18.6	24.2	46.0
250		16.2	39.2
600			32.6

8．布线系统永久链路的最小 PS ELFEXT 值应符合表 5.0.5-8 规定。

表 5.0.5-8　　　　　　　　　　永久链路最小 **PS ELFEXT** 值

频率（MHz）	最小 PS ELFEXT（dB）		
	D 级	E 级	F 级
1	55.6	61.2	62.0
16	31.5	37.1	56.3
100	15.6	21.2	43.0
250		13.2	36.2
600			29.6

9．布线系统永久链路的最大直流环路电阻应符合表 5.0.5-9 的规定。

表 5.0.5-9　　　　　　　　　永久链路最大直流环路电阻（Ω）

A 级	B 级	C 级	D 级	E 级	F 级
l530	140	34	21	21	21

10．布线系统永久链路的最大传播时延应符合表 5.0.5-10 的规定。

表 5.0.5-10　　　　　　　　　　永久链路最大传播时延值

频率（MHz）	最大传播时延（μs）					
	A 级	B 级	C 级	D 级	E 级	F 级
0.1	19.400	4.400				
1		4.400	0.521	0.521	0.521	0.521
16			0.496	0.496	0.496	0.496
100				0.491	0.491	0.491
250					0.490	0.490
600						0.489

11．布线系统永久链路的最大传播时延偏差应符合表 5.0.5-11 的规定。

表 5.0.5-11　　　　　　　　　　永久链路传播时延偏差

等级	频率（MHz）	最大时延偏差（μs）
A	−0.1	
B	0.1≤f<1	
C	1≤f<16	0.044[①]
D	1≤f≤100	0.044[①]
E	1≤f≤250	0.044[①]
F	1≤f≤600	0.026[②]

注：① 0.044 为 0.9×0.045＋3×0.00 125 计算结果。

② 0.026 为 0.9×0.025＋3×0.00 125 计算结果。

5.0.6 各等级的光纤信道衰减值应符合表 5.0.6 的规定。

表 5.0.6　　　　　　　　信道衰减值（dB）

信　道	多　模		单　模	
	850nm	1 300nm	1 310nm	1 550nm
OF-300	2.55	1.95	1.80	1.80
OF-500	3.25	2.25	2.00	2.00
OF-2000	8.50	4.50	3.50	3.50

5.0.7 光缆标称的波长，每公里的最大衰减值应符合表 5.0.7 的规定。

表 5.0.7　　　　　　　　最大光缆衰减值（dB/km）

项　　目	OM1、OM2 及 OM3 多模		OS1 单模	
波长	850nm	1300nm	1310nm	1550nm
衰减	3.5	1.5	1.0	1.0

5.0.8 多模光纤的最小模式带宽应符合表 5.0.8 的规定。

表 5.0.8　　　　　　　　多模光纤模式带宽

光纤类型	光纤直径（μm）	最小模式带宽（MHz·km）		有效光发射带宽
		过量发射带宽		
		波长		
		850nm	1300nm	850nm
OM1	50 或 62.5	200	500	
OM2	50 或 62.5	500	500	
OM3	50	1500	500	2000

第 6 章　安装工艺要求

6.1　工作区

6.1.1 工作区信息插座的安装宜符合下列规定。

1. 安装在地面上的接线盒应防水和抗压。

2. 安装在墙面或柱子上的信息插座底盒、多用户信息插座盒及集合点配线箱体的底部离地面的高度宜为 300mm。

6.1.2 工作区的电源应符合下列规定。

1. 每 1 个工作区至少应配置 1 个 220V 交流电源插座。

2. 工作区的电源插座应选用带保护接地的单相电源插座，保护接地与零线应严格分开。

6.2　管理间

6.2.1 管理间的数量应按所服务的楼层范围及工作区面积来确定。如果该层信息点数量不大于 400 个，水平缆线长度在 90m 范围以内，宜设置一个管理间；当超出这一范围时宜设两个或多个管理间；每层的信息点数量数较少，且水平缆线长度不大于 90m 的情况下，宜几个楼层合设一个管理间。

6.2.2 管理间应与强电间分开设置，管理间内或其紧邻处应设置缆线竖井。

6.2.3 管理间的使用面积不应小于 5m^2，也可根据工程中配线设备和网络设备的容量进行调整。

6.2.4 管理间的设备安装和电源要求，应符合本规范第 6.3.8 条和第 6.3.9 条的规定。

6.2.5 管理间应采用外开丙级防火门，门宽大于 0.7m。电信间内温度应为 10～35℃，相对湿度宜为 20%～80%。如果安装信息网络设备时，应符合相应的设计要求。

6.3　设备间

6.3.1 设备间位置应根据设备的数量、规模、网络构成等因素，综合考虑确定。

6.3.2 每幢建筑物内应至少设置 1 个设备间，如果电话交换机与计算机网络设备分别安装在不同的场地或根据安全需要，也可设置 2 个或 2 个以上设备间，以满足不同业务的设备安装需要。

6.3.3 建筑物综合布线系统与外部配线网连接时，应遵循相应的接口标准要求。

6.3.4 设备间的设计应符合下列规定。

1．设备间宜处于干线子系统的中间位置，并考虑主干缆线的传输距离与数量。

2．设备间宜尽可能靠近建筑物线缆竖井位置，有利于主干缆线的引入。

3．设备间的位置宜便于设备接地。

4．设备间应尽量远离高低压变配电、电机、X 射线、无线电发射等有干扰源存在的场地。

5．设备间室温度应为 10～35℃，相对湿度应为 20%～80%，并应有良好的通风。

6．设备间内应有足够的设备安装空间，其使用面积不应小于 10m^2，该面积不包括程控用户交换机、计算机网络设备等设施所需的面积在内。

7．设备间梁下净高不应小于 2.5m，采用外开双扇门，门宽不应小于 1.5m。

6.3.5 设备间应防止有害气体（如氯、碳水化合物、硫化氢、氮氧化物、二氧化碳等）侵入，并应有良好的防尘措施，尘埃含量限值宜符合表 6.3.5 的规定。

表 6.3.5　　　　　　　　　　　　　　　　　　尘埃限值

尘埃颗粒的最大直径（μm）	0.5	1	3	5
灰尘颗粒的最大浓度（粒子数/m^3）	1.4×10^7	7×10^5	2.4×10^5	1.3×10^5

注：灰尘粒子应是不导电的，非铁磁性和非腐蚀性的。

6.3.6 在地震区的区域内，设备安装应按规定进行抗震加固。

6.3.7 设备安装宜符合下列规定。

1．机架或机柜前面的净空不应小于 800mm，后面的净空不应小于 600mm。

2．壁挂式配线设备底部离地面的高度不宜小于 300mm。

6.3.8 设备间应提供不少于两个 220V 带保护接地的单相电源插座，但不作为设备供电电源。

6.3.9 设备间如果安装电信设备或其他信息网络设备时，设备供电应符合相应的设计要求。

6.4　进线间

6.4.1 进线间应设置管道入口。

6.4.2 进线间应满足缆线的敷设路由、成端位置及数量、光缆的盘长空间和缆线的弯曲半径、充气维护设备、配线设备安装所需要的场地空间和面积。

6.4.3 进线间的大小应按进线间的进局管道最终容量及入口设施的最终容量设计。同时应考虑满足多家电信业务经营者安装入口设施等设备的面积。

6.4.4 进线间宜靠近外墙和在地下设置，以便于缆线引入。进线间设计应符合下列规定。

1．进线间应防止渗水，宜设有抽排水装置。

2．进线间应与布线系统垂直竖井沟通。

3．进线间应采用相应防火级别的防火门，门向外开，宽度不小于 1 000mm。

4．进线间应设置防有害气体措施和通风装置，排风量按每小时不小于 5 次容积计算。

6.4.5 与进线间无关的管道不宜通过。

6.4.6 进线间入口管道口所有布放缆线和空闲的管孔应采取防火材料封堵，做好防水处理。

6.4.7 进线间如安装配线设备和信息通信设施时，应符合设备安装设计的要求。

6.5　缆线布放

6.5.1 配线子系统缆线宜采用在吊顶、墙体内穿管或设置金属密封线槽及开放式（电缆桥架，吊挂环等）敷设，当缆线在地面布放时，应根据环境条件选用地板下线槽、网络地板、高架（活动）地板布线等安装方式。

6.5.2 干线子系统垂直通道穿过楼板时宜采用电缆竖井方式。

也可采用电缆孔、管槽的方式，电缆竖井的位置应上、下对齐。

6.5.3 建筑群之间的缆线宜采用地下管道或电缆沟敷设方式，并应符合相关规范的规定。

6.5.4 缆线应远离高温和电磁干扰的场地。

6.5.5 管线的弯曲半径应符合表 6.5.5 的要求。

表 6.5.5　　　　　　　　　管线敷设弯曲半径

缆 线 类 型	弯 曲 半 径
2 芯或 4 芯水平光缆	＞25mm
其他芯数和主干光缆	不小于光缆外径的 10 倍
4 对非屏蔽电缆	不小于电缆外径的 4 倍
4 对屏蔽电缆	不小于电缆外径的 8 倍
大对数主干电缆	不小于电缆外径的 10 倍
室外光缆、电缆	不小于缆线外径的 10 倍

注：当缆线采用电缆桥架布放时，桥架内侧的弯曲半径不应小于300mm。

6.5.6 缆线布放在管与线槽内的管径与截面利用率，应根据不同类型的缆线做不同的选择。管内穿放大对数电缆或 4 芯以上光缆时，直线管路的管径利用率应为 50%～60%，弯管路的管径利用率应为 40%～50%。管内穿放 4 对对绞电缆或 4 芯光缆时，截面利用率应为

25%～30%。布放缆线在线槽内的截面利用率应为 30%～50%。

第 7 章　电气防护及接地

7.0.1 综合布线电缆与附近可能产生高电平电磁干扰的电动机、电力变压器、射频应用设备等电器设备之间应保持必要的间距，并应符合下列规定。

1. 综合布线电缆与电力电缆的间距应符合表 7.0.1-1 的规定。

表 7.0.1-1　　　　　　　　综合布线电缆与电力电缆的间距

类　　别	与综合布线接近状况	最小间距（mm）
380V 电力电缆＜2kV·A	与缆线平行敷设	130
	有一方在接地的金属线槽或钢管中	70
	双方都在接地的金属线槽或钢管中①	10①
380V 电力电缆 2～5kV·A	与缆线平行敷设	300
	有一方在接地的金属线槽或钢管中	150
	双方都在接地的金属线槽或钢管中②	80
380V 电力电缆＞5kV·A	与缆线平行敷设	600
	有一方在接地的金属线槽或钢管中	300
	双方都在接地的金属线槽或钢管中②	150

注：① 当 380V 电力电缆＜2kV·A，双方都在接地的线槽中，且平行长度≤10m 时，最小间距可为 10mm。
　　② 双方都在接地的线槽中，系指两个不同的线槽，也可在同一线槽中用金属板隔开。

2. 综合布线系统缆线与配电箱、变电室、电梯机房、空调机房之间的最小净距宜符合表 7.0.1-2 的规定。

表 7.0.1-2　　　　　　　综合布线缆线与电气设备的最小净距

名　　称	最小净距（m）	名　　称	最小净距（m）
配电箱	1	电梯机房	2
变电室	2	空调机房	2

3. 墙上敷设的综合布线缆线及管线与其他管线的间距应符合表 7.0.1-3 的规定。当墙壁电缆敷设高度超过 6000mm 时，与避雷引下线的交叉间距应按下式计算：

$$S \geqslant 0.05L \tag{7.0.1}$$

式中：S——交叉间距（mm）；
　　　　L——交叉处避雷引下线距地面的高度（mm）。

表 7.0.1.3　　　　　　　综合布线缆线及管线与其他管线的间距

其 他 管 线	平行净距（mm）	垂直交叉净距（mm）
避雷引下线	1000	300
保护地线	50	20
给水管	150	20

其 他 管 线	平行净距（mm）	垂直交叉净距（mm）
压缩空气管	150	20
热力管（不包封）	500	500
热力管（包封）	300	300
煤气管	300	20

7.0.2 综合布线系统应根据环境条件选用相应的缆线和配线设备，或采取防护措施，并应符合下列规定：

1．当综合布线区域内存在的电磁干扰场强低于 3V/m 时，宜采用非屏蔽电缆和非屏蔽配线设备。

2．当综合布线区域内存在的电磁干扰场强高于 3V/m 时，或用户对电磁兼容性有较高要求时，可采用屏蔽布线系统和光缆布线系统。

3．当综合布线路由上存在干扰源，且不能满足最小净距要求时，宜采用金属管线进行屏蔽，或采用屏蔽布线系统及光缆布线系统。

7.0.3 在电信间、设备间及进线间应设置楼层或局部等电位接地端子板。

7.0.4 综合布线系统应采用共用接地的接地系统，如单独设置接地体时，接地电阻不应大于 4Ω。如布线系统的接地系统中存在两个不同的接地体时，其接地电位差不应大于 1Vr.m.s。

7.0.5 楼层安装的各个配线柜（架、箱）应采用适当截面的绝缘铜导线单独布线至就近的等电位接地装置，也可采用竖井内等电位接地铜排引到建筑物共用接地装置，铜导线的截面应符合设计要求。

7.0.6 缆线在雷电防护区交界处，屏蔽电缆屏蔽层的两端应做等电位连接并接地。

7.0.7 综合布线的电缆采用金属线槽或钢管敷设时，线槽或钢管应保持连续的电气连接，并应有不少于两点的良好接地。

7.0.8 当缆线从建筑物外面进入建筑物时，电缆和光缆的金属护套或金属件应在入 El 处就近与等电位接地端子板连接。

7.0.9 当电缆从建筑物外面进入建筑物时，应选用适配的信号线路浪涌保护器，信号线路浪涌保护器应符合设计要求。

第 8 章　防火

8.0.1 根据建筑物的防火等级和对材料的耐火要求，综合布线系统的缆线选用和布放方式及安装的场地应采取相应的措施。

8.0.2 综合布线工程设计选用的电缆、光缆应从建筑物的高度、面积、功能、重要性等方面加以综合考虑，选用相应等级的防火缆线。

附录 B 综合布线系统工程验收规范

GB50312-2007

中华人民共和国国家标准

主编部门：中华人民共和国信息产业部

批准部门：中华人民共和国建设部

施行日期：2007 年 10 月 1 日

中华人民共和国建设部公告第 620 号

建设部关于发布国家标准《综合布线系统工程验收规范》的公告

现批准《综合布线系统工程验收规范》为国家标准，编号为 GB 50312-2007，自 2007 年 10 月 1 日起实施。其中，第 5.2.5 条为强制性条文，必须严格执行。原《建筑与建筑群综合布线系统工程验收规范》GB/T 50312-2000 同时废止。

本规范由建设部标准定额研究所组织中国计划出版社出版发行。

中华人民共和国建设部

二零零七年四月六日

前　　言

本规范是根据建设部建标[2004]67 号文件《关于印发"二零零四年工程建设国家标准制定、修订计划"的通知》的要求，对原《建筑与建筑群综合布线系统工程验收规范》GB/T 50312-2000 工程建设国家标准进行了修订，由信息产业部作为主编部门，中国移动通信集团设计院有限公司会同其他参编单位组成规范编写组共同编写完成的。

本规范在修订过程中，编制组进行了广泛的市场调查并展开了多项专题研究，认真总结了规范执行过程中的经验和教训，加以补充完善和修改，广泛吸取国内有关单位和专家的意见。同时，参考了国内外相关标准规定的内容。

本规范中以黑体字标志的条文为强制性条文，必须严格执行。

本规范由建设部负责管理和对强制性条文的解释，信息产业部负责日常管理，中国移动通信集团设计院有限公司负责具体技术内容的解释。在应用过程中如有需要修改与补充的建议，请将有关资料寄送中国移动通信集团设计院有限公司（地址：北京市海淀区丹棱街 16 号，邮编：100080），以供修订时参考。

本规范主编单位、参编单位和主要起草人：

主编单位：中国移动通信集团设计院有限公司。

参编单位：中国建筑标准设计研究院

中国建筑设计研究院

中国建筑东北设计研究院

现代集团华东建筑设计研究院有限公司

五洲工程设计研究院

主要起草人：张宜、张晓微、陈琪、成彦、朱立彤、刘侃、孙兰、李雪佩、张文才、温伯银、赵济安、瞿二澜、陈汉民。

1. 总则

1.0.1 为统一建筑与建筑群综合布线系统工程施工质量检查、随工检验和竣工验收等工作的技术要求，特制定本规范。

1.0.2 本规范适用于新建、扩建和改建建筑与建筑群综合布线系统工程的验收。

1.0.3 综合布线系统工程实施中采用的工程技术文件、承包合同文件对工程质量验收的要求不得低于本规范规定。

1.0.4 在施工过程中，施工单位必须执行本规范有关施工质量检查的规定。建设单位应通过工地代表或工程监理人员加强工地的随工质量检查，及时组织隐蔽工程的检验和验收。

1.0.5 综合布线系统工程应符合设计要求，工程验收前应进行自检测试、竣工验收测试工作。

1.0.6 综合布线系统工程的验收，除应符合本规范外，还应符合国家现行有关技术标准、规范的规定。

2. 环境检查

2.0.1 工作区、电信间、设备间的检查应包括下列内容。

（1）工作区、电信间、设备间土建工程已全部竣工。房屋地面平整、光洁，门的高度和宽度应符合设计要求。

（2）房屋预埋线槽、暗管、孔洞和竖井的位置、数量、尺寸均应符合设计要求。

（3）铺设活动地板的场所，活动地板防静电措施及接地应符合设计要求。

（4）管理间、设备间应提供 220V 带保护接地的单相电源插座。

（5）管理间、设备间应提供可靠的接地装置，接地电阻值及接地装置的设置应符合设计要求。

（6）管理间、设备间的位置、面积、高度、通风、防火及环境温、湿度等应符合设计要求。

2.0.2 建筑物进线间及入口设施的检查应包括下列内容。

（1）引入管道与其他设施如电气、水、煤气、下水道等的位置间距应符合设计要求。

（2）引入缆线采用的敷设方法应符合设计要求。

（3）管线入口部位的处理应符合设计要求，并应检查采取排水及防止气、水、虫等进入的措施。

（4）进线间的位置、面积、高度、照明、电源、接地、防火、防水等应符合设计要求。

2.0.3 有关设施的安装方式应符合设计文件规定的抗震要求。

3. 器材及测试仪表工具检查

3.0.1 器材检验应符合下列要求。

（1）工程所用缆线和器材的品牌、型号、规格、数量、质量应在施工前进行检查，应符合设计要求并具备相应的质量文件或证书，原出厂检验证明材料、质量文件或与设计不符者不得在工程中使用。

（2）进口设备和材料应具有产地证明和商检证明。

（3）经检验的器材应做好记录，对不合格的器件应单独存放，以备核查与处理。

（4）工程中使用的缆线、器材应与订货合同或封存的产品在规格、型号、等级上相符。

（5）备品、备件及各类文件资料应齐全。

3.0.2 配套型材、管材与铁件的检查应符合下列要求。

（1）各种型材的材质、规格、型号应符合设计文件的规定，表面应光滑、平整，不得变形、断裂。预埋金属线槽、过线盒、接线盒及桥架等表面涂覆或镀层应均匀、完整，不得变形、损坏。

（2）室内管材采用金属管或塑料管时，其管身应光滑、无伤痕，管孔无变形，孔径、壁厚应符合设计要求。

金属管槽应根据工程环境要求做镀锌或其他防腐处理。塑料管槽必须采用阻燃管槽，外壁应具有阻燃标记。

（3）室外管道应按通信管道工程验收的相关规定进行检验。

（4）各种铁件的材质、规格均应符合相应质量标准，不得有歪斜、扭曲、飞刺、断裂或破损。

（5）铁件的表面处理和镀层应均匀、完整，表面光洁，无脱落、气泡等缺陷。

3.0.3 缆线的检验应符合下列要求。

（1）工程使用的电缆和光缆形式、规格及缆线的防火等级应符合设计要求。

（2）缆线所附标志、标签内容应齐全、清晰，外包装应注明型号和规格。

（3）缆线外包装和外护套需完整无损，当外包装损坏严重时，应测试合格后再在工程中使用。

（4）电缆应附有本批量的电气性能检验报告，施工前应进行链路或信道的电气性能及缆线长度的抽验，并做测试记录。

（5）光缆开盘后应先检查光缆端头封装是否良好。光缆外包装或光缆护套如有损伤，应对该盘光缆进行光纤性能指标测试，如有断纤，应进行处理，待检查合格才允许使用。光纤检测完毕，光缆端头应密封固定，恢复外包装。

（6）光纤接插软线或光跳线检验应符合下列规定。

① 两端的光纤连接器件端面应装配合适的保护盖帽。

② 光纤类型应符合设计要求，并应有明显的标记。

3.0.4 连接器件的检验应符合下列要求。

（1）配线模块、信息插座模块及其他连接器件的部件应完整，电气和机械性能等指标符合相应产品生产的质量标准。塑料材质应具有阻燃性能，并应满足设计要求。

（2）信号线路浪涌保护器各项指标应符合有关规定。

（3）光纤连接器件及适配器使用形式和数量、位置应与设计相符。

3.0.5 配线设备的使用应符合下列规定。

（1）光、电缆配线设备的形式、规格应符合设计要求。

（2）光、电缆配线设备的编排及标志名称应与设计相符。各类标志名称应统一，标志位置正确、清晰。

3.0.6 测试仪表和工具的检验应符合下列要求。

（1）应事先对工程中需要使用的仪表和工具进行测试或检查，缆线测试仪表应附有相应检测机构的证明文件。

（2）综合布线系统的测试仪表应能测试相应类别工程的各种电气性能及传输特性，其精度符合相应要求。测试仪表的精度应按相应的鉴定规程和校准方法进行定期检查和校准，经过相应计量部门校验取得合格证后，方可在有效期内使用。

（3）施工工具，如电缆或光缆的接续工具：剥线器、光缆切断器、光纤熔接机、光纤磨光机、卡接工具等必须进行检查，合格后方可在工程中使用。

3.0.7 现场尚无检测手段取得屏蔽布线系统所需的相关技术参数时，可将认证检测机构或生产厂家附有的技术报告作为检查依据。

3.0.8 对绞电缆电气性能、机械特性、光缆传输性能及连接器件的具体技术指标和要求，应符合设计要求。经过测试与检查，性能指标不符合设计要求的设备和材料不得在工程中使用。

4. 设备安装检验

4.0.1 机柜、机架安装应符合下列要求。

（1）机柜、机架安装位置应符合设计要求，垂直偏差度不应大于 3mm。

（2）机柜、机架上的各种零件不得脱落或碰坏，漆面不应有脱落及划痕，各种标志应完整、清晰。

（3）机柜、机架、配线设备箱体、电缆桥架及线槽等设备的安装应牢固，如有抗震要求，应按抗震设计进行加固。

4.0.2 各类配线部件安装应符合下列要求。

（1）各部件应完整，安装就位，标志齐全。

（2）安装螺丝必须拧紧，面板应保持在一个平面上。

4.0.3 信息插座模块安装应符合下列要求。

（1）信息插座模块、多用户信息插座、集合点配线模块安装位置和高度应符合设计要求。

（2）安装在活动地板内或地面上时，应固定在接线盒内，插座面板采用直立和水平等形式；接线盒盖可开启，并应具有防水、防尘、抗压功能。接线盒盖面应与地面齐平。

（3）信息插座底盒同时安装信息插座模块和电源插座时，间距及采取的防护措施应符合设计要求。

（4）信息插座模块明装底盒的固定方法根据施工现场条件而定。

（5）固定螺丝需拧紧，不应产生松动现象。

（6）各种插座面板应有标识，以颜色、图形、文字表示所接终端设备业务类型。

（7）工作区内终接光缆的光纤连接器件及适配器安装底盒应具有足够的空间，并应符合设计要求。

4.0.4 电缆桥架及线槽的安装应符合下列要求。

（1）桥架及线槽的安装位置应符合施工图要求，左右偏差不应超过 50mm。

（2）桥架及线槽水平度每米偏差不应超过 2mm。

（3）垂直桥架及线槽应与地面保持垂直，垂直度偏差不应超过 3mm。

（4）线槽截断处及两线槽拼接处应平滑、无毛刺。

（5）吊架和支架安装应保持垂直，整齐牢固，无歪斜现象。

（6）金属桥架、线槽及金属管各段之间应保持连接良好，安装牢固。

（7）采用吊顶支撑柱布放缆线时，支撑点宜避开地面沟槽和线槽位置，支撑应牢固。

　　4.0.5 安装机柜、机架、配线设备屏蔽层及金属管、线槽、桥架使用的接地体应符合设计要求，就近接地，并应保持良好的电气连接。

5．缆线的敷设和保护方式检验

5.1　缆线的敷设

5.1.1 缆线敷设应满足下列要求。

（1）缆线的形式、规格应与设计规定相符。

（2）缆线在各种环境中的敷设方式、布放间距均应符合设计要求。

（3）缆线的布放应自然平直，不得产生扭绞、打圈、接头等现象，不应受外力的挤压和损伤。

（4）缆线两端应贴有标签，应标明编号，标签书写应清晰、端正和正确。标签应选用不易损坏的材料。

（5）缆线应有余量以适应终接、检测和变更。对绞电缆预留长度：在工作区宜为 3～6cm，电信间宜为 0.5～2m，设备间宜为 3～5m；光缆布放路由宜盘留，预留长度宜为 3～5m，有特殊要求的应按设计要求预留长度。

（6）缆线的弯曲半径应符合下列规定。

① 非屏蔽 4 对对绞电缆的弯曲半径应至少为电缆外径的 4 倍。

② 屏蔽 4 对对绞电缆的弯曲半径应至少为电缆外径的 8 倍。

③ 主干对绞电缆的弯曲半径应至少为电缆外径的 10 倍。

④ 2 芯或 4 芯水平光缆的弯曲半径应大于 25mm；其他芯数的水平光缆、主干光缆和室外光缆的弯曲半径应至少为光缆外径的 10 倍。

（7）缆线间的最小净距应符合设计要求。

① 电源线、综合布线系统缆线应分隔布放，并应符合表 5.1.1-1 的规定。

表 5.1.1-1　　　　　　　　　　　　**对绞电缆与电力电缆最小净距**

条　　件	最小净距（mm）		
	380V<2kV·A	380V～5kV·A	380V>5kV·A
对绞电缆与电力电缆平行敷设	130	300	600
有一方在接地的金属槽道或钢管中	70	150	300
双方均在接地的金属槽道或钢管中②	10①	80	150

注：①当 380V 电力电缆<2kV·A，双方都在接地的线槽中，且平行长度≤10m 时，最小间距可为 10mm。

　　②双方都在接地的线槽中，系指两个不同的线槽，也可在同一线槽中用金属板隔开。

② 综合布线与配电箱、变电室、电梯机房、空调机房之间最小净距宜符合表 5.1.1-2 的规定。

表 5.1.1-2　　　　　　　　　　　　**综合布线电缆与其他机房最小净距**

名　　称	最小净距（m）	名　　称	最小净距（m）
配电箱	1	电梯机房	2
变电室	2	空调机房	2

③ 建筑物内电、光缆暗管敷设与其他管线最小净距见表 5.1.1-3 的规定。

表 5.1.1-3　　　　　　　　　　　综合布线缆线及管线与其他管线的间距

管 线 种 类	平行净距（mm）	垂直交叉净距（mm）
避雷引下线	1000	300
保护地线	50	20
热力管（不包封）	500	500
热力管（包封）	300	300
给水管	150	20
煤气管	300	20
压缩空气管	150	20

④ 综合布线缆线宜单独敷设，与其他弱电系统各子系统缆线间距应符合设计要求。

⑤ 对于有安全保密要求的工程，综合布线缆线与信号线、电力线、接地线的间距应符合相应的保密规定。对于具有安全保密要求的缆线应采取独立的金属管或金属线槽敷设。

（8）屏蔽电缆的屏蔽层端到端应保持完好的导通性。

5.1.2 预埋线槽和暗管敷设缆线应符合下列规定。

（1）敷设线槽和暗管的两端宜用标志表示出编号等内容。

（2）预埋线槽宜采用金属线槽，预埋或密封线槽的截面利用率应为 30%～50%。

（3）敷设暗管宜采用钢管或阻燃聚氯乙烯硬质管。布放大对数主干电缆及 4 芯以上光缆时，直线管道的管径利用率应为 50%～60%，弯管道应为 40%～50%。暗管布放 4 对对绞电缆或 4 芯及以下光缆时，管道的截面利用率应为 25%～30%。

5.1.3 设置缆线桥架和线槽敷设缆线应符合下列规定。

（1）密封线槽内缆线布放应顺直，尽量不交叉，在缆线进出线槽部位、转弯处应绑扎固定。

（2）缆线桥架内缆线垂直敷设时，在缆线的上端和每间隔 1.5m 处应固定在桥架的支架上；水平敷设时，在缆线的首、尾、转弯及每间隔 5～10m 处进行固定。

（3）在水平、垂直桥架中敷设缆线时，应对缆线进行绑扎。对绞电缆、光缆及其他信号电缆应根据缆线的类别、数量、缆径、缆线芯数分束绑扎。绑扎间距不宜大于 1.5m，间距应均匀，不宜绑扎过紧或使缆线受到挤压。

（4）楼内光缆在桥架敞开敷设时应在绑扎固定段加装垫套。

5.1.4 采用吊顶支撑柱作为线槽在顶棚内敷设缆线时，每根支撑柱所辖范围内的缆线可以不设置密封线槽进行布放，但应分束绑扎，缆线应阻燃，缆线选用应符合设计要求。

5.1.5 建筑群子系统采用架空、管道、直埋、墙壁及暗管敷设电、光缆的施工技术要求应按照本地网通信线路工程验收的相关规定执行。

5.2　保护措施

5.2.1 配线子系统缆线敷设保护应符合下列要求。

（1）预埋金属线槽保护要求

① 在建筑物中预埋线槽，宜按单层设置，每一路由进出同一过路盒的预埋线槽均不应超过 3 根，线槽截面高度不宜超过 25mm，总宽度不宜超过 300mm。线槽路由中若包括过线

盒和出线盒，截面高度宜在 70～100mm 范围内。

② 线槽直埋长度超过 30m 或在线槽路由交叉、转弯时，宜设置过线盒，以便于布放缆线和维修。

③ 过线盒盖能开启，并与地面齐平，盒盖处应具有防灰与防水功能。

④ 过线盒和接线盒盒盖应能抗压。

⑤ 从金属线槽至信息插座模块接线盒间或金属线槽与金属钢管之间相连接时的缆线宜采用金属软管敷设。

（2）预埋暗管保护要求

① 预埋在墙体中间暗管的最大管外径不宜超过 50mm，楼板中暗管的最大管外径不宜超过 25mm，室外管道进入建筑物的最大管外径不宜超过 100mm。

② 直线布管每 30m 处应设置过线盒装置。

③ 暗管的转弯角度应大于 90°，在路径上每根暗管的转弯角不得多于 2 个，并不应有 S 弯出现，有转弯的管段长度超过 20m 时，应设置管线过线盒装置；有 2 个弯时，不超过 15m 应设置过线盒。

④ 暗管管口应光滑，并加有护口保护，管口伸出部位宜为 25～50mm。

⑤ 至楼层电信间暗管的管口应排列有序，便于识别与布放缆线。

⑥ 暗管内应安置牵引线或拉线。

⑦ 金属管明敷时，在距接线盒 300mm 处，弯头处的两端，每隔 3m 处应采用管卡固定。

⑧ 管路转弯的曲半径不应小于所穿入缆线的最小允许弯曲半径，并且不应小于该管外径的 6 倍，如暗管外径大于 50mm 时，不应小于 10 倍。

（3）设置缆线桥架和线槽保护要求

① 缆线桥架底部应高于地面 2.2m 及以上，顶部距建筑物楼板不宜小于 300mm，与梁及其他障碍物交叉处间的距离不宜小于 50mm。

② 缆线桥架水平敷设时，支撑间距宜为 1.5～3m。垂直敷设时固定在建筑物结构体上的间距宜小于 2m，距地 1.8m 以下部分应加金属盖板保护，或采用金属走线柜包封，门应可开启。

③ 直线段缆线桥架每超过 15～30m 或跨越建筑物变形缝时，应设置伸缩补偿装置。

④ 金属线槽敷设时，在下列情况下应设置支架或吊架：线槽接头处；每间距 3m 处；离开线槽两端出口 0.5m 处；转弯处。

⑤ 塑料线槽槽底固定点间距宜为 1m。

⑥ 缆线桥架和缆线线槽转弯半径不应小于槽内线缆的最小允许弯曲半径，线槽直角弯处最小弯曲半径不应小于槽内最粗缆线外径的 10 倍。

⑦ 桥架和线槽穿过防火墙体或楼板时，缆线布放完成后应采取防火封堵措施。

（4）网络地板缆线敷设保护要求

① 线槽之间应沟通。

② 线槽盖板应可开启。

③ 主线槽的宽度宜在 200～400mm，支线槽宽度不宜小于 70mm。

④ 可开启的线槽盖板与明装插座底盒间应采用金属软管连接。

⑤ 地板块与线槽盖板应抗压、抗冲击和阻燃。

⑥ 当网络地板具有防静电功能时，地板整体应接地。

⑦ 网络地板板块间的金属线槽段与段之间应保持良好导通并接地。

（5）在架空活动地板下敷设缆线时，地板内净空应为 150～300mm。若空调采用下送风方式则地板内净高应为 300～500mm。

（6）吊顶支撑柱中电力线和综合布线缆线合一布放时，中间应有金属板隔开，间距应符合设计要求。

5.2.2 当综合布线缆线与大楼弱电系统缆线采用同一线槽或桥架敷设时，子系统之间应采用金属板隔开，间距应符合设计要求。

5.2.3 干线子系统缆线敷设保护方式应符合下列要求。

（1）缆线不得布放在电梯或供水、供气、供暖管道竖井中，缆线不应布放在强电竖井中。

（2）管理间、设备间、进线间之间干线通道应沟通。

5.2.4 建筑群子系统缆线敷设保护方式应符合设计要求。

5.2.5 当电缆从建筑物外面进入建筑物时，应选用适配的信号线路浪涌保护器，信号线路浪涌保护器应符合设计要求。

6．缆线终接

6.0.1 缆线终接应符合下列要求。

（1）缆线在终接前，必须核对缆线标识内容是否正确。

（2）缆线中间不应有接头。

（3）缆线终接处必须牢固、接触良好。

（4）对绞电缆与连接器件连接应认准线号、线位色标，不得颠倒和错接。

6.0.2 对绞电缆终接应符合下列要求：

（1）终接时，每对对绞线应保持扭绞状态，扭绞松开长度对于 3 类电缆不应大于 75mm；对于 5 类电缆不应大于 13mm；对于 6 类电缆应尽量保持扭绞状态，减小扭绞松开长度。

（2）对绞线与 8 位模块式通用插座相连时，必须按色标和线对顺序进行卡接。插座类型、色标和编号应符合图 6.0.2 的规定。

两种连接方式均可采用，但在同一布线工程中两种连接方式不应混合使用。

（3）7 类布线系统采用非 RJ-45 方式终接时，连接图应符合相关标准规定。

（4）屏蔽对绞电缆的屏蔽层与连接器件终接处屏蔽罩应通过紧固器件可靠接触，缆线屏蔽层应与连接器件屏蔽罩 360°圆周接触，接触长度不宜小于 10mm。屏蔽层不应用于受力的场合。

（5）对不同的屏蔽对绞线或屏蔽电缆，屏蔽层应采用不同的端接方法。应对编织层或金属箔与汇流导线进行有效的端接。

（6）每个 2 口 86 面板底盒宜终接 2 条对绞电缆或 1 根 2 芯/4 芯光缆，不宜兼做过路盒使用。

6.0.3 光缆终接与接续应采用下列方式。

（1）光纤与连接器件连接可采用尾纤熔接、现场研磨和机械连接方式。

（2）光纤与光纤接续可采用熔接和光连接子（机械）连接方式。

6.0.4 光缆芯线终接应符合下列要求。

（1）采用光纤连接盘对光纤进行连接、保护，在连接盘中光纤的弯曲半径应符合安装工艺要求。

（2）光纤熔接处应加以保护和固定。

（3）光纤连接盘面板应有标志。

（4）光纤连接损耗值，应符合表 6.0.4 的规定。

表 6.0.4　　　　　　　　　　光纤连接损耗值（dB）

连 接 类 别	多　　模		单　　模	
	平 均 值	最 大 值	平 均 值	最 大 值
熔接	0.15	0.3	0.15	0.3
机械连接		0.3		0.3

6.0.5 各类跳线的终接应符合下列规定。

（1）各类跳线缆线和连接器件间接触应良好，接线无误，标志齐全。跳线选用类型应符合系统设计要求。

（2）各类跳线长度应符合设计要求。

7. 工程电气测试

7.0.1 综合布线工程电气测试包括电缆系统电气性能测试及光纤系统性能测试。电缆系统电气性能测试项目应根据布线信道或链路的设计等级和布线系统的类别要求制定。各项测试结果应有详细记录，作为竣工资料的一部分。测试记录内容和形式宜符合表 7.0.1-1 和表 7.0.1-2 的要求。

表 7.0.1-1　　　　综合布线系统 R11 电缆（ftEtt/信道）性能指标测试记录

工程项目名称								
序号	编　　号			内　　容				备　注
				电 缆 系 统				
	地址号	线缆号	设备号	长度	接线图	衰减	近端串扰	其他项目	
测试日期、人员、仪器型号								
处理情况								

表 7.0.1-2　　　　综合布线系统工程光纤（链路/信道）性能指标测试记录

工程项目名称										
序号	编　　号			光 缆 系 统						备注
				多　　模				单　　模		
				850nm		1300nm		1310nm		1550nm	
	地址号	线缆号	设备号	衰减	长度	衰减	长度	衰减	长度	衰减	长度	
测试日期、人员、仪器型号										
处理情况										

7.0.2 对绞电缆及光纤布线系统的现场测试仪应符合下列要求。

（1）应能测试信道与链路的性能指标。

（2）应具有针对不同布线系统等级的相应精度，应考虑测试仪的功能、电源、使用方法等因素。

（3）测试仪精度应定期检测，每次现场测试前仪表厂家应出示测试仪的精度有效期限证明。

7.0.3 测试仪表应具有测试结果的保存功能并提供输出端口，将所有存储的测试数据输出至计算机和打印机，测试数据必须不被修改，并进行维护和文档管理。测试仪表应提供所有测试项目、概要和详细的报告。测试仪表宜提供汉化的通用人机界面。

8．管理系统验收

8.0.1 综合布线管理系统宜满足下列要求。

（1）管理系统级别的选择应符合设计要求。

（2）需要管理的每个组成部分均设置标签，并由唯一的标识符进行表示，标识符与标签的设置应符合设计要求。

（3）管理系统的记录文档应详细完整并汉化，包括每个标识符相关信息、记录、报告、图纸等。

（4）不同级别的管理系统可采用通用电子表格、专用管理软件或电子配线设备等进行维护管理。

8.0.2 综合布线管理系统的标识符与标签的设置应符合下列要求。

（1）标识符应包括安装场地、缆线终端位置、缆线管道、水平链路、主干缆线、连接器件、接地等类型的专用标识，系统中每一组件应指定一个唯一标识符。

（2）管理间、设备间、进线间所设置配线设备及信息点处均应设置标签。

（3）每根缆线应指定专用标识符，标在缆线的护套上或在距每一端护套 300mm 内设置标签，缆线的终接点应设置标签标记指定的专用标识符。

（4）接地体和接地导线应指定专用标识符，标签应设置在靠近导线和接地体的连接处的明显部位。

（5）根据设置的部位不同，可使用粘贴型、插入型或其他类型标签。标签表示内容应清晰，材质应符合工程应用环境要求，具有耐磨、抗恶劣环境、附着力强等性能。

（6）终接色标应符合缆线的布放要求，缆线两端终接点的色标颜色应一致。

8.0.3 综合布线系统各个组成部分的管理信息记录和报告，应包括如下内容。

（1）记录应包括管道、缆线、连接器件及连接位置、接地等内容，各部分记录中应包括相应的标识符、类型、状态、位置等信息。

（2）报告应包括管道、安装场地、缆线、接地系统等内容，各部分报告中应包括相应的记录。

8.0.4 综合布线系统工程如采用布线工程管理软件和电子配线设备组成的系统进行管理和维护工作，应按专项系统工程进行验收。

9．工程验收

9.0.1 竣工技术文件应按下列要求进行编制。

（1）工程竣工后，施工单位应在工程验收以前，将工程竣工技术资料交给建设单位。

（2）综合布线系统工程的竣工技术资料应包括以下内容。

① 安装工程量。

② 工程说明。

③ 设备、器材明细表。

④ 竣工图纸。

⑤ 测试记录（宜采用中文表示）。

⑥ 工程变更、检查记录及施工过程中，需更改设计或采取相关措施，建设、设计、施工等单位之间的双方洽商记录。

⑦ 随工验收记录。

⑧ 隐蔽工程签证。

⑨ 工程决算。

（3）竣工技术文件要保证质量，做到外观整洁，内容齐全，数据准确。

9.0.2　综合布线系统工程，应按 9.1.1 中所列项目、内容进行检验。检测结论作为工程竣工资料的组成部分及工程验收的依据之一。

① 系统工程安装质量检查，各项指标符合设计要求，则被检项目检查结果为合格；被检项目的合格率为 100%，则工程安装质量判为合格。

② 系统性能检测中，对绞电缆布线链路、光纤信道应全部检测，竣工验收需要抽验时，抽样比例不低于 10%，抽样点应包括最远布线点。

（4）系统性能检测单项合格判定

① 如果一个被测项目的技术参数测试结果不合格，则该项目判为不合格。如果某一被测项目的检测结果与相应规定的差值在仪表准确度范围内，则该被测项目应判为合格。

② 按照 8.2.1 的指标要求，采用 4 对对绞电缆作为水平电缆或主干电缆，所组成的链路或信道有一项指标测试结果不合格，则该水平链路、信道或主干链路判为不合格。

③ 主干布线大对数电缆中按 4 对对绞线对测试，指标有一项不合格，则判为不合格。

④ 如果光纤信道测试结果不满足 8.2.2 的指标要求，则该光纤信道判为不合格。

⑤ 未通过检测的链路、信道的电缆线对或光纤信道可在修复后复检。

（5）竣工检测综合合格判定：

① 对绞电缆布线全部检测时，无法修复的链路、信道或不合格线对数量有一项超过被测总数的 1%，则判为不合格。

光缆布线检测时，如果系统中有一条光纤信道无法修复，则判为不合格。

② 对绞电缆布线抽样检测时，被抽样检测点（线对）不合格比例不大于被测总数的 1%，则视为抽样检测通过，不合格点（线对）应予以修复并复检。被抽样检测点（线对）不合格比例如果大于 1%，则视为一次抽样检测未通过，应进行加倍抽样，加倍抽样不合格比例不大于 1%，则视为抽样检测通过。若不合格比例仍大于 1%，则视为抽样检测不通过，应进行全部检测，并按全部检测要求进行判定。

③ 全部检测或抽样检测的结论为合格，则竣工检测的最后结论为合格，全部检测的结论为不合格，则竣工检测的最后结论为不合格。

（6）综合布线管理系统检测，标签和标识按 10%抽检，系统软件功能全部检测。检测结果符合设计要求，则判为合格。

附录 C EIA/TIA 568 国际综合布线标准

第1章 概述

1.1 目的

这个标准确定了一个可以支持多品种多厂家的商业建筑的综合布线系统，同时也提供了为商业服务的电信产品的设计方向。即使对随后安装的电信产品不甚了解，该标准可帮您对产品进行设计和安装。在建筑建造和改造过程中进行布线系统的安装比建筑落成后实施要大大节省人力物力财力。这个标准确定了各种各样布线系统配置的相关元器件的性能和技术标准。为达到一个多功能的布线系统，已对大多数电信业务的性能要求进行了审核。业务的多样化及新业务的不断出现会对所需性能作某些限制。用户为了了解这些限制应知道所需业务的标准。

1.2 相关的标准

这个标准是一系列关于建筑布线中电信产品和业务的技术标准之一。本文连同相关的标准满足了电信行业发展企业结构的需要。为电信服务的商业建筑标准（EIA/TIA-569）和住宅及小型商业区综合布线标准（EIA/TIA-570）。

1.3 标准的说明

标准分为强制性和建议性两种。所谓强制性是指要求是必须的，而建议性要求意味着也许可能或希望（这两种概念将在本文中交替出现）。强制性标准通常适于保护、生产、管理、兼容，它强调了绝对的最小限度可接受的要求，建议性或希望性的标准通常针对最终产品。在某种程度上在统计范围内确保全部产品同使用的设施设备相适应体现了这些准则。另一方面，建议性准则是用来在产品的制造中提高生产率，无论是强制性的要求还是建议性的都是为同一标准的技术规范。建议性的标准是为了达到一个目的，就是未来的设计要努力达到特殊的兼容性或实施的先进性。在本文中，图表中的注释是标准的一个正式的部分，是用来提供有益的建议。其他文件的引用除了特殊说明外都指的是标准的最新修订本。该标准是现行使用的，文中所涉及的标准都是服从修订本的，而且通过在网络的工作过程及终端设备的布线技术中得到了验证。

第2章 范围

2.1 这个标准对于一座建筑直到包括通信插口和校园内各建筑物间的综合布线规定了最

低限度的要求，它对一个带有被认可的拓扑和距离的布线系统，对以限定实施参数为依据的媒体进行了说明。并对连接器及插头引线间的布置连接也做了说明。

2.2　由这些标准限定的建筑的综合布线目的在于尽可能地支持不同类型的商业区，办公面积从 3000 平方米到 100 万平方米，可为多达 5 万人同时工作。

2.3　由这些标准规定的综合布线系统的使命寿命十年以上。

2.4　这个标准适于办公地点要求的商业建筑的综合布线。为工业企业服务的综合布线标准准备在其他文件中作说明。

第 3 章　定义及名词缩写

这部分主要讲专用名词的定义及缩写。它们都有其具体的技术含义或是该标准的技术专用词。这里也包括了适于个别专业技术的定义。

定义

转接器（Adapter）：是一种器件，用来使各种型号的插头相互匹配或接入设备通信接口。它也可用来重新安排引线，使大对数电缆转成小的线群，并能使电缆间相互连接桥接配线（Bridgged Tap）在几个布线点的同一电缆上的线对可在配线点上重复使用。

电缆（Cable）：具有单根或多根导线连接或光纤的密封护套组成，可以单根或成组使用。

商业大楼（Commercial Building）：办公大楼或大楼的一部分。

跳接跳线箱（Cross-Connect）：是一种机械式结构，将它安装在墙上或机架内，作为楼内电缆线路的管理、调整和配线。

输入最近点（Minimum Point of Entry）：指离跨过地界线的载波设备的最近可用点或离进入多元建筑或建筑群布线地点的最近可用点。

多模光纤（Multimode Optical Fiber）：一种光纤，它可有许多约束光。这种光纤既可是渐变折射率光纤也可是跃变折射率光纤。多模光纤比单模光纤有大得多的模场直径。

光纤跳接箱（Optical Cross Connect）：一个交叉连接单元，用作电路管理，它提供了带有光跳线的光纤连接。

光纤互连（Optical Interconnect）：在布放光缆现场需要光缆或光缆中每一单根光纤直接连接而不需要光跳线。

光纤电缆（Optical Fiber Cable）：内有加强材料的一条或多条光纤（玻璃或塑料）带护套的电缆。

光跳线（13AThH COBD）：一条作为光纤电缆终端的连接线，用来在交叉连接处接入通信电缆。

接线板（Patch Panel）：一个便于移动和重新配置跳接点的接线板、接插线系统。

用户小交换机（PBX）：用户交换系统，通常服务于某个组织，像商业机构和政府机构，并安装在用户区。它可以在大楼的房屋内或电信网内交换通信信号。有时也可提供从数据终端到计算机的连接。

电信（Telecommunication）：符号、信号、记录、图像和声音或是任何由线路、广播、电视、光或其他电磁系统传播的自然信息的发送、发射和接收。

通信插口（Telecommunication Outlet）：在工作区的连接器，水平布线系统电缆接在端头上并可接收一匹配的连接器。

转接点（Transition）：水平布线的一个单元。在这里扁平电缆可接到其他类型电缆上。

工作区（Work Area）：工作人员利用电信终端设备进行工作的地方。

第 4 章 水平布线

4.1 概述

水平布线是综合布线结构的一部分，它从工作区的信息插口一直到管理间，内有工作区的管理区，水平电缆的终端跳线架。完成水平布线的设计后，就要考虑以下的日常业务和系统。

（1）语音通信业务。

（2）室内交换设备。

（3）数据通信。

（4）局域网。

为了满足当今电信的需求，水平布线应便于维护和改进适应新的设备和业务变化。水平缆线的类型和设计的选择对于大楼布线的设计来说就相当重要，为避免和减少因需求变化带来水平布线的变动，应考虑水平布线应用的广泛性。同时还要考虑水平布线离电气设备多远会造成高强度的电磁干扰。大楼内的机械设备如发电机和变压器以及工作区的复印设备都属于这类电气设备。

4.2 拓扑

水平布线是星型拓扑结构，每个工作区的信息插座都要和管理间相连。

4.3 水平距离

电缆长度等于设备媒体终端到工作区插座的电缆长度，要小于 100m。从插座到工作区允许有另外 3m 的距离。

4.4 电缆识别

在水平布线系统中有 4 种类型的电缆。

（1）4 对 100Ω 无屏蔽双绞线电缆（UTP）。

（2）两对 150Ω 有屏蔽双绞线电缆（STP）。

（3）50Ω 同轴电缆。

（4）62.5/125μm 光纤电缆。

光缆的相关硬件及交叉连接还待研究。混合电缆，指在同一普遍护套下有一种以上的上述电缆，如果符合要求，就能用于水平布线。注意标有这些名称的电缆不一定符合技术标准。

4.5 媒体选择

该标准使我们认识到商业大楼内语音和数据通信的重要性。

对于每个专门的工作区需要提供两种信息插座（不必用专用的插板）。一种是和语音有关，一种和数据有关。下面列出两种通信插座。

第一种是由 UTP 电缆支持。

第二种是由下列任一种水平电缆支持，依据实际和设计的需要选择。

（1）UTP 电缆。

（2）STP 电缆。

（3）50Ω 同轴电缆。

如有需要光缆也可安装在上述信息插座中，光缆的安装可由一条专用的电缆或混合缆组成。

4.6 接地方法

除了其他相关标准有更严格的规定外，接地方法必须符合 NEC 要求。接地系统一般是商业建筑楼内保护专用信号或通信布线系统不受干扰的一个完整部分。为了保护强电环境中的人员和设备，接地系统必须减少对通信布线系统的电磁干扰的影响和由它所带来的电磁干扰的影响。错误的接地装置会产生感应电压破坏其通信电路。在符合电气标准的同时还必须遵守设备厂家的接地规程和要求。专用数据和通信网的接地标准要优于国内和当地的标准。在设计系统时要考虑以下因素。

（1）确保安装遵守正确的操作规范。

（2）保证每一个设备室有一适当的接地口。

（3）保证接地装置适用于跳接跳线架，接插件机架，电话和数据设备以及维修和测量设备。

第 5 章 主干布线

5.1 概述

主干布线的作用是提供管理间之间，设备之间和综合布线系统结构中如靠入口设备的相互连接。主干布线是设备间的入口设备所需的传输媒体，机械终端组成通信设备的相互连接。计算机、设备间、分界点也许分布在不同建筑内，主干布线就是建筑物间的传输媒体。

很显然，对于一个永久性的综合布线系统，预先安装全部主干线是不可能也是不经济的。有效地安装主干线一般希望分 1～7 个设计阶段，每个阶段要 3～10 年。在每个阶段不要安装其他的布线，保证适应业务需求的增长和变化。每个阶段的长短依照使用单位的稳定性和变化而定。

在每个设计阶段开始之前，需要规划一下该阶段所需的最大规模的主干布线总量，对每个管理间、设备间和不同类型的服务，应该估计一下在设计阶段大规模连接的总量。为铜缆或光纤媒体进行充分的主干布线，以便直接或通过辅助的电子设备满足大量的接连。在设计线路和支持主干电缆结构时应注意避开发动机和变压器等产生的电磁干扰的地方。

5.2 拓扑

5.2.1 星型拓扑

主干布线使用常用的分层星型拓扑，在每一管理间里都有到一主跳接或内跳接再到主跳接的布线。在主干布线中仅有两种常用的跳接。两个管理区间的相互连接要通过三个以下的跳接箱，单一的跳接必须达到主跳接。

一个单独的主干布线的跳接箱（主交叉连接）可能满足交叉连接的需要。主干布线的跳接可在机柜、设备室或入楼设备内。

注 1：由于该拓扑的兼容性和稳定性能满足不同的使用要求，它已经作为符合标准的拓扑被采用，对于两种标准的跳接箱的限定是为了限制老系统的信号衰减和加强管理。

注 2：星型拓扑适用于传输媒体的专用单元，像专用光纤、双绞线对或同轴电缆。根据现场和设备室的实际特点，连在不同设备终端的传输媒体是一段距离中同一电缆的部分。在这个距离中也可以使用专用电缆。

注 3：桥接配线不属于主干布线。

5.2.2 非星型结构

环型、总线型或树型网络的非星型结构系统可通过应用作正确的相互连接，电器件或跳接箱和机柜中的转接器可用星型拓扑来调整总线型、环型和树型结构。

5.2.3 两个管理区间的直接连接

如果希望对总线型、树型或环型网络结构有所要求，就允许两个管理间的直接连接，它是对 5.2.1 中的基本星型拓扑连接的补充。为了适应 IEEE 802.3 的应用，当 50Ω 的同轴电缆用在主干布线中时，管理区间的连接是直接的，在 IEEE 802.3 标准中将有详细说明。

5.3 电缆识别

基于业务范围广泛和场地大小，需要进行主干布线这就要区别传输媒体。这个标准说明了它们在主干布线中或是单独使用或是混合使用。它们是：

（1）100Ω 的多对数主干电缆。

（2）100Ω 的 STP 电缆。

（3）50Ω 的同轴电缆。

（4）62.5/125μm 的光缆。

注意：标有这些名称的电缆不一定符合标准。如果需要，单模光缆可安装在主干布线中，关于单模光纤还有待研究。

5.4 选择媒体

由这个标准限定的主干布线能满足不同用户的需求。根据应用特点，需要选择传输媒体。要考虑以下因素。

（1）业务的灵活性。

（2）主干布线的使用寿命。

（3）地区范围和用户量。

商业大楼的用户信息业务的需求各不相同。对于主干布线设计的全面考虑是从其可预见性到不可预见性。无论可能与否我们首先要满足不同的业务需求，将相近的业务如话音、显示、终端、局域网和其他的网络连成一起，且将每一部分的不同业务种类要进行划分并做好计划。当不可预见时考虑改动主干布线是最坏的打算，不可预见性越大就越需要要求主干布线的灵活性。每条可识别电缆都有其特点和作用，一种类型的电缆也许不能满足同一地区所有用户的需要。在主干布线中使用多种媒体是必要的，这时不同的媒体就要使用不同设备结构与主跳线箱、终端和大楼间的入楼设备等。

5.5　主干布线的距离

5.5.1　管理间到主跳接箱

管理间的机械终端到主跳接箱,通常将主跳接箱放在场地的中部附近使电缆的距离最小,安装超过了距离局限就要被划分成几个区域、每个区域由满足距离要求的主干布线来支持。

注 1:在每个区域间的相互连接如果超出了这个标准范围,通常要租用设备或借鉴应用广泛的新技术来解决。

注 2:某些特殊的系统超过了这个最大距离不能正常运行,为了支持这样的系统在主干布线的传输媒体中加入中继器是必要的。

5.5.2　主跳接箱到入楼设备

当有关分界点的位置的常规标准允许时,入楼设备到跳接箱的距离应包括在总距离中。所用媒体的长度和规格要作记录并满足业务提供者的要求。

5.5.3　跳接箱到电信设备

直接与主跳接箱或中间跳接箱连接的设备应使用小于 30m 长的转接电缆。

5.6　接地方法

接地应符合 MC 的标准和实施要求,除非有其他更严格的要求。接地系统通常是专用信号的一个主要部分或是它们所保护的综合布线系统的一个主要部分。为了保护人员和设备免遭高压的危害,接地系统应减少对布线系统的电磁干扰的影响或由布线系统带来的电磁干扰的影响,不正确的接地会产生感应电压而干扰其他通信电路。当符合电气标准时,我们要遵守设备厂家的接地说明和要求。专用数据和通信网的接地要求可能比国内的有关要求高,当设计接地系统时,要考虑下列因素。

(1)保证安装符合正确的操作规程。

(2)保证管理区、设备室和人楼设备有正确的接地入口。

(3)保证接地适用于跳接箱、插接架、电话和数据设备以及维修和测试设备。

第 6 章　工作区

工作区的构成小到从水平布线的通信插座终端开始,大到工作区的设备,设备可以是仪器仪表,并不局限于电话,数据终端和计算机,对于高级管理系统来说工作区的布线系统是至关重要的,但是布线都不是永久的,设计时要考虑灵活性,标准不对其布线作详细说明。

注:在 4.3 节中已经对同工作区使用的水平电缆性质相同的最长的水平电缆(3m 长)的长度做了说明。

依据具体情况,工作区的布线在组成上有所不同。

(1)当设备连接器和管理间的连接器不同时,用一条专用电缆或转接器。

(2)当一条多对电缆运行两种业务时需要一个"Y"转接器。

(3)当水平布线的电缆类型与设备所需的电缆类型不同时,需要无源转接器。

（4）当连接使用不同信号电路的仪器仪表则需要有源转接器。

（5）有时需要线对转移位置以起匹配作用。

（6）工作区中的一些通信插座（如 ISDN 终端）需要终端电阻，可以在设备外接一终端电阻。

第 7 章　管理间

7.1　概述

管理间是为与布线系统有关的大楼设备而设置的一个空间。每座大楼至少要有一个管理间或设备室，数量不限。下面是管理区的 3 种应用。

（1）水平/主干连接

管理间内有部分主干布线和部分水平布线的机械终端，为无源（交叉连接）或有源或用于两个系统连接的设备提供设施（空间、电力、接地等）。

（2）主干布线系统的相互连接

管理间内有主干布线系统不同的中间跳接箱和主跳接箱，为无源或有源设备或两系统的互连或主干布线的更多部分提供设施。

（3）入楼设备

管理间设有分界点和大楼间的入楼设备，为用于分界点相互连接的有源或无源设备、楼间入楼设备或通信有线系统提供设施。

7.2　管理间的设计

为帮助设计管理间，请参考 EIA/TIA-569。

第 8 章　设备室

8.1　概述

设备室是用来将建筑内的通信系统和布线系统的机械终端放置在一起。它与管理间的区别在于安装有设备的特性和复杂性。设备室可提供管理间的任何功能，一个大楼内必须有一个管理间或设备室。

8.2　设备室的设计

参考 EIA/TIA-569。

第 9 章　入楼设备

9.1　概述

入楼设备构成了通往大楼的通信业务，包括到大楼入口处的输入点并有与在范围内的其他大楼相连的主干电缆。

9.2 内部建筑的入楼设备

中间入楼设备起到了连接内部主干布线和中部主干布线的作用。它为符合标准的金属电缆提供电气保护。

9.3 网络接地点

网络接地点是本地通信部门的通信设备和用户终端的通信系统布线及设备之间的连接点。

9.3.1 物理接地点

通信部门提供业务的接地方式是标准中记录的转接装置或在目录中提到的或工业标准中规定的方式,为系统的安装确定准确的接地点要同业务提供者或厂商协商。

9.3.2 接地点的位置

在单一用户的大楼中,接地点的保护装置一般在通信部门设备到大楼的 12 英寸范围内,在多用户大楼中通信部门要为接地点限定起码的几点法规。否则,大楼的房主可自行规定接地点的位置,可以设置一个单独的接地点,也可以在每个用户的办公地点设一个分界点。这样从布线到用户办公地点就不会超过 12 英寸。

参 考 文 献

［1］刘化君. 综合布线系统［M］. 北京：机械工业出版社，2004.

［2］信息产业部. 综合布线［M］. 信息化工程师双证课程，2008.

［3］黎连业. 网络综合布线基础教程［M］. 北京：机械工业出版社，2008.

［4］雷锐生. 综合布线系统方案设计［M］. 西安：西安电子科技大学出版社，2004.

［5］David Groth，Jim Mcbee. 网络布线入门到精通［M］. 王启斌译. 北京：电子工业出版社，2001.

［6］中华人民共和国国家标准 GB/T 50312-2007. 建筑与建筑群综合布线系统工程验收规范，2007.

［7］中华人民共和国国家标准 GB50174-89. 电子计算机机房设计规范.

［8］中华人民共和国国家标准 GB50057-94. 建筑物防雷设计标准.